Jack London
(1876 - 1916)

—

ANTHOLOGIE SAUVAGE

L'Appel de la Forêt

***

Croc Blanc

NEW YORK

—

Dans la collection Aventure & Voyage
aux éditions North Star & Médusa

PÊCHEUR D'ISLANDE
JÉRUSALEM
AZIYADÉ

RECUEIL D'ISABELLE EBERHARD
VOYAGE AVEC UN ÂNE DANS LES CÉVENNES
L'ÎLE AU TRÉSOR

... ET D'AUTRES À VENIR

Retrouvez l'ensemble de nos parutions sur notre site
http://north-stared.wix.com/editions

L'Appel de la Forêt paraît pour la première fois en 1903 dans le journal « The Saturday Evening Post » (créé par Benjamin Franklin en 1728).

John Griffith Chaney naît à San Francisco le 12 janvier 1876 (Il prendra plus tard le nom de famille de John London, le second époux de sa mère).

Jack connaît une enfance plutôt misérable et doit occuper de nombreux métiers : agriculteur, marin, voleur d'huîtres à bord de son navire *Razzle-Dazzle*, chasseur de phoques (au Japon et en Sibérie), chasseur d'or, journaliste...

Autodidacte, il se servira de sa vie aventureuse et laborieuse pour nourrir ses écrits. Jack remporte ainsi le concours de rédaction en prose avec *Typhoon off the coast of Japan* qui relate l'une de ses expériences à bord du *Sophia Sutherland*.

Écœuré par la misère sociale et l'exploitation des ouvriers il devient vagabond (*Les vagabonds du rail*).

Mais Jack London veut devenir un grand écrivain ; il intègre le Lycée puis l'université. En 1903, il rencontre son premier grand succès littéraire avec *The Call of the Wild* (*l'Appel de la forêt*).

Au début du XXème siècle Jack parcourt le monde comme journaliste. En 1904 il est arrêté puis emprisonné par l'armée japonaise.

A bord du Snark, il se lance dans un tour des mers qui s'achèvera en Australie en raison de ses graves problèmes de santé.

Jack London décède le 22 novembre 1916 à Glen Ellen.

**

À PROPOS DE L'OEUVRE.

L'appel de la Forêt et Croc Blanc sont inspirés par l'expérience de l'auteur dans le grand nord ; il est alors chasseur d'or au bord du Kondlike (*rivière canadienne dans le territoire du Yukon*).

Avec l'Appel de la Forêt, Jack London relate l'histoire de Buck, un chien de traîneau maltraité et confronté à la brutalité des autres bêtes. Finalement, Buck rejoindra la vie sauvage du Grand Nord (the Wild) pour devenir le mâle alpha d'une meute de loups.

Croc Blanc décrit cette fois la vie d'un jeune loup qui après de lourdes épreuves trouve une vie paisible auprès d'un humain.

Trop souvent catalogués comme roman d'aventure, ces deux récits se lisent à plusieurs niveaux, comme la plupart des œuvres de London. Ici l'auteur nous fait partager son amour et son respect infini pour la vie sauvage. Un univers sans cesse nier et maltraité par l'un de ses enfants, l'espèce humaine.

Eleanor K. Smith

L'Appel de la Forêt

(The Call of the Wild)

Traduction

Madame la Comtesse de Galard

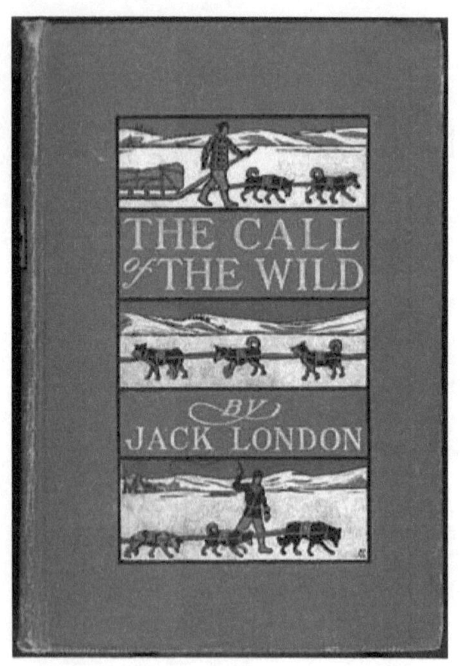

Couverture de l'édition originale

I

La loi primitive

L'antique instinct nomade surgit,
Se ruant contre la chaîne de l'habitude ;
Et de son brumeux sommeil séculaire
S'élève le cri de la race.

Buck ne lisait pas les journaux et était loin de savoir ce qui se tramait vers la fin de 1897, non seulement contre lui, mais contre tous ses congénères. En effet, dans toute la région qui s'étend du détroit de Puget à la baie de San Diégo on traquait les grands chiens à longs poils, aussi habiles à se tirer d'affaire dans l'eau que sur la terre ferme...

Les hommes, en creusant la terre obscure, y avaient trouvé un métal jaune, enfoncé dans le sol glacé des régions arctiques, et les compagnies de transport ayant répandu la nouvelle à grand renfort de réclame, les gens se ruaient en foule vers le nord. Et il leur fallait des chiens, de ces grands chiens robustes aux muscles forts pour travailler, et à l'épaisse fourrure pour se protéger contre le froid.

Buck habitait cette belle demeure, située dans la vallée ensoleillée de Santa-Clara, qu'on appelle « le Domaine du juge Miller ».

De la route, on distingue à peine l'habitation à demi cachée par les grands arbres, qui laissent entrevoir la large et fraîche véranda, régnant sur les quatre faces de la maison. Des allées soigneusement sablées mènent au perron, sous l'ombre tremblante des hauts peupliers, parmi les vertes pelouses. Un jardin immense et fleuri entoure la villa, puis ce sont les communs imposants, écuries spacieuses, où s'agitent une douzaine de grooms et de valets bavards, cottages couverts de plantes grimpantes, pour les jardiniers et leurs aides ; enfin l'interminable rangée des serres, treilles et espaliers, suivis de vergers plantureux, de gras pâturages, de champs fertiles et de ruisseaux jaseurs.

Le monarque absolu de ce beau royaume était, depuis quatre ans, le chien Buck, magnifique animal dont le poids et la majesté tenaient du gigantesque terre-neuve Elno, son père, tandis que sa mère Sheps, fine chienne colley de pure race écossaise, lui avait donné la beauté des formes et l'intelligence humaine de son regard. L'autorité de Buck était indiscutée. Il régnait sans conteste non seulement sur la tourbe insignifiante des chiens d'écurie, sur le carlin japonais Toots, sur le mexicain Isabel, étrange créature sans poil dont l'aspect prêtait à rire, mais encore sur tous les habitants du même lieu que lui. Majestueux et doux, il était le compagnon inséparable du juge, qu'il suivait dans toutes ses promenades, il s'allongeait d'habitude aux pieds de son maître, dans la bibliothèque, le nez sur ses pattes de devant, clignant des yeux vers le feu, et ne marquant que par un imperceptible mouvement des sourcils l'intérêt qu'il prenait à tout ce qui se passait autour de lui. Mais apercevait-il au-dehors les fils aînés du juge, prêts à se mettre en selle, il se levait d'un air digne et daignait les escorter ; de même, quand les jeunes gens prenaient leur bain matinal dans le grand réservoir cimenté du jardin, Buck considérait de son devoir d'être de la fête. Il ne manquait pas non plus d'accompagner les jeunes filles dans leurs promenades à pied ou en voiture ; et parfois on le voyait sur les pelouses, portant sur son dos les petits-enfants du juge, les roulant sur le gazon et faisant mine de les dévorer, de ses deux rangées de dents étincelantes. Les petits l'adoraient, tout en le craignant un peu, car Buck exerçait sur eux une surveillance sévère et ne permettait aucun écart à la règle. D'ailleurs, ils n'étaient pas seuls à le redouter, le sentiment de sa propre importance et le respect universel qui l'entourait investissant le bel animal d'une dignité vraiment royale.

Depuis quatre ans, Buck menait l'existence d'un aristocrate blasé, parfaitement satisfait de soi-même et des autres, peut-être légèrement enclin à l'égoïsme, ainsi que le sont trop souvent les grands de ce monde. Mais son activité incessante, la chasse, la pêche, le sport, et surtout sa passion héréditaire pour l'eau fraîche le gardaient de tout alourdissement et de la moindre déchéance physique : il était, en vérité, le plus admirable spécimen de sa race qu'on pût voir. Sa vaste poitrine, ses flancs évidés sous l'épaisse et soyeuse fourrure, ses pattes droites et formidables, son large front étoilé de blanc, son regard franc, calme et attentif, le faisaient admirer de tous.

Telle était la situation du chien Buck, lorsque la découverte des mines d'or du Klondike attira vers le nord des milliers d'aventuriers. Tout manquait dans ces régions neuves et désolées ; et pour assurer la subsistance et la vie même des émigrants, on dut avoir recours aux traîneaux attelés de chiens, seuls animaux de trait capables de supporter une température arctique.

Buck semblait créé pour jouer un rôle dans les solitudes glacées de l'Alaska ; et c'est précisément ce qui advint, grâce à la trahison d'un aide-jardinier. Le misérable Manoël avait pour la loterie chinoise une passion effrénée ; et ses gages étant à peine suffisants pour assurer l'existence de sa femme et de ses enfants, il ne recula pas devant un crime pour se procurer les moyens de satisfaire son vice.

Un soir, que le juge présidait une réunion et que ses fils étaient absorbés par le règlement d'un nouveau club athlétique, le traître Manoël appelle doucement Buck, qui le suit sans défiance, convaincu qu'il s'agit d'une simple promenade à la brume. Tous deux traversent sans encombre la propriété, gagnent la grande route et arrivent tranquillement à la petite gare de Collège-Park. Là, un homme inconnu place dans la main de Manoël quelques pièces d'or, tout en lui reprochant d'amener l'animal en liberté. Aussitôt Manoël jette au cou de Buck une corde assez forte pour l'étrangler en cas de résistance. Buck supporte cet affront avec calme et dignité ; bien que ce procédé inusité le surprenne, il a, par habitude, confiance en tous les gens de la maison, et sait que les hommes possèdent une sagesse supérieure même à la sienne. Toutefois, quand l'étranger fait mine de prendre la corde, Buck manifeste par un profond grondement le déplaisir qu'il éprouve. Aussitôt la corde se resserre, lui meurtrissant cruellement la gorge et lui coupant la respiration. Indigné, Buck, se jette sur l'homme ; alors celui-ci donne un tour de poignet vigoureux : la corde se resserre encore ; furieux, surpris, la langue pendante, la poitrine convulsée, Buck se tord impuissant, ressentant plus vivement l'outrage inattendu que l'atroce douleur physique ; ses beaux yeux se couvrent d'un nuage, deviennent vitreux... et c'est à demi mort qu'il est brutalement jeté dans un fourgon à bagages par les deux complices.

Quand Buck revint à lui, tremblant de douleur et de rage, il comprit qu'il était emporté par un train, car ses fréquentes excursions avec le juge lui avaient appris à connaître ce mode de locomotion.

Ses yeux, en s'ouvrant, exprimèrent la colère et l'indignation d'un monarque trahi. Soudain, il aperçoit à ses côtés l'homme auquel Manoël l'a livré. Bondir sur lui, ivre de rage, est l'affaire d'un instant ; mais déjà la corde se resserre et l'étrangle... pas sitôt pourtant que les mâchoires puissantes du molosse n'aient eu le temps de se refermer sur la main brutale, la broyant jusqu'à l'os...

Un homme d'équipe accourt au bruit :

– Cette brute a des attaques d'épilepsie, fait le voleur, dissimulant sa main ensanglantée sous sa veste. On l'emmène à San Francisco, histoire de le faire traiter par un fameux vétérinaire. Ça vaut de l'argent, un animal comme ça... son maître y tient...

L'homme d'équipe se retire, satisfait de l'explication.

Mais quand on arrive à San Francisco, les habits du voleur sont en lambeaux, son pantalon pend déchiré à partir du genou, et le mouchoir qui enveloppe sa main est teint d'une pourpre sombre. Le voyage, évidemment, a été mouvementé.

Il traîne Buck à demi mort jusqu'à une taverne louche du bord de l'eau, et là, tout en examinant ses blessures, il ouvre son cœur au cabaretier.

– Sacré animal !... En voilà un enragé !... grommelle-t-il en avalant une copieuse rasade de gin ; cinquante dollars pour cette besogne-là !... Par ma foi, je ne recommencerais pas pour mille !

– Cinquante ? fait le patron. Et combien l'autre a-t-il touché ?

– Hum !... il n'a jamais voulu lâcher cette sale bête pour moins de cent... grogne l'homme.

– Cent cinquante ?... Pardieu, il les vaut ou je ne suis qu'un imbécile, fait le patron, examinant le chien.

Mais le voleur a défait le bandage grossier qui

entoure sa main blessée.

– Du diable si je n'attrape pas la rage ! exclame-t-il avec colère.

– Pas de danger !... C'est la potence qui t'attend... ricane le patron. Dis donc, il serait peut-être temps de lui enlever son collier...

Étourdi, souffrant cruellement de sa gorge et de sa langue meurtries, à moitié étranglé, Buck voulut faire face à ses tourmenteurs. Mais la corde eut raison de ses résistances ; on réussit enfin à limer le lourd collier de cuivre marqué au nom du juge. Alors les deux hommes lui retirèrent la corde et le jetèrent dans une caisse renforcée de barreaux de fer.

Il y passa une triste nuit, ressassant ses douleurs et ses outrages. Il ne comprenait rien à tout cela. Que lui voulaient ces hommes ? Pourquoi le maltraitaient-ils ainsi ? Au moindre bruit il dressait les oreilles, croyant voir paraître le juge ou tout au moins un de ses fils. Mais lorsqu'il apercevait la face avinée du cabaretier, ou les yeux louches de son compagnon de route, le cri joyeux qui tremblait dans sa gorge se changeait en un grognement profond et sauvage.

Enfin tout se tut. À l'aube, quatre individus de mauvaise mine vinrent prendre la caisse qui contenait Buck et la placèrent sur un fourgon.

L'animal commença par aboyer avec fureur contre ces nouveaux venus. Mais s'apercevant bientôt qu'ils se riaient de sa rage impuissante, il alla se coucher dans un coin de sa cage et y demeura farouche, immobile et silencieux.

Le voyage fut long. Transbordé d'une gare à une autre, passant d'un train de marchandises à un express, Buck traversa à toute vapeur une grande étendue de pays.

Le trajet dura quarante-huit heures.

De tout ce temps il n'avait ni bu ni mangé. Comme il ne répondait que par un grognement sourd aux avances des employés du train, ceux-ci se vengèrent en le privant de nourriture. La faim ne le tourmentait pas autant que la soif cruelle qui desséchait sa gorge, enflammée par la pression de la corde. La fureur grondait en son cœur et ajoutait à la fièvre ardente qui le consumait ; et la douceur de sa vie passée rendait plus douloureuse sa condition présente.

Buck, réfléchissant en son âme de chien à tout ce qui lui était arrivé en ces deux jours pleins de surprises et d'horreur, sentait croître son indignation et sa colère, augmentées par la sensation inaccoutumée de la faim qui lui tenaillait les entrailles. Malheur au premier qui passerait à sa portée en ce moment ! Le juge lui-même aurait eu peine à reconnaître en cet animal farouche le débonnaire compagnon de ses journées paisibles ; quant aux employés du train, ils poussèrent un soupir de soulagement en débarquant à Seattle la caisse contenant « la bête fauve ».

Quatre hommes l'ayant soulevée avec précaution la transportèrent dans une cour étroite et noire, entourée de hautes murailles, et dans laquelle se tenait un homme court et trapu, la pipe aux dents, le buste pris dans un maillot de laine rouge aux manches roulées au-dessus du coude.

Devinant en cet homme un nouvel ennemi, Buck, le regard rouge, le poil hérissé, les crocs visibles sous la lèvre retroussée, se rua contre les barreaux de sa cage avec un véritable hurlement.

L'homme eut un mauvais sourire : il posa sa pipe, et s'étant muni d'une hache et d'un énorme gourdin, il se rapprocha d'un pas délibéré.

– Dis donc, tu ne vas pas le sortir, je pense ? s'écria un des porteurs en reculant.

– Tu crois ça ?... Attends un peu ! fit l'homme, insérant d'un coup sa hache entre les planches de la caisse.

Les assistants se hâtèrent de se retirer, et reparurent au bout de peu d'instants, perchés sur le mur de la cour en bonne place pour voir ce qui allait se passer.

Lorsque Buck entendit résonner les coups de hache contre les parois de sa cage, il se mit debout, et mordant les barreaux, frémissant de colère et d'impatience, il attendit.

– À nous deux, l'ami !... Tu me feras les yeux doux tout à l'heure !... grommela l'homme au maillot rouge.

Et, dès qu'il eut pratiqué une ouverture suffisante pour livrer passage à l'animal, il rejeta sa hache et se tint prêt, son gourdin bien en main.

Buck était méconnaissable ; l'œil sanglant, la mine hagarde et farouche, l'écume à la gueule, il se rua sur l'homme, pareil à une bête enragée... Mais au moment où ses mâchoires de fer allaient se refermer en étau sur sa proie, un coup savamment appliqué en plein crâne le jeta à terre. Ses dents s'entrechoquent violemment ; mais se relevant d'un bond, il s'élance, plein d'une rage aveugle ; de nouveau il est rudement abattu. Sa rage croît. Dix fois, vingt fois, il revient à la charge, mais, à chaque tentative, un coup formidable, appliqué de main de maître, arrête son élan. Enfin, étourdi, hébété, Buck demeure à terre, haletant ; le sang dégoutte de ses narines, de sa bouche, de ses oreilles ; son beau poil est souillé d'une écume sanglante ; la malheureuse bête sent son cœur généreux prêt à se rompre de douleur et de rage impuissante...

Alors l'Homme fait un pas en avant, et froidement,

délibérément, prenant à deux mains son gourdin, il assène sur le nez du chien un coup terrible. L'atroce souffrance réveille Buck de sa torpeur : aucun des autres coups n'avait égalé celui-ci. Avec un hurlement fou il se jette sur son ennemi. Mais sans s'émouvoir, celui-ci empoigne la gueule ouverte, et broyant dans ses doigts de fer la mâchoire inférieure de l'animal, il le secoue, le balance et, finalement, l'enlevant de terre à bout de bras, il lui fait décrire un cercle complet et le lance à toute volée contre terre, la tête la première.

Ce coup, réservé pour la fin, lui assure la victoire. Buck demeure immobile, assommé.

– Hein ?... Crois-tu... qu'il n'a pas son pareil pour mater un chien ?... crient les spectateurs enthousiasmés.

– Ma foi, dit l'un d'eux en s'en allant, j'aimerais mieux casser des cailloux tous les jours sur la route, et deux fois le dimanche, que de faire un pareil métier... Cela soulève le cœur...

Buck, peu à peu, reprenait ses sens, mais non ses forces ; étendu à l'endroit où il était venu s'abattre, il suivait d'un œil atone tous les mouvements de l'homme au maillot rouge.

Celui-ci se rapprochait tranquillement.

– Eh bien, mon garçon ? fit-il avec une sorte de rude enjouement, comment ça va-t-il ?... Un peu mieux, hein ?... Paraît qu'on vous appelle Buck, ajouta-t-il en consultant la pancarte appendue aux barreaux de la cage. Bien. Alors, Buck, mon vieux, voilà ce que j'ai à vous dire : Nous nous comprenons, je crois. Vous venez d'apprendre à connaître votre place. Moi, je saurai garder la mienne. Si vous êtes un bon chien, cela marchera. Si vous faites le méchant, voici un bâton qui vous enseignera la sagesse. Compris, pas vrai ?... Entendu !...

Et, sans nulle crainte, il passa sa rude main sur la tête puissante, saignant encore de ses coups. Buck sentit son poil se hérisser à ce contact, mais il le subit sans protester. Et quand l'Homme lui apporta une jatte d'eau fraîche, il but avidement ; ensuite il accepta un morceau de viande crue que l'Homme lui donna bouchée par bouchée.

Buck, vaincu, venait d'apprendre une leçon qu'il n'oublierait de sa vie : c'est qu'il ne pouvait rien contre un être humain armé d'une massue. Se trouvant pour la première fois face à face avec la loi primitive, envisageant les conditions nouvelles et impitoyables de son existence, il perdit la mémoire de la douceur des jours écoulés et se résolut à souffrir l'Inévitable.

D'autres chiens arrivaient en grand nombre, les uns dociles et joyeux, les autres furieux comme lui-même ; mais chacun à son tour apprenait sa leçon. Et chaque fois que se renouvelait sous ses yeux la scène brutale de sa propre arrivée, cette leçon pénétrait plus profondément dans son cœur : sans aucun doute possible, il fallait obéir à la loi du plus fort...

Mais, quelque convaincu qu'il fût de cette dure nécessité, jamais Buck n'aurait imité la bassesse de certains de ses congénères qui, battus, venaient en rampant lécher la main du maître. Buck, lui, obéissait, mais sans rien perdre de sa fière attitude, en se mesurant de l'œil à l'Homme abhorré...

Souvent il venait des étrangers qui, après avoir examiné les camarades, remettaient en échange des pièces d'argent, puis emmenaient un ou plusieurs chiens, qui ne reparaissaient plus. Buck ne savait ce que cela signifiait.

Enfin, son tour vint.

Un jour, parut au chenil un petit homme sec et vif, à la mine futée, crachant un anglais bizarre panaché d'expressions inconnues à Buck.

– Sacrrré mâtin !... cria-t-il en apercevant le superbe animal. V'là un damné failli chien !... Le diable m'emporte !... Combien ?

– Trois cents dollars. Et encore ! C'est un vrai cadeau qu'on vous fait, répliqua promptement le vendeur de chiens. Mais c'est l'argent du gouvernement qui danse, hein, Perrault ? Pas besoin de vous gêner ?

Perrault se contenta de rire dans sa barbe. Certes, non, ce n'était pas trop payer un animal pareil, et le gouvernement canadien ne se plaindrait pas quand il verrait les courriers arriver moitié plus vite que d'ordinaire. Perrault était connaisseur. Et dès qu'il eut examiné Buck, il comprit qu'il ne rencontrerait jamais son égal.

Buck, attentif, entendit tinter l'argent que le visiteur comptait dans la main de son dompteur. Puis Perrault siffla Buck et Curly, terre-neuve d'un excellent caractère, arrivé depuis peu, et qu'il avait également acheté. Les chiens suivirent leur nouveau maître.

Perrault emmena les deux chiens sur le paquebot *Narwhal,* qui se mit promptement en route ; et tandis que Buck, animé et joyeux, regardait disparaître à l'horizon la ville de Seattle, il ne se doutait guère que ses yeux contemplaient pour la dernière fois les terres ensoleillées du Sud.

Bientôt Perrault descendit les bêtes dans l'entrepont et les confia à un géant à face basanée qui répondait au nom de François. Perrault était un Franco-Canadien suffisamment bronzé ; mais François était un métis indien franco-canadien beaucoup plus bronzé encore.

Buck n'avait jamais rencontré d'hommes du type de ceux-ci ; il ne tarda pas à ressentir pour eux une estime sincère, bien que dénuée de toute tendresse ; car, s'ils étaient durs et froids, ils se montraient strictement justes ; en outre, leur intime connaissance de la race canine rendait vain tout essai de tromperie et leur attirait le respect.

Buck et Curly trouvèrent deux autres compagnons dans l'entrepont du *Narwhal*. L'un, fort mâtin d'un blanc de neige, ramené du Spitzberg par le capitaine d'un baleinier, était un chien aux dehors sympathiques, mais d'un caractère faux. Dès le premier repas, il vola la part de Buck. Comme celui-ci, indigné, s'élançait pour reprendre son bien, la longue mèche du fouet de François siffla dans les airs et venant cingler le voleur, le força de rendre le butin mal acquis. Buck jugea que François était un homme juste et lui accorda son estime.

Le second chien était un animal d'un caractère morose et atrabilaire ; il sut promptement faire comprendre à Curly, qui multipliait les avances, sa volonté d'être laissé tranquille. Mais lui, du moins, ne volait la part de personne. Dave semblait penser uniquement à manger, bâiller, boire et dormir. Rien ne l'intéressait hors de lui-même.

Quand le paquebot entra dans la baie de la Reine-Charlotte, Buck et Curly pensèrent devenir fous de terreur en sentant le bateau rouler, tanguer et crier comme un être humain sous les coups de la lame. Mais Dave, témoin de leur agitation, levant la tête, les regarda avec mépris ; puis il bâilla et, se recouchant sur l'autre côté, se rendormit tranquillement.

Les jours passèrent, longs et monotones. Peu à peu la température s'abaissait. Jamais Buck n'avait eu si grand froid.

Enfin l'hélice se tut ; et le navire demeura immobile ; mais aussitôt une agitation fébrile s'empara de tous les passagers. François accoupla vivement les chiens et les fit monter sur le pont. On se bousculait pour franchir la passerelle ; et tout à coup Buck se sentit enfoncer dans une substance molle et blanche, semblable à de la poussière froide et mouillée. Il recula en grondant ; d'autres petites choses blanches tombaient et s'accrochaient à son poil. Intrigué, il en happa une au passage et demeura surpris : cette substance blanche brûlait comme le feu et fondait comme l'eau...

Et les spectateurs de rire.

Buck était excusable pourtant de manifester quelque surprise en voyant de la neige pour la première fois de sa vie.

II

La loi du bâton et de la dent

La première journée de Buck sur la grève de Dyea fut un véritable cauchemar. Toutes les heures lui apportaient une émotion ou une surprise. Brutalement arraché à sa vie paresseuse et ensoleillée, il se voyait sans transition rejeté du cœur de la civilisation au centre même de la barbarie. Ici, ni paix, ni repos, ni sécurité ; tout était confusion, choc et péril, de là, nécessité absolue d'être toujours en éveil, car les bêtes et les hommes ne reconnaissaient que la loi du bâton et de la dent. Des chiens innombrables couvraient cette terre nouvelle, et Buck n'avait jamais rien vu de semblable aux batailles que se livraient ces animaux, pareils à des loups ; son premier contact avec eux lui resta à jamais dans la mémoire. L'expérience ne lui fut pas personnelle, car elle n'aurait pu lui profiter ; la victime fut Curly. Celle-ci, fidèle à son caractère sociable, était allée faire des avances à un chien sauvage de la taille d'un grand loup, mais moitié moins gros qu'elle. La réponse ne se fit malheureusement pas attendre : un bond rapide comme l'éclair, un claquement métallique des dents, un autre bond de côté non moins agile et la face de Curly était ouverte de l'œil à la mâchoire.

Le loup combat ainsi : il frappe et fuit ; mais l'affaire n'en resta pas là. Trente ou quarante vagabonds accoururent et formèrent autour des combattants un cercle attentif et muet. Buck ne comprenait pas cette intensité de silence et leur façon de se lécher les babines.

Curly se relève, se précipite sur son adversaire qui de nouveau la mord et bondit plus loin. À la troisième reprise, l'animal arrêta l'élan de la chienne avec sa poitrine, de telle façon qu'elle perdit pied et ne put se relever. C'était ce qu'attendait l'ennemi. Aussitôt, la meute bondit sur la pauvre bête, et elle fut ensevelie avec des cris de détresse sous cette masse hurlante et sauvage. Ce fut si soudain et si inattendu que Buck en resta tout interdit. Il vit Spitz sortir sa langue rouge – c'était sa façon de rire – et François balançant une hache, sauter au milieu des chiens. Trois hommes armés de bâtons l'aidèrent à les disperser, ce qui ne fut pas long. Deux minutes après la chute de Curly, le dernier de ses assaillants s'enfuyait honteusement ; mais elle restait sans vie sur la neige piétinée et sanglante, tandis que le métis hurlait de terribles imprécations. Buck conserva longtemps le souvenir de cette terrible scène.

Avant d'être remis de la mort tragique de Curly, il eut à supporter une nouvelle épreuve. François lui mit sur le corps un attirail de courroies et de boucles ; c'était un harnais, semblable à ceux qu'il avait vu tant de fois mettre aux chevaux ; et, comme eux, il lui fallut tirer un traîneau portant son maître jusqu'à la forêt qui bordait la vallée, pour en revenir avec une charge de bois. Mais quoique sa dignité fût profondément blessée de se voir ainsi transformé en bête de trait, il était devenu trop prudent pour se révolter ; il se mit résolument au travail et fit de son mieux, malgré la nouveauté, et l'étrangeté de cet exercice. François était sévère, exigeant une obéissance absolue que lui obtenait d'ailleurs la puissance de son fouet. Tandis que Dave, limonier expérimenté, plantait la dent, à chaque erreur, dans l'arrière-train de Buck, Spitz en tête, très au courant de son affaire, ne pouvant atteindre le débutant, lui grognait des reproches sévères, ou pesait adroitement de tout son poids dans les traits pour lui faire prendre la direction voulue. Buck apprit vite et fit en quelques heures de remarquables progrès, grâce aux leçons combinées de ses deux camarades et de François. Avant de revenir au camp, il en savait assez pour s'arrêter à « Ho ! », repartir à « Mush ! », s'écarter du traîneau dans les tournants, et l'éviter dans les descentes.

– Ce sont trois très bons chiens, dit François à Perrault. Ce Buck tire comme le diable ; il a appris en un rien de temps.

Dans l'après-midi, Perrault, qui était pressé de partir avec ses dépêches, ramena deux nouveaux chiens résistants et vigoureux. Billee et Joe, tous deux fils de la même mère, différaient l'un de l'autre comme le jour et la nuit. Le seul défaut de Billee était l'excès de mansuétude ; tandis que Joe, grincheux, peu sociable, l'œil mauvais, et grognant toujours, était tout l'opposé de ce caractère. Buck les reçut en bon camarade, Dave les ignora et Spitz se mit en devoir de les rosser tour à tour. Billee, pour l'apaiser, remua la queue ; mais ses intentions pacifiques n'eurent aucun succès, et il se mit à gémir en sentant les dents pointues de Spitz labourer ses flancs. Quant à Joe, de quelque façon que Spitz l'attaquât, il le trouva toujours prêt à lui faire face. Les oreilles couchées en arrière, le poil hérissé, la lèvre retroussée et frémissante, la mâchoire prête à mordre, et dans l'œil une lueur diabolique, c'était une véritable incarnation de la peur belliqueuse. Son aspect était si redoutable que Spitz dut renoncer à le corriger, et, pour couvrir sa défaite, il se retourna sur le pauvre et inoffensif Billee et le chassa jusqu'aux confins du camp.

Le soir venu, Perrault ramena encore un autre chien, un vieux *husky*[1], long, maigre, décharné, couvert de

---

[1] Chien du pays, à demi sauvage.

glorieuses cicatrices récoltées en maint combat, et possesseur d'un œil unique, mais cet œil brillait d'une telle vaillance qu'il inspirait aussitôt le respect. Il s'appelait Sol-leck, ce qui veut dire le Mal-Content. Semblable à Dave, il ne demandait rien, ne donnait rien, n'attendait rien, et, quand il s'avança lentement et délibérément au milieu des autres, Spitz lui-même le laissa tranquille. On put bientôt remarquer qu'il ne tolérait pas qu'on l'approchât du côté de son œil aveugle. Buck eut la malchance de faire cette découverte et de l'expier rudement, car Sol-leck, d'un coup de dent, lui fendit l'épaule sur une longueur de trois centimètres. Buck évita avec soin à l'avenir de répéter l'offense, et tous deux restèrent bons camarades jusqu'à la fin. Sol-leck semblait, comme Dave, n'avoir d'autre désir que la tranquillité, et pourtant Buck découvrit plus tard que l'un et l'autre nourrissaient au fond du cœur une passion ardente dont il sera parlé plus loin.

Cette nuit-là, Buck dut résoudre le grand problème du sommeil. La tente, éclairée par une chandelle, projetait une lueur chaude sur la plaine blanche : mais quand tout naturellement il y entra, Perrault et François le bombardèrent de jurons, et d'ustensiles de cuisine qui le firent s'enfuir, consterné, au froid du dehors. Il soufflait un vent terrible qui le glaçait et rendait la blessure de son épaule particulièrement cuisante. Il se coucha sur la neige et tenta de dormir, mais le froid le contraignit bientôt à se relever ; misérable et désolé, il errait au hasard, cherchant en vain un abri ou un peu de chaleur. De temps à autre, les chiens indigènes tentaient de l'attaquer, mais il grognait en hérissant les poils de son cou (*défense qu'il avait vite apprise*) et montrait un front si formidable que les maraudeurs se désistaient bientôt, et il continuait sa route sans être inquiété.

Soudain, Buck eut l'idée de chercher comment ses

compagnons de trait se tiraient de cette difficulté. À sa grande surprise, tous avaient disparu ; il parcourut de nouveau tout le camp, puis revint à son point de départ sans parvenir à les trouver. Convaincu qu'ils ne pouvaient être sous la tente, puisqu'il en avait été chassé lui-même, il en refit le tour, grelottant, la queue tombante et se sentant très malheureux. Tout à coup la neige céda sous ses pattes et il s'enfonça dans un trou au fond duquel remuait quelque chose ; redoutant l'invisible et l'inconnu, il gronda et se hérissa avec un bond en arrière. Un petit gémissement amical lui ayant répondu, il revint poursuivre ses investigations, et, en même temps qu'un souffle d'air chaud lui parvenait à la face, il découvrait Billee roulé en boule sous la neige. Celui-ci gémit doucement, se mit sur le dos afin de prouver sa bonne volonté et ses intentions pacifiques, et alla même, pour faire la paix, jusqu'à passer sa langue chaude et mouillée sur le museau de l'intrus.

Autre leçon pour Buck, qui choisit immédiatement un emplacement, et après beaucoup d'efforts inutiles parvint à se creuser un trou. En un instant la chaleur de son corps remplissait ce petit espace, et il trouvait enfin un repos bien gagné.

La journée avait été longue et pénible, et son sommeil, quoique profond, fut entremêlé de luttes et de batailles livrées à des ennemis chimériques.

Buck n'ouvrit les yeux qu'au bruit du réveil du camp. Il ne comprit pas d'abord en quel lieu il se trouvait. La neige de la nuit l'avait complètement enseveli et ce mur glacé l'enserrait de toutes parts. La peur le saisit, celle de la bête sauvage prise au piège : indice du retour de sa personnalité à celle de ses ancêtres, car étant un chien civilisé, trop civilisé peut-être, il ignorait les pièges. Tous les muscles de son corps se contractèrent instinctivement ; les poils de sa tête et de ses épaules se hérissèrent, et avec un hurlement féroce, Buck apparut au grand jour, au milieu de la neige qui volait de toutes parts.

Avant de retomber sur ses pattes, il avait vu le camp devant lui, et s'était rappelé dans un éclair tout ce qui s'était passé, depuis la promenade avec Manoël, jusqu'au trou qu'il s'était creusé la nuit précédente. Une exclamation de François salua son apparition.

– Qu'est-ce que je disais ? criait-il à Perrault. Ce Buck est plus malin qu'un singe ! Il apprend avec une rapidité surprenante.

Perrault hocha la tête d'un air de grave approbation. Courrier du gouvernement canadien, et porteur d'importantes dépêches, il était désireux de s'assurer les meilleures bêtes, et l'acquisition de Buck le satisfaisait pleinement.

En moins d'une heure, trois autres chiens furent ajoutés à l'attelage, formant ainsi un total de neuf animaux ; et un quart d'heure plus tard, tous étant attelés, filaient dans la direction de Dyea Cannon. Buck était content de partir et quoique la tâche fût dure, elle ne lui parut point méprisable. Il fut frappé de l'ardeur qui animait tout l'attelage et qui le saisit à son tour, mais plus encore du changement de Dave et de Sol-leck que le harnais transformait. Toute leur indifférence avait disparu ; alertes, actifs, désireux que l'ouvrage se fît bien, ils s'irritaient de tout ce qui pouvait les retarder, du moindre désordre ou d'une erreur quelconque.

L'expression de leur être semblait se réduire à bien tirer dans les traits, but suprême pour lequel ils vivaient et qui seul pouvait les satisfaire. Dave était limonier du traîneau ; devant lui étaient Buck et le Mal-Content ; le reste venait en file indienne, derrière le conducteur Spitz.

Buck avait été placé entre Dave et Sol-leck pour parachever son éducation. Quelque bon élève qu'il se montrât, il avait encore beaucoup à apprendre, et il acquit beaucoup de ses deux maîtres qui ne le laissaient jamais longtemps dans l'erreur, et appuyaient leurs leçons de leurs dents acérées. Dave était juste et modéré. Il ne mordait jamais Buck sans cause, mais à la moindre faute, il ne manquait pas de le serrer ; et comme le fouet de François le secondait toujours, Buck trouva plus profitable de se corriger que de riposter. Pendant une courte halte, s'étant empêtré dans les traits, et, par suite, ayant retardé le départ de l'attelage, il reçut une correction à la fois de Dave et de Sol-leck. Le désordre qui en résulta fut plus grand encore, mais désormais, Buck évita soigneusement d'emmêler les traits ; et, avant la fin du jour, il avait si bien compris son travail, que ses camarades cessèrent de le reprendre. Le fouet de François claqua moins souvent, et Perrault lui-même fit à Buck, pendant la halte, l'honneur de lui examiner soigneusement les pattes.

Ce fut une rude journée de marche ; ils traversèrent le Cannon, Sheep-Camp, les Scales et la limite des bois, franchirent des glaciers et des amas de neige de plusieurs centaines de pieds de profondeur passèrent enfin le Chilcoot-Divide qui sépare l'eau salée de l'eau fraîche, et garde avec un soin jaloux le Nord triste et solitaire. La caravane descendit rapidement la chaîne des lacs qui remplissent les cratères de volcans éteints ; la soirée était déjà avancée, lorsqu'elle s'arrêta dans le vaste camp situé à la tête du lac Bennette, où des milliers de chercheurs d'or construisaient des bateaux en prévision de la fonte des glaces au printemps. Comme la veille, Buck ayant fait son trou dans la neige, s'y endormit du sommeil du juste, pour en être, le lendemain, déterré à la nuit noire, et reprendre le harnais avec ses compagnons.

Ce jour-là, ils firent quarante milles, car la voie était frayée ; mais le lendemain, et bien des jours encore, ils durent, pour établir leur propre piste, travailler plus dur tout en avançant plus lentement. En général, Perrault précédait l'attelage, tassant la neige avec ses patins pour lui faciliter la route. François maintenait la barre du traîneau et changeait rarement de place avec son compagnon. Perrault était pressé et se targuait de bien connaître la glace, science indispensable, car la couche nouvelle était peu épaisse et sur l'eau courante il n'y en avait pas du tout. Pendant de longs jours Buck tira dans les traits. On levait toujours le camp dans l'obscurité, et les premières lueurs de l'aube retrouvaient les voyageurs en marche, ayant déjà un certain nombre de milles à leur actif. D'habitude aussi, on dressait le camp à la nuit noire, les chiens recevaient une ration de poisson et se couchaient dans la neige ; Buck aurait voulu avoir plus à manger ; la livre et demie de saumon séché qui était sa pitance journalière ne semblait pas lui suffire. Il n'avait jamais assez, et souffrait sans cesse de la faim ; toutefois les autres chiens qui pesaient moins et étaient faits à cette vie, ne recevaient qu'une seule livre de nourriture, et se maintenaient en bon état. Buck perdit vite sa délicatesse de goût, fruit de son éducation première. Mangeur friand, il s'aperçut que ceux de ses congénères qui avaient fini les premiers lui volaient le reste de sa ration, sans qu'il pût la défendre contre leurs entreprises, car tandis qu'il écartait les uns, les autres avaient vite fait de happer le morceau convoité. Pour remédier à cet état de choses, il se mit à manger aussi vite qu'eux, et la faim le poussant, il n'hésita pas à prendre comme eux le bien d'autrui quand l'occasion se présenta.

Ayant vu Pike, un des nouveaux chiens, voleur habile, faire disparaître une tranche de jambon derrière le dos de Perrault, il répéta l'opération et la perfectionna dès le lendemain, emportant le morceau tout entier. Il s'ensuivit un grand tumulte, mais le coupable échappa aux soupçons, tandis que Dub, maladroit étourdi qui se faisait toujours pincer, fut puni pour la faute que Buck avait commise.

L'ensemble de qualités ou de défauts que déploya notre héros en ce premier acte de banditisme semblait démontrer qu'il triompherait de tous les obstacles de sa vie nouvelle ; il marquait la disparition de sa moralité, chose inutile et nuisible dans cette lutte pour l'existence ; d'ailleurs Buck ne volait pas par goût, mais seulement par besoin, en secret et adroitement, par crainte du bâton ou de la dent.

Son développement physique fut complet et rapide, ses muscles prirent la dureté du fer, il devint insensible à la douleur ; son économie interne et externe se modifia. Il pouvait manger sans inconvénient les choses les plus répugnantes et les plus indigestes. Chez lui, la vue et l'odorat devinrent extrêmement subtils, et l'ouïe acquit une telle finesse que, dans son sommeil, il percevait le moindre bruit et savait en reconnaître la nature pacifique ou dangereuse. Il apprit à arracher la glace avec ses dents quand elle s'attachait à ses pattes ; et quand il avait soif et qu'une croûte épaisse le séparait de l'eau, il savait se dresser pour la casser en retombant avec ses pattes de devant. Sa faculté maîtresse était de sentir le vent, et de le prévoir une nuit à l'avance. Quelle que fût la tranquillité de l'air, le soir, quand il creusait son nid près d'un arbre ou d'un talus, le vent qui survenait ensuite le trouvait chaudement abrité, le dos à la bise.

L'expérience ne fut pas son seul maître, car des instincts endormis se réveillèrent en lui tandis que les générations domestiquées disparaissaient peu à peu.

Il apprit sans peine à se battre comme les loups, que ses aïeux oubliés avaient combattus jadis. Dans les nuits froides et calmes, quand, levant le nez vers les étoiles, il hurlait longuement, c'étaient ses ancêtres, aujourd'hui cendre et poussière, qui à travers les siècles hurlaient en sa personne. Siennes étaient devenues les cadences de leur mélopée monotone, ce chant qui signifiait le calme, le froid, l'obscurité !

C'est ainsi que la vie isolée de l'individu étant peu de chose, en somme, et les modifications de l'espèce laissant intacte la continuité de la race, avec ses traits essentiels, ses racines profondes et ses instincts primordiaux, l'antique chanson surgit soudain en cette âme canine et le passé renaquit en lui.

Et cela parce que des hommes avaient découvert dans une région septentrionale certain métal jaune qu'ils prisent fort, et parce que Manoël, aide-jardinier, recevait un salaire qui n'était pas à la hauteur de ses besoins.

Dans les dures conditions de sa nouvelle existence, si des instincts anciens et oubliés reparaissaient chez Buck, ils croissaient en secret ; car son astuce nouvelle savait les équilibrer et les restreindre. Trop neuf encore à cette vie si différente de l'ancienne pour s'y trouver à l'aise, il évitait les querelles ; aucune impatience ne trahissait donc la haine mortelle qu'il avait vouée à Spitz, et il se gardait soigneusement de prendre l'offensive avec lui.

D'un autre côté et peut-être par cela même qu'il devinait en Buck un rival dangereux, Spitz ne perdait pas une occasion de lui montrer les dents. Il l'attaquait même sans raison, espérant ainsi faire naître la lutte qui se terminerait par la disparition de l'un d'eux. Presque au début du voyage, entre les deux chiens faillit se produire un conflit mortel, que seul vint prévenir une complication inattendue. À la fin d'une journée de marche, le campement avait été établi sur les bords du lac Le Barge.

L'obscurité, la neige qui tombait, et le vent coupant comme une lame de rasoir avaient forcé les voyageurs à chercher en hâte et à tâtons leur refuge pour la nuit. L'endroit était fort mal choisi ; derrière eux s'élevait un mur de rochers abrupts, et les hommes se virent obligés de faire du feu et d'étendre leurs sacs fourrés sur la surface même du lac ; ils avaient abandonné leur tente à Dyea pour alléger le paquetage. Quelques morceaux de bois de dérive leur fournirent un feu qui fit fondre la glace en s'y enfonçant et ils durent manger leur soupe dans l'obscurité.

Buck avait organisé son lit au pied des rochers ; il y faisait si chaud qu'il eut peine à le quitter quand François vint distribuer le poisson, dégelé au préalable devant le feu. Or, lorsque, ayant mangé, il revint à son nid, il le trouva occupé. Un grognement l'avertit que l'offenseur était Spitz. Buck avait évité jusqu'ici une querelle avec son ennemi, mais cette fois c'était trop. La bête féroce qui dormait en lui se déchaîna ; il sauta sur Spitz avec une furie qui surprit celui-ci, habitué à considérer Buck comme un chien très timide, dont la suprématie n'était due qu'à sa forte taille et à son gros poids.

François fut surpris, lui aussi, en les voyant tous deux bondir du trou, mais il devina le sujet de la dispute.

– Ah ! cria-t-il à Buck, vas-y mon vieux, et flanque une rossée à ce sale voleur !

Spitz était prêt à se battre. Hurlant de rage et d'ardeur, il tournait autour de Buck, guettant le moment favorable pour sauter sur lui. Buck, non moins ardent, mais plein de prudence, cherchait aussi à prendre l'offensive ; mais à ce moment, survint l'incident qui remit à un avenir éloigné la solution de la querelle.

Un juron de Perrault, un coup de massue sur une échine osseuse et un cri de douleur déterminèrent tout à coup une épouvantable cacophonie.

Le camp était rempli de chiens indigènes affamés, au nombre d'une soixantaine, venus sans doute d'un village indien et attirés par les provisions des voyageurs. Ils s'étaient glissés inaperçus pendant la bataille de Buck et de Spitz et quand les deux hommes avec leurs massues s'élancèrent au milieu des envahisseurs, ceux-ci montrèrent les dents et leur résistèrent. L'odeur des aliments les avait affolés. Perrault, en ayant trouvé un la tête enfouie dans une caisse de vivres, fit tomber lourdement son gourdin sur les côtes saillantes, et la caisse fut renversée à terre. À l'instant même, sans crainte du bâton, une vingtaine de créatures faméliques se ruaient sur le pain et le jambon, hurlant et criant sous les coups, mais ne s'en disputant pas moins avidement les dernières miettes de nourriture. Pendant ce temps, les chiens d'attelage, étonnés, avaient sauté hors de leurs trous et une lutte terrible s'engageait entre eux et les maraudeurs. De sa vie, Buck n'avait rien vu de pareil à ces squelettes recouverts de cuir, à l'œil étincelant, à la lèvre baveuse ; la faim les rendait terribles et indomptables.

Au premier assaut, les chiens de trait se virent repoussés au pied des rochers. Buck fut attaqué par trois d'entre eux, et, en un clin d'œil, sa tête et ses épaules étaient ouvertes et saignantes. Le bruit était effroyable. Billee gémissait comme à son ordinaire, Dave et Solleck, perdant leur sang par plusieurs blessures, combattaient courageusement côte à côte ; Joe mordait comme un diable ; une fois, ses mâchoires se refermèrent sur la jambe d'un des maraudeurs et l'on entendit craquer l'os. Pike, le geignard, sauta sur un animal estropié et lui cassa les reins d'un coup de dent. Buck saisit par la gorge un adversaire écumant, lui planta les dents dans la jugulaire, et le goût du sang dont il fut inondé surexcitant sa vaillance, il se jeta sur un autre ennemi avec une fureur redoublée ; mais au même moment il sentit des crocs aigus s'enfoncer dans sa gorge : c'était Spitz qui l'attaquait traîtreusement de côté.

Perrault et François, ayant réussi à débarrasser le camp, se précipitèrent à son secours, et Buck parvint à se délivrer. Mais les deux hommes furent rappelés du côté des caisses de conserves, menacées de nouveau ; et cette fois, les envahisseurs, réduits en nombre, mais désespérés, montraient un front si féroce que Billee, puisant du courage dans l'excès même de sa terreur, s'élança hors du cercle menaçant, et s'enfuit sur la glace au risque de l'effondrer ; Pike et Dub le suivirent de près, ainsi que le reste de l'attelage. Au moment où Buck prenait son élan pour les rejoindre, il vit du coin de l'œil Spitz se préparant à sauter sur lui pour le terrasser. Une fois par terre, au milieu de cette masse de fuyards, c'en était fait de lui : mais il put résister au choc de Spitz, et rejoindre ses camarades sur le lac.

Les neufs chiens d'attelage, n'étant plus poursuivis, se réunirent et cherchèrent un abri dans la forêt. Ils offraient un piteux aspect, chacun avait cinq ou six blessures, dont quelques-unes étaient profondes. Dub était grièvement blessé à une jambe de derrière ; Dolly, le dernier chien acheté à Dyea, avait une large plaie au cou ; Joe avait perdu un œil, et le doux Billee, ayant une oreille déchiquetée et mangée, ne cessa de gémir et de geindre tout le reste de la nuit. À l'aube, chacun regagna péniblement le camp, pour trouver les maraudeurs en fuite et les deux hommes de fort mauvaise humeur, car la moitié de leurs provisions avaient disparu. Rien de ce qui pouvait se manger n'avait échappé aux indigènes.

Ils avaient dévoré les courroies du traîneau et des bâches, avalé une paire de mocassins en cuir de buffle appartenant à Perrault, des fragments de harnais de cuir, et plus de soixante centimètres de la mèche du fouet de François. Celui-ci contemplait tous ces dégâts avec tristesse, lorsque arrivèrent ses chiens blessés.

– Ah ! mes amis, fit-il avec tristesse, peut-être allez-vous devenir tous enragés avec ces morsures... Qu'en pensez-vous, Perrault ?

Le courrier hocha la tête, soucieux. Quatre cents miles le séparaient de Dawson, et l'hypothèse de François le faisait frémir. Deux heures de jurons et d'efforts remirent les choses en place, et l'attelage raidi par ses blessures repartit pour affronter la course la plus dure qu'il devait fournir jusqu'à Dawson. La rivière de Thirty-Mile, défiant la gelée, roulait librement ses eaux agitées, et la glace ne portait que dans les petites baies et les endroits tranquilles. Il fallut six jours d'un travail opiniâtre et d'un péril constant pour couvrir ces terribles trente miles. Une demi-douzaine de fois, Perrault, qui marchait en éclaireur, sentit la glace céder sous son poids, et ne fut sauvé que par le long bâton qu'il portait de façon à le placer en travers du trou fait dans la glace par son corps. Le froid était terrible, le thermomètre marquait 50 degrés au-dessous de zéro, et Perrault devait, après chaque bain involontaire, allumer du feu et sécher ses vêtements.

Mais rien ne l'arrêtait, et il justifiait bien le choix fait de lui comme courrier du gouvernement. Avec sa petite figure ratatinée et vieillotte, on le voyait toujours au poste le plus dangereux, s'aventurant résolument sur les berges où la glace craquait parfois à faire frémir, toujours maître de soi, inlassable et incapable de découragement. Une fois, le traîneau s'enfonça : Dave et Buck étaient gelés et presque noyés lorsqu'on réussit à les sortir de l'eau. Il fallut, pour les sauver, allumer le feu habituel ; une carapace de glace les recouvrait, et les deux hommes, pour les dégeler et les réchauffer, durent les faire courir si près du feu que leurs poils en furent roussis.

Une autre fois, Spitz s'enfonça, suivi d'une partie de l'attelage, jusqu'à Buck, qui se rejetant de toute sa force en arrière, crispait ses pattes sur le rebord glissant, tandis que la glace tremblait. Derrière lui était Dave, faisant aussi des efforts pour retenir le traîneau que François tirait à se faire craquer les tendons. Un jour enfin, la glace du bord se rompit tout à fait, et leur seule chance de salut fut d'escalader la muraille de rochers. Perrault y réussit par un miracle que François implorait du ciel ; puis on réunit les lanières, les courroies du traîneau, et jusqu'au dernier morceau de harnais pour faire une longue corde, qui servit à hisser les chiens un à un au sommet de la falaise. François vint le dernier après le traîneau et son chargement. Il fallut ensuite trouver un autre endroit propice à la descente qui fut opérée aussi à l'aide de la corde, et la nuit retrouva, sur le bord de la rivière, les malheureux à un quart de mile de leur point de départ. Parvenus à Hootalinqua et à la glace résistante, Buck était anéanti, et les autres ne valaient guère mieux ; mais l'inflexible Perrault exigea, pour réparer le temps perdu, un effort de plus de son attelage. Il fallut partir tôt et s'arrêter tard. Ils firent, le premier jour, trente-cinq miles jusqu'au Big-Salmon, et le deuxième, trente miles, ce qui les amena tout près de Five-Fingers.

Les pattes de Buck n'étaient pas aussi endurcies et résistantes que celles des autres chiens ; elles s'étaient amollies par l'effet des siècles de civilisation qui pesaient sur lui, et toute la journée le chien boitillait en souffrant horriblement. Le camp une fois dressé, il se laissait tomber comme mort, sans pouvoir même, malgré sa faim, venir chercher sa ration que François était obligé de lui apporter. Celui-ci, touché de pitié, avait pris l'habitude de lui frictionner les pattes tous les jours pendant une demi-heure après son souper, et il finit par sacrifier une paire de mocassins pour faire quatre chaussures à l'usage de Buck. Ce lui fut un grand soulagement ; et la figure renfrognée de Perrault se dérida un jour en voyant Buck, dont François avait oublié les mocassins, se coucher sur le dos et agiter désespérément ses quatre pattes en l'air sans vouloir bouger. À la longue, elles s'endurcirent à la route, et les chaussures usées furent abandonnées.

À Pelly, au moment d'atteler, un matin Dolly, jusque-là très calme, donna tout à coup des signes de rage. Elle annonça son état par un long hurlement si plein de désespoir et d'angoisse, que chaque chien s'en hérissait d'effroi ; puis elle bondit sur Buck. Celui-ci n'avait jamais vu de cas de rage ; toutefois il sembla deviner la hideuse maladie, et s'enfuit poussé par une panique effroyable. Il filait bon train, la chienne écumante le suivant de tout près, car il n'arrivait pas à la distancer, malgré la terreur qui lui donnait des ailes. Il se fraya un passage à travers les bois, jusqu'à l'autre extrémité de l'île, traversa un chenal plein de glace pour atterrir dans une autre île, puis dans une troisième, fit un retour vers le fleuve principal et, en désespoir de cause, allait le traverser, car sans la voir, il entendait la bête gronder derrière lui. François le rappela de très loin, et il revint sur ses pas, haletant, suffoquant, mais plein de confiance dans son maître. Celui-ci tenait à la main une hache, et lorsque Buck passa devant lui comme un éclair, il vit l'outil s'enfoncer dans le crâne de la bête enragée. Chancelant, il s'arrêta près du traîneau, à bout de souffle et sans forces. Ce fut le moment choisi par Spitz pour sauter sur lui, deux fois, ses dents s'enfoncèrent dans la chair de l'ennemi sans défense, la déchirant jusqu'à l'os. Mais le fouet de François s'abattit sur le traître, et Buck eut la satisfaction de lui voir subir une correction des plus sévères.

– Ce Spitz est un diable incarné, fit Perrault ; il finira par nous tuer Buck, si l'on n'y veille.

– Buck vaut deux diables à lui seul, répondit François ; quelque beau jour, vous pouvez m'en croire, il avalera Spitz tout entier pour le recracher sur la neige.

À partir de ce moment, en effet, ce fut la guerre ouverte entre les deux chiens. Spitz, comme chef de file, maître reconnu de l'attelage, sentait sa suprématie diminuer devant cet animal si peu semblable aux nombreux chiens du Sud qu'il avait connus. Bien différent de ces animaux délicats et fragiles, Buck supportait les privations sans en souffrir ; il rivalisait de férocité et d'astuce avec le chien du pays. Plein de finesse sous sa forte charpente, il savait attendre son heure avec une patience digne des temps primitifs.

Buck désirait un conflit au sujet de la direction suprême, car il était dans sa nature de vouloir dominer ; de plus, il avait été saisi de cette passion incompréhensible du trait, qui fait tirer les chiens jusqu'à leur dernier souffle, les pousse à mourir joyeusement sous le harnais et leur fend le cœur s'ils en sont éloignés. C'était la passion de Dave comme limonier ; de Sol-leck tirant de toute sa force ; passion qui les saisissait le matin au lever du camp, et les transformait, de brutes moroses et maussades, en créatures ardentes, alertes et généreuses. C'était cette même passion qui poussait Spitz à corriger sévèrement toute faute dans le service, à dresser en conscience les nouvelles recrues, mais qui lui faisait en même temps pressentir et combattre toute supériorité capable de lui susciter un rival.

Buck en vint à menacer effrontément l'autorité de Spitz, s'interposant entre lui et ceux qu'il voulait punir. Une nuit, il y eut une épaisse tombée de neige et le matin venu, Pike le geignard n'apparut pas ; il restait blotti dans son trou sous un blanc matelas. François l'appela et le chercha en vain. Spitz était fou de rage. Il arpentait le camp, reniflant et grattant partout, et grognant si furieusement que le coupable en tremblait d'effroi dans sa cachette.

Quand il fut enfin déterré et que Spitz, exaspéré, sautait sur lui pour le corriger, Buck, également furieux, s'élança entre les deux. Ce fut si inattendu et si habilement accompli que Spitz, étonné, retomba en arrière. Pike, jusque-là tremblant de peur, rassembla son courage, fondit sur son chef renversé, et Buck, oublieux de toute loyauté, s'élançait lui aussi, pour l'achever. Mais François défenseur de la justice, intervint avec son fouet. Il lui fallut d'ailleurs employer le manche pour réussir à faire lâcher à Buck son rival terrassé. Le révolté, étourdi par le coup, abandonna son ennemi et fut corrigé sans merci, tandis que Spitz, de son côté, punissait vigoureusement Pike le geignard.

Pendant les jours qui suivirent, et qui les rapprochaient de Dawson, Buck continua à s'interposer entre Spitz et les coupables ; mais, toujours rusé, il le faisait hors de la vue de François. Cette secrète mutinerie encourageait l'insubordination générale, à laquelle Dave et Sol-leck seuls échappaient ; ce n'était que querelles, luttes incessantes ; et François, toujours inquiet de ce terrible duel, qu'il savait bien devoir se produire tôt ou tard, dut plus d'une nuit, au bruit des batailles, quitter ses couvertures de fourrure, pour intervenir entre les combattants. L'occasion favorable ne se présenta pas, et ceux-ci arrivèrent à Dawson sans avoir vidé leur différend. Ils y trouvèrent beaucoup d'hommes et d'innombrables chiens, qui, selon l'habitude, travaillaient sans relâche. Tout le long du jour, les attelages infatigables sillonnaient la rue principale, et la nuit, leurs clochettes tintaient encore. Ils tiraient des chargements de bois de construction ou de bois à brûler, rapportaient les produits des mines, faisaient, en un mot, tous les travaux exécutés par des chevaux dans la vallée de Santa-Clara. Buck, de temps à autre, rencontrait des chiens du Sud, mais en général c'étaient des métis de loups et de chiens du pays. Chaque nuit, à neuf heures, à minuit, à trois heures du matin, ils faisaient entendre un chant nocturne, étrange et fantastique, auquel Buck était heureux de se joindre. Quand l'aurore boréale brillait froide et calme au firmament, que les étoiles scintillaient avec la gelée, et que la terre demeurait engourdie et glacée sous son linceul de neige, ce chant morne, lugubre et modulé sur le ton mineur, avait quelque chose de puissamment suggestif, évocateur d'images et de rumeurs antiques. C'était la plainte immémoriale de la vie même, avec ses terreurs et ses mystères, son éternel labeur d'enfantement et sa perpétuelle angoisse de mort ; lamentation vieille comme le monde, gémissement de la terre à son berceau ; et Buck, en s'associant à cette plainte, en mêlant fraternellement sa voix aux sanglots de ces demi-fauves, Buck franchissait d'un bond le gouffre des siècles, revenait à ses aïeux, touchait à l'origine même des choses.

Sept jours après son entrée à Dawson, la caravane descendait les pentes abruptes des Barraks, sur les bords du Yukon, et repartait pour Dyea et Salt-Water. Perrault emportait des dépêches plus importantes encore que les premières ; la passion de la route l'avait saisi à son tour, et il voulait cette année-là battre le record des voyages. Plusieurs circonstances lui étaient favorables : le bagage était léger, la semaine de repos avait remis les chiens en état, la voie tracée était battue par de nombreux voyageurs et, de plus, la police avait établi deux ou trois dépôts de provisions pour les hommes et les chiens. Ils firent dans leur première étape Sixty-Mile, ce qui est une course de soixante miles, et le second jour franchirent le

Yukon dans la direction de Pelly. Mais cette course rapide ne s'accomplit pas sans beaucoup de tracas et d'ennuis pour François. La révolte insidieusement fomentée par Buck avait détruit l'esprit de solidarité dans l'attelage, qui ne marchait plus comme un seul chien.

L'encouragement sourdement donné aux rebelles les poussait à toutes sortes de méfaits. Spitz n'était plus un chef à redouter ; il n'inspirait plus le respect, et son autorité était discutée.

Pike lui vola un soir la moitié d'un poisson et l'avala sous l'œil protecteur de Buck. Une autre nuit, Dub et Joe se battirent avec Spitz et lui firent subir le châtiment qu'ils méritaient eux-mêmes à juste titre ; Billee le pacifique devenait presque agressif, et Buck lui-même ne montrait pas toute la magnanimité désirable. Fort de sa supériorité, il insultait ouvertement l'ennemi qui naguère le faisait trembler, et, pour tout dire, agissait un peu en bravache.

Le relâchement de la discipline influait même sur les rapports des chiens entre eux. Ils se disputaient et se querellaient sans cesse. Seuls, Dave et Sol-leck ne changeaient pas, tout en subissant le contrecoup de ces luttes perpétuelles. François avait beau jurer comme un diable en sa langue barbare, frapper du pied, s'arracher les cheveux de rage et faire constamment siffler son fouet au milieu de la meute ; sitôt qu'il avait le dos tourné, le désordre recommençait. Il appuyait Spitz de son autorité, mais Buck soutenait de ses dents le reste de l'attelage. François devinait qu'il était au fond de tout ce désordre, et Buck se savait soupçonné, mais il était trop habile pour se laisser surprendre. Il travaillait consciencieusement, car le harnais lui était devenu très cher ; mais il éprouvait un bonheur plus grand encore à exciter ses camarades et à semer ainsi le désordre dans les rangs.

À l'embouchure de la Tahkeena, un soir après souper, Dub fit lever un lapin et le manqua. Aussitôt la meute entière partit en chasse. Cent mètres plus loin, cinquante chiens indigènes se joignirent à la bande. Le lapin se dirigea vers la rivière et tourna dans un petit ruisseau dont il remonta rapidement la surface gelée ; il courait léger sur la neige, tandis que les chiens enfonçaient à chaque pas. La forme superbe de Buck se détachait en tête de la bande sous la clarté pâle de la lune, mais toujours devant lui bondissait le lapin, semblable à un spectre hivernal.

Ces instincts anciens, qui à des périodes fixes poussent les hommes à se rendre dans les bois et les plaines pour tuer le gibier à l'aide de boulettes de plomb, ces instincts vibraient en Buck, mais combien plus profonds ! Poursuivre une bête sauvage, la tuer de ses propres dents et plonger son museau jusqu'aux yeux dans le sang âcre et chaud, tout cela constituait pour lui une joie intense, quintessence de sa vie même. À la tête de sa horde, il faisait résonner le cri de guerre du loup en s'efforçant d'atteindre la forme blanche qui fuyait devant lui au clair de lune.

Mais Spitz, calculateur méthodique, au plus fort même de ses ardeurs, abandonna la meute et coupa à travers une étroite bande de terrain que le ruisseau enserrait d'un long détour. Buck ne s'en aperçut pas, et lorsqu'il parvint à quelques mètres du lapin, il vit surgir une autre forme blanche qui bondissait du haut du talus et venait lui prendre sa proie. Le lapin ne pouvait plus tourner, et quand les dents acérées lui brisèrent les reins, il poussa un cri perçant comme celui d'un humain. La meute, sur les talons de Buck, hurla de joie en entendant ce signal de mort.

Seul, Buck demeura muet, et sans arrêter son élan, se précipita sur Spitz, épaule contre épaule, si violemment qu'ils roulèrent ensemble dans la neige pulvérisée. Spitz, se retrouvant sur ses pattes aussitôt, entailla l'épaule de Buck d'un coup de dent et bondit plus loin. Deux fois, ses mâchoires se refermèrent sur lui comme les ressorts d'acier d'un piège ; deux fois, il recula pour reprendre son élan, et sa lèvre amaigrie se retroussait en un rictus formidable : l'heure décisive était venue !

Tandis qu'ils tournaient autour l'un de l'autre, les oreilles en arrière, cherchant l'endroit vulnérable, Buck eut comme le ressouvenir d'une scène familière, déjà vécue. Il en reconnaissait tous les détails : la terre et les bois tout blancs, le clair de lune et la bataille elle-même. Un calme fantastique régnait sur cette pâleur silencieuse. Rien ne remuait ; dans les airs montait toute droite l'haleine des chiens qui, les yeux étincelants, entouraient les deux combattants d'un cercle muet. Spitz était un adversaire expérimenté. Du Spitzberg au Canada, il avait combattu toutes espèces de chiens et s'en était rendu maître. Sa fureur n'était jamais aveugle ; car le désir violent de mordre et de déchirer ne lui laissait pas oublier chez son ennemi une passion semblable à la sienne. Jamais il ne s'élançait le premier et n'attaquait qu'après s'être défendu. En vain, Buck tentait de le mordre ; chaque fois que ses dents cherchaient à s'enfoncer dans le cou du chien blanc, elles rencontraient celles de Spitz. Les crocs s'entrechoquaient, les lèvres saignaient, mais Buck ne pouvait arriver à surprendre son rival. Il s'échauffa, l'enveloppa d'un tourbillon d'attaques ; mais toujours Spitz ripostait d'un coup de dent et bondissait de côté. Buck fit alors mine de s'élancer à hauteur de museau de son ennemi, puis, rentrant soudain la tête, il se servit de son épaule comme d'un bélier pour en battre l'adversaire, ce qui lui valut un nouveau et terrible coup de dent, tandis que Spitz bondissait légèrement au loin. Celui-ci restait sans blessure en face de Buck hors d'haleine et ruisselant de sang. La bataille approchait du dénouement ; et le cercle des chiens-loups en attendait l'issue pour achever le vaincu. Voyant Buck à bout de souffle, Spitz prit l'offensive, lui livra assaut sur assaut et le fit chanceler sur ses pattes. Il tomba même et les soixante chiens se dressèrent ; mais avec la rapidité de l'éclair il se releva, terrible, et le cercle affamé dut se résigner à attendre. Buck avait de l'imagination, qualité qui peut doubler la force. Tout en combattant, sa tête travaillait. Il s'élança comme pour atteindre son ennemi à l'épaule, et rasant terre au dernier moment, ses dents se refermèrent sur la patte droite de Spitz ; on entendit les os craquer ; cependant, malgré sa blessure, le chien blanc réussit à repousser plusieurs assauts de Buck. Celui-ci alors renouvela sa tactique et broya la seconde patte de devant. Réduit à l'impuissance, Spitz s'efforçait de lutter contre sa douleur et de se tenir debout. Il voyait le cercle silencieux, aux yeux étincelants, aux langues pendantes, se refermer lentement sur lui, comme il en avait vu d'autres le faire autour de ses victimes. Aujourd'hui, il se savait perdu irrémissiblement, car Buck serait inexorable.

L'assaut final était proche ; le cercle des chiens-loups se resserrait à tel point que leur haleine chaude soufflait sur les flancs des combattants. Buck les voyait derrière Spitz et à ses côtés, les yeux fixés sur lui, prêts à bondir. Il y eut un instant d'arrêt ; chaque animal restait immobile comme une figure de pierre ; seul, Spitz, frissonnant et chancelant, hurlait comme pour éloigner la mort prochaine. Puis Buck fit un bond et sauta de côté, mais dans ce mouvement il avait avec son épaule renversé l'ennemi. Le cercle rétréci devint un point sombre sur la neige argentée par la lune, et Spitz disparut sous la horde affamée, tandis que Buck resté debout contemplait la curée... bête primitive qui, ayant tué, jouissait de cette mort qu'elle avait donnée.

III

Buck prend le commandement

– Hein ! qu'est-ce que j'avais prévu ? L'avais-je dit que Buck valait deux diables ?

Ainsi parlait François, quand le matin suivant, ayant constaté la disparition de Spitz, il attira Buck près du feu, pour compter ses blessures.

– Ce Spitz s'est battu comme un démon, dit Perrault, en examinant les nombreuses déchirures béantes.

– Et ce Buck comme l'enfer tout entier, répondit François. Maintenant nous allons bien marcher... Plus de Spitz, plus d'ennuis !

Tandis que Perrault emballait les effets de campement et chargeait le traîneau, François s'occupait d'atteler les chiens. Buck vint à la place qu'occupait Spitz comme chef de file, mais François, sans faire attention à lui, installa à ce poste tant désiré Sol-leck, qu'il jugeait le plus apte à l'occuper ; Buck furieux sauta sur le Mal-Content, le chassa et se mit à sa place.

– Hé, hé ! cria François en frappant joyeusement des mains, regardez ce Buck ! Il a tué Spitz, et maintenant il croit faire l'affaire comme chef.

– Va-t'en ! hors de là !... cria-t-il.

Mais Buck refusa de bouger. François prit le chien par la peau du cou malgré ses grognements menaçants, le mit de côté et replaça Sol-leck dans les traits. Cela ne faisait pas du tout l'affaire du vieux chien, terrifié par l'attitude menaçante de Buck. François s'entêta, mais dès qu'il eut le dos tourné, Buck déplaça Sol-leck qui ne fit aucune difficulté de s'en aller. Fureur de François :

– Attends un peu, je vais t'apprendre !... cria-t-il, revenant armé d'un lourd bâton.

Buck, se rappelant l'homme au maillot rouge, recula lentement, sans essayer de nouvelle charge, lorsque Sol-leck fut pour la troisième fois à la place d'honneur ; mais, grognant de colère, il se mit à tourner autour du traîneau, hors de portée du bâton et prêt à l'éviter si François le lui avait lancé. Une fois Sol-leck attelé, le conducteur appela Buck pour le mettre à sa place ordinaire, devant Dave. Buck recula de deux ou trois pas ; François le suivit, il recula encore. Après quelques minutes de ce manège, François lâcha son bâton, pensant que le chien redoutait les coups. Mais Buck était en pleine révolte. Ce n'était pas seulement qu'il cherchât à éviter une correction, il *voulait* la direction de l'attelage qu'il estimait avoir gagnée et lui appartenir de droit.

Perrault vint à la rescousse ; pendant près d'une heure, les deux hommes s'évertuèrent à courir après Buck, lui lançant des bâtons qu'il évitait avec adresse. Il fut alors maudit ainsi que son père et sa mère et toutes les générations qui procéderaient de lui jusqu'à la fin des siècles ; mais il répondait aux anathèmes par des grognements et toujours échappait. Sans tenter de s'enfuir, il tournait autour du camp, pour bien prouver qu'il ne voulait aucunement se dérober, et qu'une fois son désir satisfait, il se conduirait bien.

François s'assit et se gratta la tête ; Perrault regarda sa montre derechef, se mit à sacrer et jurer : le temps passait, il y avait déjà une heure de perdue. François fourragea de plus belle dans ses cheveux ; puis il hocha la tête, ricana d'un air assez penaud en regardant le courrier qui haussa les épaules comme pour constater leur défaite. François s'approcha de Sol-leck tout en appelant Buck ; celui-ci rit comme savent rire les chiens, mais il conserva ses distances. François détacha les traits de Sol-leck et le remit à sa place habituelle. L'attelage prêt à partir formait une seule ligne complète sauf la place de tête qui attendait Buck. Une fois encore François l'appela, mais une fois encore Buck fit l'aimable sans s'approcher de lui.

– Jetez le bâton, ordonna Perrault.

François ayant obéi, Buck trotta jusqu'à lui, frétillant et glorieux, et se plaça de lui-même à la tête de l'attelage. Les traits une fois attachés, le traîneau démarra, les deux hommes prirent le pas de course et tous se dirigèrent vers la rivière gelée. Avant la fin du jour, Buck prouvait qu'il était digne du poste si orgueilleusement revendiqué. D'un seul coup, il avait acquis l'autorité d'un chef ; et dans les circonstances nécessitant du jugement, une réflexion prompte, ou une action plus rapide encore, il se montra supérieur à Spitz, dont François n'avait jamais vu l'égal.

Buck excellait à imposer la loi et à la faire respecter de ses camarades. Le changement de chef ne troubla ni Dave ni Sol-leck ; leur seule pensée étant de tirer de toutes leurs forces, pourvu que rien ne vînt les en empêcher, ils ne demandaient pas autre chose. Le placide Billee aurait pu être mis en tête qu'ils l'auraient accepté s'il avait maintenu l'ordre. Mais les autres chiens, indisciplinés dans les derniers jours de Spitz, furent grandement surpris quand Buck se mit en devoir de leur faire sentir son autorité. Pike, qui venait derrière lui et qui jamais ne tirait une once de plus qu'il ne fallait, fut si véhémentement repris de son manque de zèle, qu'avant la fin du premier jour il tirait plus fort qu'il ne l'avait jamais fait encore. Joe le grincheux, ayant essayé de désobéir, apprit dans la même journée à connaître son maître.

La tactique de Buck fut simple et efficace. Profitant de son poids supérieur, il s'installa sur son camarade, le harcela et le mordit jusqu'à ce qu'il criât grâce en gémissant. Le ton général de l'attelage se releva tout aussitôt ; il reprit son ensemble, et les chiens tirèrent de nouveau comme un seul. Aux rapides Rinks, deux chiens du pays, Teek et Koona furent ajoutés à la meute, et la promptitude avec laquelle Buck les dressa stupéfia François.

– Il n'y a jamais eu un chien comme Buck, non jamais ! Il vaut mille dollars comme un cent ! N'est-ce pas, Perrault ?

Et Perrault approuvait. Non seulement il avait regagné le temps perdu, mais il prenait tous les jours de l'avance sur le dernier record. La voie, en excellente condition, était bien battue et durcie ; et il n'y avait pas de neige nouvellement tombée pour entraver la marche. Le froid n'était pas trop vif : le thermomètre se maintint à cinquante degrés au-dessous de zéro, pendant tout le voyage. Les hommes se faisaient porter et couraient à tour de rôle, et les chiens étaient tenus en haleine sans arrêts fréquents.

La rivière de Thirty-Mile était à peu près gelée, ce qui leur permit au retour de faire en une seule journée le trajet qui leur en avait pris dix en allant. D'une seule traite ils firent les soixante miles qui vont du pied du lac Le Barge aux rapides de White-Horse ; et parvenus à la région de Marsh, Tagish et Benett, les chiens prirent une allure si vertigineuse que celui des deux hommes dont c'était le tour d'aller à pied dut se faire remorquer par une corde à l'arrière du traîneau. La dernière nuit de la seconde semaine, on atteignit le haut de White-Pass, les voyageurs dévalaient la pente vers la mer, ayant à leurs pieds les lumières de Skagway et des navires de la rade. Durant quatorze jours, ils avaient fait une moyenne journalière de quarante miles ! Perrault et François se pavanèrent pendant trois jours, dans la grande rue de Skagway, et furent comblés d'invitations à boire, tandis que l'attelage était environné d'une foule admirative. Après quoi, trois ou quatre chenapans de l'Ouest, ayant fait une tentative de vol dans la ville, furent canardés sans merci, et l'intérêt du public changea d'objet.

Puis vinrent des ordres officiels : François appela Buck près de lui, et l'entoura de ses bras en pleurant ; ce fut leur dernière entrevue, et François avec Perrault, comme bien d'autres, passèrent pour toujours hors de la vie de Buck.

Ses camarades et lui furent alors confiés à un métis écossais, et reprirent, en compagnie d'une douzaine d'autres attelages, la pénible route de Dawson. Il ne s'agissait plus cette fois de fournir une course folle et de battre un record à la suite de l'intrépide Perrault. Ils faisaient le service de la poste, passant constamment par la même route, traînant éternellement la même lourde charge. Ce métier ne plaisait pas autant à Buck, néanmoins il mettait son orgueil à le bien faire, comme Dave ou Sol-leck et s'assurait que ses camarades, contents ou non, le faisaient bien aussi.

C'était une vie monotone et réglée comme le mouvement d'une machine. Les jours étaient tous semblables entre eux. Le matin, à heure fixe, les cuisiniers apparaissaient, allumaient les feux, et on déjeunait. Puis, tandis que les uns s'occupaient de lever le camp, les autres attelaient les chiens, et le départ avait lieu une heure avant la demi-obscurité qui annonce l'aurore. À la nuit, on établissait le camp ; les uns préparaient les tentes, les autres coupaient du bois et des rameaux de sapins pour les lits, ou apportaient de l'eau et de la glace pour la cuisine. On donnait alors aux chiens leur nourriture, ce qui était pour eux le fait principal de la journée ; puis une fois leur poisson mangé, ils allaient flâner dans le camp pendant une heure ou deux, faisant connaissance avec les autres chiens, en général au nombre d'une centaine. On comptait parmi ceux-ci de farouches batailleurs, mais trois victoires remportées sur les plus redoutables acquirent à Buck la suprématie, et tous s'éloignaient quand il se hérissait en montrant les dents.

Son plus grand plaisir était de se coucher près du feu, les pattes allongées, les membres postérieurs repliés sous lui, la tête levée, les yeux clignotants à la flamme. Buck pensait alors parfois à la maison du juge Miller, dans la vallée ensoleillée, à la piscine cimentée, à Ysabel, le Mexicain sans poils, ou au Japonais Toots ; mais le plus souvent il se rappelait l'homme au maillot rouge, la mort de Curly, la grande bataille avec Spitz, et les bonnes choses qu'il avait mangées ou aimerait à manger. Il n'avait pas le mal du pays : et le Sud lui était devenu vague et lointain. Bien plus puissante était chez lui l'influence héréditaire qui allait s'affirmant chaque jour davantage, lui présentant comme familières des choses jamais vues ; appelant impérieusement à la surface les instincts primitifs qui sommeillaient au fond de son être.

Parfois, étendu devant le feu en regardant danser les flammes, immobile mais non endormi, il lui semblait avoir veillé jadis près d'un autre homme tout différent du métis écossais. Cet homme-là, couvert de poils, les cheveux longs, proférait des sons inintelligibles en scrutant l'obscurité d'un œil inquiet. Puis il cédait au besoin de repos, et il semblait à Buck qu'il protégeait encore le sommeil de cet homme, accroupi près du feu, la tête sur les genoux, contre des bêtes féroces dont il voyait les yeux danser dans la nuit.

Ces visions disparaissaient à la voix brutale du métis, et Buck se levait et bâillait pour feindre d'avoir dormi.

Le convoi de la poste, travail éreintant pour les chiens, les avait mis en piteux état lorsqu'ils arrivèrent à Dawson. Il leur aurait fallu là un repos d'une dizaine de jours ou d'une semaine au moins. Mais deux jours plus tard, la caravane chargée de lettres pour le dehors redescendait les pentes du Yukon.

Les chiens étaient fatigués, les conducteurs grognons, et, pour comble de malchance, il neigeait tous les jours, ce qui rendait la voie plus difficile, les patins plus glissants, et imposait aux chiens une fatigue plus grande, malgré les soins que leur prodiguaient les hommes. Chaque soir, les bêtes étaient pansées les premières, mangeaient avant les hommes, et aucun conducteur ne se couchait avant d'avoir examiné et soigné les pattes de son attelage ; mais toutes ces précautions n'empêchaient pas leurs forces de diminuer. Depuis le commencement de l'hiver, tirant de lourds traîneaux, ils avaient fait plus de dix-huit cents miles, et ce travail forcené aurait eu raison du plus vigoureux. Buck résistait malgré sa fatigue, et tâchait de maintenir la discipline parmi ses camarades épuisés ; Billee geignait et gémissait toute la nuit dans son sommeil ; Joe était plus grincheux que jamais, et Sol-leck devenait inabordable de l'un ou de l'autre côté. Dave souffrait plus que les autres, étant atteint d'une maladie intérieure qui le rendait morose et irritable. Lorsque le camp était établi, il se hâtait de creuser son nid dans la neige, et son conducteur devait lui apporter sa nourriture sur place. Une fois hors du harnais il ne bougeait que pour le reprendre le lendemain matin. La douleur lui arrachait des cris, si dans les traits il lui arrivait de recevoir un choc, par suite d'un arrêt brusque, ou de se donner un effort en démarrant. Son maître l'examinait sans pouvoir trouver la cause du mal ; bientôt tous les autres hommes s'intéressèrent à son état. Ils en parlaient aux repas, le discutaient en fumant les dernières pipes de la veillée, et enfin tinrent une consultation sur son cas. Dave fut apporté près du feu, et on se mit à le palper et tâter jusqu'à lui arracher des cris perçants. On ne trouvait rien de cassé, mais il existait sûrement un désordre interne impossible à découvrir. Quand on atteignit Cassiar-Bar, le malheureux chien était si faible qu'il tomba plusieurs fois dans les traits. Le métis fit arrêter le convoi et détacha le malade de l'attelage, pour mettre Sol-leck près du traîneau afin de laisser Dave se reposer en marchant dans la voie tracée par les véhicules. Mais celui-ci, malgré sa faiblesse, furieux d'être écarté de son poste, grondait pendant que l'on détachait ses traits et se mit à hurler douloureusement en voyant Sol-leck à la place qu'il avait occupée si longtemps avec honneur. La passion du trait et de la route le tenait, et malade à la mort, il ne voulait pas qu'un autre chien prît sa place.

Quand le traîneau démarra, Dave s'élança dans la neige qui bordait la piste, essayant de mordre Sol-leck, se jetant contre lui pour le faire rouler dans la neige et s'efforçant de se glisser près du traîneau, pleurant de chagrin et de souffrance tout à la fois. Le métis tenta de le chasser avec son fouet, mais le chien restait insensible à la mèche, et l'homme ne se sentait pas le cœur de frapper fort. Dave refusa de marcher derrière le traîneau, dans un chemin facile, et persistant à courir sur les côtés que la neige molle lui rendait plus pénibles, acheva de s'épuiser. Il tomba, et resta à la même place, hurlant lugubrement, tandis que la longue file des véhicules le dépassait.

Par un dernier effort il réussit cependant à se relever, et à les suivre en chancelant jusqu'à un arrêt qui lui permît de revenir à son traîneau, aux côtés de Sol-leck. Le conducteur, s'étant arrêté pour emprunter du feu à un de ses camarades et allumer sa pipe, voulut à son tour faire repartir ses chiens. Ceux-ci démarrèrent avec une remarquable facilité et tournèrent la tête, en s'arrêtant tout surpris. L'homme le fut aussi : le traîneau n'avait pas bougé. Il appela alors les autres pour leur faire constater que Dave avait rongé les deux traits de Sol-leck et se tenait devant le traîneau, à sa place habituelle ; ses yeux imploraient la permission d'y rester. L'Écossais était embarrassé ; on répétait autour de lui qu'un chien pouvait très bien succomber au chagrin de se voir refuser le travail qui l'a épuisé ; chacun citait des exemples de chiens blessés ou trop vieux pour tirer et réduits au désespoir dans cette condition ; tous ajoutaient qu'il était charitable, Dave étant sûrement près de mourir, de lui donner la joie de finir ses jours sous le harnais.

Il fut donc attelé de nouveau et s'efforça, tout fier, de tirer comme avant, mais sa douleur intérieure lui arrachait des cris involontaires ; il tomba plusieurs fois, et retenu par les traits, reçut le traîneau sur le corps, ce qui le fit boiter. Mais il tint bon jusqu'au camp où son conducteur lui fit une place à côté du feu. Le lendemain matin, il était trop faible pour marcher. À l'heure de l'attelée il arriva par des efforts convulsifs à se remettre sur pied, chancela et tomba de nouveau, son arrière-train étant paralysé ; il tenta de rejoindre en rampant ses camarades qu'on harnachait, et fit ainsi quelques mètres. Puis ses forces l'abandonnèrent tout à fait ; et quand ses compagnons le virent pour la dernière fois, il était étendu sur la neige, haletant et cherchant encore à les suivre puis, on l'entendit hurler tristement quand les arbres de la berge les dérobèrent à ses yeux.

On arrêta alors le convoi. Le métis écossais retourna lentement sur ses pas, jusqu'au campement récemment quitté. Les hommes cessèrent de parler. On entendit un coup de revolver. Le conducteur revint rapidement. Les fouets claquèrent, les clochettes tintèrent gaiement, les traîneaux battirent la neige : mais Buck et les autres chiens savaient ce qui s'était passé derrière les arbres de la rivière.

IV

Les fatigues du harnais et de la route

Trente jours après avoir quitté Dawson, le courrier de Salt-Water entrait à Skagway. Les chiens étaient en piteux état, traînant la patte et à peu près fourbus. Buck avait perdu trente-cinq livres de son poids, et ses compagnons avaient souffert plus encore. Pike le geignard, qui si souvent dans sa vie avait feint d'être blessé à la jambe, l'était pour tout de bon cette fois, Solleck boitait, et Dub souffrait d'une omoplate foulée ; ils avaient perdu toute énergie et tout ressort, et leurs pattes dessolées s'enfonçaient lourdement dans la neige. Ce n'était pas chez eux cette lassitude extrême que produit un effort court et violent, et qui disparaît après quelques heures de repos, mais la dépression complète due à un labeur excessif et trop prolongé.

En moins de cinq mois, l'attelage avait fait deux mille cinq cents miles et durant les huit cents derniers n'avait pris que cinq jours de repos. En arrivant à Skagway, les chiens pouvaient à peine tendre les traits du traîneau ou éviter d'être frappés par son avant dans les descentes.

– Hardi ! mes pauvres vieux ! leur disait le conducteur pour les encourager. C'est la fin. On va se reposer pour de bon à présent...

Et certes les hommes eux-mêmes avaient bien gagné leur repos, car ils ne s'étaient arrêtés que deux jours pendant ce voyage de douze cents miles. Mais l'exode vers le Klondike avait été si considérable que les lettres adressées aux mineurs formaient des montagnes et le gouvernement n'admettait aucun retard : il fallait arriver à temps, quitte à remplacer par des équipes fraîches de chiens de la baie d'Hudson, les attelages éreintés.

Trois jours après leur arrivée à Skagway, Buck et ses compagnons n'étaient pas encore remis de leurs fatigues. Le matin du quatrième jour, deux citoyens des États-Unis répondant aux noms de Hal et de Charles vinrent examiner l'attelage et l'achetèrent pour une bagatelle, harnais compris.

Charles était un homme d'âge moyen, aux cheveux blonds, aux yeux faibles et larmoyants, à la bouche molle et sans caractère ornée d'une moustache audacieusement retroussée. Hal était un garçon de dix-neuf à vingt ans ; on le voyait toujours armé d'un revolver Colt et d'un couteau de chasse passés dans sa ceinture hérissée de cartouches.

La présence dans le Nord de ces deux hommes clairement dépaysés était un mystère incompréhensible. Buck, les ayant vus remettre de l'argent à l'agent du gouvernement, devina aussitôt que le métis écossais et ses compagnons allaient disparaître de sa vie, comme Perrault, François et tant d'autres. Amené avec ses camarades chez ses nouveaux propriétaires, il vit un camp mal tenu où s'agitait, devant une tente à peine fixée au sol, une jeune femme aux cheveux ébouriffés, sœur de Hal et épouse de Charles, qui répondait au nom de Mercédès.

Buck regarda avec appréhension ses nouveaux maîtres charger le traîneau ; tous les trois se donnaient beaucoup de mal, mais procédaient sans aucune méthode. La tente fut roulée en un paquet maladroit et encombrant ; les assiettes d'étain qui gisaient éparses sur le sol furent emballées sans même être lavées. Mercédès gênait les mouvements des hommes, tout en leur prodiguant les remontrances et les avis. Aucun colis n'était placé à sa satisfaction et il fallait constamment rouvrir les sacs pour y remettre des objets oubliés.

Trois hommes sortis d'une tente voisine les regardaient faire en ricanant.

— Vous avez déjà un fort chargement, dit l'un d'eux ; certes, je n'ai pas à vous donner de conseils, mais à votre place, je ne m'embarrasserais pas de cette tente.

— Que dites-vous ? s'écria Mercédès, froissée. Me passer de tente ?... Et comment ferais-je la nuit ?

— Voici le printemps, les froids sont finis, répliqua l'homme.

Mais la jeune femme repoussa avec indignation l'idée de se coucher à la belle étoile.

Cependant Charles et Hal achevaient de disposer les derniers paquets au sommet d'une véritable montagne de colis.

— Vous croyez que cela tiendra ? fit l'un des spectateurs.

— Pourquoi pas ? demanda Charles d'un ton sec.

— Oh ! bien, bien, reprit promptement son interlocuteur, j'en doutais, voilà tout, car cela me paraît diablement lourd par le haut.

Mais Charles lui tourna le dos et se mit en devoir d'attacher tant bien que mal les courroies du traîneau.

— Les chiens n'auront aucune peine à marcher une journée tout entière avec ce catafalque derrière eux, affirma le second des assistants d'une voix sarcastique.

– Bien sûr, répondit froidement Hal.

Et prenant la barre du traîneau d'une main et son fouet de l'autre :

– Allons !... Hardi !... En avant ! cria-t-il.

Les chiens s'élancent, tirant de toutes leurs forces, pressant de la poitrine contre les bricoles ; mais ils sont forcés de s'arrêter, impuissants à faire bouger seulement le traîneau.

– Ah ! brutes de paresseux ! C'est moi qui vais vous faire marcher ! crie Hal furieux, faisant claquer son fouet.

Mais Mercédès s'interpose soudain et le lui arrache des mains.

– Je ne veux pas qu'on les batte ! s'écrie-t-elle avec une moue enfantine. Les pauvres chéris !... les chers mignons !... Hal, il faut me promettre de ne pas les toucher du bout du fouet de tout le voyage, sans quoi je ne pars pas...

– Oui-da ; on voit que vous vous entendez à mener les chiens, fait son frère avec ironie. Laissez-moi tranquille, voulez-vous ? Je vous dis que ce sont des paresseux et qu'il faut les rouer de coups pour en obtenir quelque chose. C'est le seul moyen, tout le monde vous le dira. Demandez plutôt à ces hommes.

Mais Mercédès, par son expression boudeuse, exprima la vive répugnance que lui inspiraient ces grossiers procédés.

– Voulez-vous que je vous dise ? reprit un des hommes. Vos bêtes sont faibles à ne pas tenir debout. Elles sont fourbues. C'est un bon repos qu'il leur faudrait.

– Au diable le repos ! fit Hal avec humeur.

Et Mercédès se rangeant aussitôt à son avis :

– Laissez-les dire ; ne faites pas attention à eux. C'est à vous de mener vos bêtes comme vous l'entendez, s'écria-t-elle d'un air de dédain.

Le fouet de Hal s'abattit de nouveau sur les chiens ; ils pesèrent de toutes leurs forces sur les bricoles, s'arc-boutèrent dans la neige, et déployèrent toute l'énergie qui leur restait ; mais le traîneau semblait ancré dans le sol durci.

Après plusieurs tentatives inutiles, l'attelage s'arrêta brusquement, haletant ; le fouet claquait sans merci, et Mercédès jugea le moment venu d'intervenir de nouveau : s'agenouillant devant Buck les larmes aux yeux, elle lui jeta les bras autour du cou, procédé familier qu'il goûta fort peu.

– Oh ! mon pauvre chéri ! s'écria-t-elle avec un gracieux désespoir, pourquoi ne voulez-vous pas tirer ?... Méchantes bêtes !... Vous ne seriez pas battus, alors !...

Un des spectateurs, qui jusque-là serrait les dents pour ne pas exprimer trop vertement son opinion, prit alors la parole :

– Je me fiche pas mal de ce qui peut vous arriver, déclara-t-il, mais à cause des chiens, je tiens à vous dire que vous les aideriez rudement en ébranlant le traîneau. Les patins sont complètement gelés. Appuyez fortement sur le gouvernail à droite et à gauche et la glace cédera.

Hal ayant daigné suivre ce conseil, les chiens, sous une grêle de coups, firent un effort héroïque, les patins glissèrent sur le sol et le traîneau surchargé s'élança brusquement.

Mais au bout de cent mètres le chemin faisait un coude et s'amorçait à la rue principale par une descente abrupte. Pour maintenir en équilibre à ce passage une masse aussi lourde, il aurait fallu un conducteur plus expérimenté que Hal. Le traîneau versa, comme on pouvait s'y attendre ; mais les chiens irrités par les coups ne s'arrêtèrent pas. Buck prit le galop, suivi de tous ses camarades, et le traîneau allégé les suivit en rebondissant, couché sur le côté.

En vain Hal furieux s'égosillait-il à crier : aucun des chiens ne l'écoutait ; son pied se prit dans un des traits et il s'abattit à terre. Tout l'attelage lui passa sur le corps. Et les chiens continuèrent leur course, ajoutant à la gaieté de Skagway en semant, dans la grande rue, le reste de leur chargement.

De charitables citoyens arrêtèrent enfin l'attelage emballé et ramassèrent les objets épars, tout en prodiguant des conseils aux voyageurs. Il fallait réduire le nombre de leurs paquets et augmenter celui de leurs chiens.

Hal, sa sœur et son beau-frère, les écoutant de mauvaise grâce, se décidèrent enfin à remettre leur départ et à passer en revue leur équipement, pour la plus grande joie des spectateurs.

— Vous avez là assez de couvertures pour monter un hôtel, leur disait-on. Laissez-en les trois quarts et vous en aurez encore trop... Et tous ces plats qui ne seront certainement jamais lavés !... Grand Dieu, vous figurez-vous voyager dans un train de luxe !

Mercédès fondit en larmes quand il fallut procéder au choix des vêtements à garder.

Elle protesta qu'elle ne ferait plus un pas si on la privait de ses robes. Mais irritée par les railleries des spectateurs elle finit, dans son dépit, par rejeter même les vêtements indispensables, non seulement pour elle, mais pour les hommes.

Quand on eut fini le triage, malgré la multitude des objets écartés, les bagages formaient encore une masse imposante.

Charles et Hal se décidèrent à acquérir six chiens de renfort, ce qui, ajouté à l'attelage primitif augmenté des deux indigènes, Teek et Koona achetés aux Rapides, forma un ensemble de quatorze bêtes. Mais les chiens surnuméraires, quoique dressés depuis leur arrivée dans le pays, n'étaient pas bons à grand-chose. Il y avait trois pointers à poil court, un terre-neuve et deux métis de race non définie ; et aucun d'eux ne semblait rien savoir.

Buck, qui les considérait avec mépris, ne put réussir à leur apprendre leur métier ; ils paraissaient ahuris et déprimés par les mauvais traitements. Les métis n'avaient aucune volonté ; leurs os semblaient être les seules parties résistantes de leurs individus.

Il n'y avait rien de bon à attendre de ces nouveaux venus dans le marasme, adjoints à un attelage éreinté par deux mille cinq cents miles de route ininterrompue. Les deux hommes se montraient pourtant fort gais et s'enorgueillissaient de leurs quatorze chiens, car on voyait bien des traîneaux partir pour Dawson ou en revenir, mais aucun n'avait une équipe aussi considérable.

S'ils s'étaient doutés de ce qu'est un voyage arctique, ils auraient compris qu'un seul traîneau ne pouvant suffire à porter la nourriture nécessaire à un pareil nombre d'animaux, il fallait savoir se réduire. Mais comme ils s'étaient livrés à de savants calculs pour équilibrer le poids des rations sur la durée probable du voyage, ils se croyaient certains de réussir.

La matinée du lendemain était déjà fort avancée

lorsque, enfin, le long attelage se mit en marche.

Les bêtes ne montraient aucun entrain. Buck, comprenant qu'il allait recommencer pour la cinquième fois la route de Dawson, sentait le cœur lui manquer ; les nouvelles bêtes étaient timides et épeurées, les anciennes n'éprouvaient aucune confiance envers leurs maîtres. En effet, ceux-ci ignoraient tout de leur métier : à mesure que les jours s'écoulaient, on put s'assurer qu'ils n'en apprendraient rien. Négligents et désordonnés, sans discipline, il leur fallait la moitié de la nuit pour établir leur camp tout de travers ; la plus grande partie de la matinée se passait ensuite à lever ce camp et à charger leur traîneau, avec si peu d'habileté qu'on devait s'arrêter sans cesse, en cours de route, pour rajuster les ballots et les cordes. Certains jours, l'on faisait à peine dix miles. D'autres fois même, on n'arrivait pas à se mettre en route. Et comme, en aucun cas, ils ne réussirent à accomplir seulement la moitié de la distance sur laquelle ils s'étaient basés pour faire des provisions, les vivres devaient fatalement se trouver épuisés avant la fin du voyage.

Ce résultat fut d'ailleurs avancé par la faute de Hal ; voyant que les chiens manquaient de force, il jugea que cela tenait à la ration trop faible, et la doubla. (*Pour comble d'imprévoyance, Mercédès volait tous les jours du poisson dans les sacs pour le donner en cachette à ses favoris.*) Les chiens nouveaux, dont l'estomac ne demandait pas une alimentation abondante, habitués qu'ils étaient à un jeûne chronique, firent preuve cependant d'une grande voracité ; les autres jouissaient d'un bel appétit ; de sorte qu'au bout de peu de jours, la famine menaça.

Hal s'aperçut au quart de la route que plus de la moitié des provisions avait disparu ; et dans l'impossibilité absolue de s'en procurer de nouvelles, il diminua brusquement la ration journalière, tout en proclamant la nécessité d'allonger les heures de marche.

Ses compagnons l'approuvaient en principe. Mais comme ils refusaient de rien faire pour l'aider, le projet tomba à vau-l'eau. Rien de plus facile assurément que de priver les chiens de nourriture. Mais comment avancer plus vite, alors que pas une seule fois les voyageurs ne surent se décider à partir une minute plus tôt que d'habitude.

Les souffrances des bêtes devinrent cruelles. Dub fut le premier à disparaître : pauvre larron maladroit, toujours pincé et toujours puni, il s'était néanmoins montré serviteur fidèle. Sa blessure à l'omoplate, négligée, s'enflamma, et Hal dut se décider à l'achever avec son revolver. Le terre-neuve mourut ensuite, puis les trois pointers ; les deux métis résistèrent un peu plus longtemps, mais ils finirent par succomber à leur tour.

Et les voyageurs, aigris par l'infortune, perdaient peu à peu toute ombre d'aménité ou de douceur. Le voyage arctique, dépouillé de son charme imaginaire, devenait pour eux une réalité trop rude. Ils manquaient totalement de cette merveilleuse patience propre aux hommes de ces climats, qui, tout en peinant dur, et en souffrant, cruellement, savent rester compatissants et doux. Mercédès cessa de plaindre les chiens pour pleurer sur elle-même, et se disputer avec son frère et son mari qui se chamaillaient toutes les fois qu'elle leur en laissait l'occasion. Chacun croyait bonnement se donner cent fois plus de peine que les autres, et ne perdait aucune occasion de se glorifier tout haut.

Mercédès, elle, avait un grief personnel : jolie, séduisante et délicate elle s'était vue toute sa vie traiter avec douceur et indulgence. Mais aujourd'hui son mari et son frère, exaspérés de sa paresse et de son incurie, se montraient rudes et grossiers envers elle. De sorte qu'absorbée par la pitié pour son propre sort, elle perdit toute compassion pour les chiens ; et comme elle se sentait lasse et courbaturée, elle s'entêtait à se faire traîner sur le traîneau, ajoutant ainsi cent vingt livres au poids formidable du chargement.

Lorsque les malheureuses bêtes tombaient de fatigue dans les traits, Charles et Hal la conjuraient de marcher ; mais elle ne répondait que par des larmes à leurs raisonnements, prenant le ciel à témoin de leur cruauté.

Un jour, l'enlevant de force du traîneau, ils la déposèrent à terre ; elle s'assit sur la neige et refusa de bouger. Ils firent mine de continuer leur route, mais force leur fut, trois miles plus loin, de décharger le traîneau pour revenir la prendre et l'y placer. Jamais ils ne renouvelèrent cette expérience.

D'ailleurs, l'excès de leur propre misère rendait ces malheureux insensibles aux souffrances de leurs bêtes.

Aux Five-Fingers, la provende des chiens étant définitivement épuisée, on obtint d'une vieille Indienne quelques livres de cuir de cheval congelé, en échange du revolver qui se balançait à la ceinture de Hal, tenant fidèle compagnie au grand couteau de chasse. Mais ce fut une nourriture pauvre et indigeste que ce cuir, levé depuis six mois sur la carcasse d'un animal mort de faim.

Buck, à la tête de l'attelage, croyait marcher en un affreux cauchemar. Il tirait tant qu'il le pouvait, et lorsque ses forces étaient épuisées, il se laissait tomber sur le sol et ne se relevait que sous une grêle de coups de fouet ou de bâton. Sa belle fourrure avait perdu tout son lustre et sa souplesse ; le poil traînait dans la boue, emmêlé et durci par le sang coagulé, et sa peau flottait en plis vides et lamentables. Ses camarades étaient dans le même état, squelettes ambulants, réduits au nombre de sept, insensibles à la morsure du fouet ou aux contusions du bâton. Aux arrêts, ils se laissaient tomber dans les traits, comme morts, et la petite étincelle de vie qui tremblait encore en eux pâlissait et semblait près de s'éteindre. Elle se ravivait sous le bâton et le fouet : les malheureux se relevaient alors en chancelant pour se traîner un peu plus loin.

Billee, le bon caractère, tomba un jour pour ne plus se relever ; Hal ayant cédé son revolver dut prendre sa hache pour l'achever d'un coup sur la tête, puis il défit les traits et jeta la carcasse de côté.

Et Buck et ses camarades, voyant cette chose, comprirent combien elle les touchait de près.

Le jour suivant, ce fut Roona, dont la mort réduisit encore le triste attelage. Les cinq survivants étaient : Joe, trop épuisé pour se montrer grincheux ; Pike, estropié et boiteux, sans force même pour geindre ; Sol-leck, le borgne, fidèle au travail du trait, le cœur brisé de se sentir faible et impuissant ; Teek, d'autant plus épuisé qu'il s'était moins entraîné pendant l'hiver précédent ; et enfin Buck, qui n'était plus que l'ombre de lui-même. Il gardait sa place en tête de l'attelage, mais il avait renoncé à y maintenir la discipline ; aveuglé par la fatigue, il ne se dirigeait plus qu'en se fiant à la sensation du sol sous ses pattes.

Le printemps commençait, mais ni les hommes ni les chiens ne s'en apercevaient. L'aube pointait dès trois heures du matin, et le crépuscule durait jusqu'à neuf heures du soir. La journée entière n'était qu'un rayon de soleil. Le sommeil de l'hiver avait cédé sa place au murmure printanier de la nature, frémissant de la joie de vivre. La sève montait dans les pins, tandis qu'éclataient les bourgeons du saule et du tremble, et que buissons et lianes se paraient d'une jeune verdure. La nuit, les grillons chantaient, et le jour, toutes sortes de gentilles bestioles sortaient de leurs petits antres pour s'ébattre au soleil. Les perdrix couraient dans la plaine ; les oiseaux et les piverts chantaient et tapaient dans la forêt et tout en haut le gibier d'eau arrivait du Sud, décrivant d'immenses cercles dans l'espace. La chanson de l'eau courante et la musique des fontaines reparues descendaient des collines. Le Yukon rongeait sa prison de glace dont le soleil amincissait la surface semée de poches d'air et sillonnée de fissures qui allaient s'élargissant jusqu'au lit même de la rivière. Et devant la grâce du renouveau sous les rayons du soleil, parmi les brises embaumées, la troupe lamentable se traînait en gémissant, pareille à une caravane de mort...

Les bêtes fourbues, Mercédès dolente sur son traîneau, Hal jurant copieusement, Charles larmoyant atteignirent enfin le camp d'un certain John Thornton, situé à l'embouchure de White-River. À l'arrêt, les chiens se laissèrent tomber, comme morts, Mercédès sécha ses yeux pour les fixer sur Thornton, et Charles avisa un tronc d'arbre sur lequel il s'assit avec précaution, car chacun de ses os était douloureux, tandis que Hal portait la parole.

John Thornton achevait de peler une branche de bouleau pour en faire un manche de hache ; il continua son travail, ne répondant à son interlocuteur que par quelques monosyllabes, car il connaissait par expérience cette race de voyageurs, et savait que ses conseils ne serviraient pas à grand-chose. Cependant, pour l'acquit de sa conscience, il engagea Hal à se méfier de la glace pourrie et rongée en dessous. Sur quoi celui-ci de déclarer qu'on l'avait déjà prévenu que la débâcle était proche et qu'il valait mieux attendre.

– Mais, ajouta-t-il, d'un air triomphant, on nous disait aussi que nous n'arriverions pas à White-River et nous y voici tout de même !

– On ne vous a pourtant pas avertis sans raison, reprit John Thornton. La glace est à la veille de disparaître, et il faudrait avoir une chance de pendu pour effectuer le passage. Pour moi, je ne risquerais pas ma peau sur cette glace, quand on me promettrait tout l'or de l'Alaska !...

– C'est probablement que vous n'êtes pas destiné à périr par la corde, fit Hal. Mais nous, nous voulons arriver à Dawson, et nous y arriverons, quand le diable y serait !...

Et déroulant son fouet :

– Allons, Buck !... Debout !... En route ! cria-t-il. Vas-tu obéir, grand paresseux ?...

Thornton continua son travail sans répliquer.

Les chiens n'avaient pas obéi au commandement ; depuis longtemps les coups seuls parvenaient à les faire lever. Le fouet commença à cingler, de-ci de-là, se tordant comme une vipère, tandis que Thornton serrait les lèvres. Sol-leck, le premier, se remit péniblement debout ; Teek le suivit ; Joe vint ensuite, tout en hurlant de douleur. Pike fit de pénibles efforts pour se relever ; après être retombé deux fois, il réussit, la troisième, à se tenir sur ses pattes. Seul Buck demeurait immobile, étendu à la place où il s'était affalé, insensible en apparence au fouet cruel qui le cinglait sans merci. À plusieurs reprises, Thornton, les yeux humides, essaya de parler, puis il se leva, nerveux, et fit quelques pas de long en large.

Pour la première fois Buck manquait à son devoir, – raison suffisante pour exaspérer Hal. Il échangea son fouet contre un fort gourdin ; mais Buck refusa de bouger, malgré la grêle de coups qui s'abattait sur lui. Outre qu'il était à peu près incapable de se lever, son instinct pressentait confusément une catastrophe prochaine. Le mauvais état de la glace craquante et amincie qu'il avait foulée tout le jour, lui faisait redouter cette rivière où son maître voulait le pousser. D'ailleurs sa faiblesse était telle qu'il sentait à peine les coups ; et cette correction sauvage allait achever d'éteindre la petite étincelle de vie subsistant encore en son misérable corps. Tout à coup, John Thornton, d'un bond, s'élança sur l'homme, lui arracha le bâton, et le fit violemment reculer en arrière ; Mercédès poussa un cri, et Charles, sans bouger (*il était à demi ankylosé*), essuya ses yeux larmoyants. Debout près de Buck étendu, son défenseur, furieux, essayait vainement de parler.

– Si vous touchez encore à ce chien, je vous tue ! parvint-il à dire enfin, d'une voix étranglée.

– Il est à moi, répliqua Hal, essuyant le sang qui coulait de son nez et de sa bouche. Il faut qu'il nous mène à Dawson ou qu'il dise pourquoi !... Arrière, ou je vous fais votre affaire !...

Voyant que Thornton ne faisait pas mine de reculer, Hal saisi son couteau de chasse. À cette vue, Mercédès poussa des cris perçants et se prépara, en tombant dans les bras de son frère, à donner le spectacle d'une attaque de nerfs en règle. Mais Thornton, d'un coup sec, fit sauter l'arme, et la ramassant, se mit délibérément à couper les traits de Buck avec la lame bien affilée.

Hal, embarrassé de sa sœur et n'ayant plus de force pour résister, jugeant d'ailleurs que Buck était trop près de sa fin pour lui être encore de quelque utilité, renonça à faire valoir ses droits sur le chien, et le laissant étendu à la même place, s'éloigna avec ses compagnons. Quelques minutes plus tard, ils quittaient la berge pour s'engager sur la rivière, Pike en tête, Sol-leck aux brancards, Joe et Teek entre eux ; Mercédès était sur le traîneau, Hal à la barre, et Charles suivait péniblement derrière.

Tandis que Buck, qui avait relevé la tête en entendant partir ses camarades, les suivait du regard, Thornton s'agenouillait près de lui, et de sa main rude, plus douce en ce moment que celle d'une mère, il chercha si la bête avait quelque os cassé.

Il ne put découvrir que des contusions nombreuses, plus un pitoyable état de maigreur et de faiblesse.

Pendant ce temps, le traîneau avançait lentement sur la glace ; il avait fait un quart de mile lorsque l'homme et le chien qui le suivaient des yeux virent tout à coup l'arrière s'enfoncer comme dans une ornière profonde, et la barre, que Hal tenait toujours, se projeter dans les airs.

Le cri de Mercédès parvint jusqu'à eux, Charles bondit pour revenir en arrière ; mais une énorme section de glace s'enfonça ; bêtes et gens disparurent avec l'attelage dans un trou béant et profond : la glace s'était rompue sous leur poids.

John Thornton et Buck se regardèrent :

– Pauvre diable ! dit Thornton.

Et Buck lui lécha la main.

V

A m i t i é

Au mois de décembre précédent, John Thornton, ayant eu les pieds gelés, s'était vu forcé de demeurer au camp, attendant sa guérison, tandis que ses camarades remontaient le fleuve afin de construire un radeau chargé de bois à destination de Dawson. Il boitait encore un peu, mais le temps chaud fit disparaître cette légère infirmité ; tandis que Buck, mollement étendu au soleil, retrouvait par degrés sa force perdue en écoutant l'eau couler, les oiseaux jaser et tous les bruits harmonieux du printemps, accompagnés du murmure profond de la forêt séculaire qui bornait l'horizon au loin.

Un peu de repos est chose légitime après un voyage de trois mille lieues, et il faut confesser que notre chien s'adonna pleinement aux douceurs de la paresse pendant ce temps de convalescence. D'ailleurs, autour de lui, chacun en faisait autant. John Thornton flânait, Skeet et Nig flânaient – en attendant que sonnât l'heure de donner un coup de collier.

Skeet était une petite chienne setter irlandaise qui, dès le début, avait marqué beaucoup d'amitié à Buck, trop malade alors pour se formaliser de la familiarité de ses avances. Elle avait ce goût de soigner, propre à certains chiens et tout de suite, comme une mère chatte lèche ses petits, elle se mit à lécher et à panser assidûment les plaies du pauvre Buck. Tous les matins, aussitôt qu'il avait déjeuné, elle se mettait à sa tâche d'infirmière, et tel fut le succès de ses soins, que Buck en vint rapidement à les priser autant que ceux de Thornton lui-même.

Nig, également amical, quoique plus réservé, était un grand chien noir, moitié limier, moitié braque, avec des yeux rieurs et la plus heureuse humeur qui se pût voir.

Ces animaux, qui semblaient participer en quelque sorte de la bonté d'âme de leur maître, ne montrèrent aucune jalousie du nouveau venu – ce qui surprit Buck considérablement. Aussitôt qu'il fut en état de se mouvoir, ils le caressèrent, l'entraînèrent dans toutes sortes de jeux, lui firent enfin mine si hospitalière, qu'il eût fallu être bien ingrat pour ne pas se sentir touché d'un si généreux accueil ; et Buck, qui n'était point une nature basse, leur rendit large mesure d'amitié et de bons procédés.

Cette heureuse période de paix fut pour lui comme une renaissance, l'entrée dans une autre vie. Mais la bonne camaraderie, les jeux, la fraîche brise printanière, le sentiment délicieux de la convalescence, tout cela n'était rien auprès du sentiment nouveau qui le dominait. Pour la première fois, un amour vrai, profond, passionné s'épanouissait en lui.

Là-bas, dans le « home » luxueux de Santa-Clara, Buck avait certes donné et reçu des témoignages d'affection. Qu'il accompagnât solennellement le juge Miller en ses promenades, qu'il s'exerçât avec ses fils à la course ou à la chasse, ou qu'il veillât jalousement sur les tout petits, il s'était fait partout, entre eux et lui, un échange d'estime solide et d'excellents procédés.

Mais qu'il y avait loin de ces sentiments paisibles à la passion qui l'animait aujourd'hui ! L'amour flambait en lui, ardent et fiévreux, l'amour profond, puissant, exclusif, cet admirable attachement du chien pour l'homme, qui a été tant de fois célébré et que jamais on n'admirera assez.

Non seulement John Thornton lui avait sauvé la vie – c'était peu de chose en regard du bienfait quotidien qu'il recevait de lui – mais cet homme comprenait l'âme canine, il traitait ses chiens comme s'ils eussent été ses propres enfants, leur donnait une portion de son cœur. Jamais il n'oubliait de les saluer du bonjour amical ou du mot affectueux qu'ils prisent si fort. Il jouait, s'entretenait avec eux comme avec des égaux ; et Buck, tout spécialement, sentait le prix d'une pareille faveur. Thornton avait une manière de lui prendre les joues à deux mains et de lui secouer la tête rudement, en faisant pleuvoir sur lui (*par manière de flatterie*) une avalanche d'épithètes injurieuses, qui plongeait le bon chien dans un délire de joie et d'orgueil. Au son de ces jurons affectueux, au milieu de ce rude embrassement, Buck nageait en plein bonheur. Et lorsque revenu de son extase, il bondissait autour du maître adoré, l'œil éloquent, les lèvres rieuses, la gorge vibrante de sons inarticulés, mais si expressifs, John Thornton, pénétré d'admiration, murmurait la phrase cent fois redite :

– Il ne lui manque que la parole !

Parfois – l'amour l'emportant au-delà des bornes – Buck happait la main de son maître, la serrait passionnément entre ses dents. De cet étau formidable, la main sortait bien un peu meurtrie ; mais de même que Buck interprétait les jurons de Thornton comme paroles flatteuses, Thornton savait bien que cette morsure était une caresse, et ne s'en fâchait pas.

D'ailleurs, ces manifestations plutôt gênantes étaient rares ; quoique le molosse se sentît devenir presque fou de bonheur quand son maître lui parlait ou le touchait, une dignité innée lui interdisait de rechercher trop fréquemment ces faveurs.

À l'encontre de Skeet, qui sans cérémonie fourrait son petit nez sous la main du maître, et la poussait jusqu'à ce qu'elle eût obtenu de vive force une caresse, ou de Nig, qui se permettait de poser sa grosse tête sur ses genoux, Buck savait adorer à distance.

S'il voyait Thornton occupé, son bonheur était de se tenir à ses pieds, le regard levé vers lui, immobile, attentif, scrutant son visage, suivant avec une intense fixité le moindre changement d'expression, la plus petite variation de la physionomie aimée. Et souvent, tel était le pouvoir magnétique de ce regard fidèle qu'il attirait l'autre regard, le forçait à se détourner du travail commencé. Et les yeux de l'homme communiaient fraternellement avec ceux du noble animal.

Pendant un temps assez long, Buck ne put se résoudre à perdre de vue son dieu un seul instant. Les changements de maîtres qu'il avait subis au cours de la dernière année avaient engendré chez lui la crainte assez justifiée de voir se renouveler ces douloureuses séparations, et il vivait dans la terreur que Thornton disparût de sa vie comme en avaient disparu Perrault et François. Hanté de cette appréhension, il le suivait constamment de l'œil, tendait l'oreille avec anxiété s'il venait à s'écarter, et parfois, la nuit, se glissait jusqu'au bord de la tente pour écouter sa respiration. Ses craintes ne s'apaisèrent que graduellement.

Mais en dépit de cette noble passion, qui semblait attester chez Buck un retour aux influences civilisatrices, le fauve réveillé au contact de son entourage barbare grandissait au fond de lui, la bête féroce devenait prépondérante.

En voyant au foyer de Thornton un chien

majestueux, à la vaste poitrine, à la tête superbe, à la fourrure splendide, à l'œil calme et puissant, dernière et admirable expression d'une immense lignée d'ascendants lentement affinés, qui se serait douté que sous cette enveloppe élégante revivait le chien-loup de jadis ? Et pourtant il en était ainsi. Une à une, les empreintes superficielles de la civilisation s'effaçaient de son être, et l'animal primitif s'affirmait énergiquement. La ruse, le vol, la violence étaient devenus ses armes habituelles. La personne de Thornton lui était sacrée, cela va sans dire, et Skeet et Nig étant la chose du maître bénéficiaient de cette exception. Mais eux mis à part, tout être vivant qui le rencontrait devait se résigner à livrer combat, et satisfaire ainsi à la loi inexorable de la lutte pour la vie. Une fois affranchi de la terreur de perdre son maître, il se mit à errer au hasard en de longues courses ; et dès lors, son existence devint une bataille ininterrompue.

Tous les jours, il revenait chargé de blessures ; aucun ennemi ne lui paraissait trop redoutable ; ni la taille ni le nombre ne l'arrêtaient. Et il se montrait sans merci comme sans peur ; il fallait tuer ou être tué, manger ou être mangé : c'était la loi primitive, et à cet ordre sorti des entrailles du temps, Buck obéissait.

D'autres voix lui parlaient encore. Des profondeurs de la forêt, il entendait résonner tous les jours plus distinctement un appel mystérieux, insistant, formel ; si pressant que parfois, incapable d'y résister, il avait pris sa course, gagné la lisière du bois. Mais là où finissaient les vestiges de vie, près de fouler la terre vierge, un sentiment plus puissant encore que cet appel, l'amour pour son maître, arrêtait sa course impétueuse, le forçait à retourner sur ses pas, à venir reprendre sa place parmi les humains.

Hans et Peter, les deux associés de Thornton, étaient enfin revenus avec leur radeau et vivaient aujourd'hui en bons termes avec Buck. Mais l'entrée en matière n'avait pas été chose facile. Le chien s'était d'abord jalousement refusé à leur laisser prendre place au foyer ; et lorsque les patientes explications du maître lui eurent fait comprendre qu'ils étaient de la famille, il les toléra, daigna accepter leurs avances, mais sans leur accorder jamais la moindre parcelle de l'affection profonde qu'il avait vouée à Thornton. Seul, Thornton obtenait de lui obéissance, et il n'était pas de limite à ce qu'il pouvait exiger de lui.

Un jour de halte, ayant abandonné le camp (*on remontait aux sources de la Tanana*), les trois chercheurs d'or étaient arrêtés sur la crête d'une falaise abrupte qui surplombe le fleuve d'une hauteur de trois cents pieds ; Buck reposait comme d'habitude aux côtés de son maître, guettant son regard, attendant un ordre, un signe, image éloquente de la fidélité canine. Les yeux de l'homme tombèrent sur lui tendrement, puis soudain une idée bizarre, comme un besoin de vantardise, un désir d'étonner ses camarades, de leur montrer toute l'étendue de son pouvoir, s'empara de l'âme habituellement placide et réservée de Thornton.

– Vous allez voir !... Saute, Buck ! fit-il étendant le bras sur le gouffre béant.

À peine avait-il parlé que sans une hésitation, sans un retard, le chien prit son élan vers l'abîme, tandis que l'homme, mesurant en un clin d'œil sa folie, se jetait à son secours au risque de périr mille fois, et que les deux camarades, se précipitant à leur tour, avaient fort à faire pour les arracher tous deux à la mort.

– Il ne faudrait pas recommencer cette plaisanterie tous les jours, remarqua Hans le silencieux lorsque tous eurent repris haleine.

– Non, dit laconiquement Thornton, partagé entre la

honte d'avoir cédé à un mouvement de si cruelle vanité et l'orgueil bien légitime que lui inspirait l'attitude de son chien.

— Je ne voudrais pas être dans les souliers de l'homme qui vous attaquerait, lui présent, ajouta Peter, après un temps ; on ne risque rien de parier que celui-là passerait un mauvais quart d'heure.

Les pronostics de Peter ne tardèrent pas à se réaliser.

Avant la fin de l'année, les trois compagnons, étant arrêtés à Circle-City, se trouvaient dans un bar avec nombre d'autres chercheurs d'or. Buck, accroupi dans un coin, la tête sur ses pattes, surveillait comme toujours chaque mouvement de son maître.

Soudain, une querelle éclate. C'est un certain Burton le Noir, bravache et mauvais diable, qui cherche noise sans raison à un consommateur inoffensif. Thornton, homme juste et sensé, essaye de calmer le braillard ; mais celui-ci, irrité par cette intervention, tourne sur lui sa colère, et traîtreusement, sans crier gare, lui décoche un coup de poing qui l'oblige à se cramponner à la barre du buffet pour ne pas tomber.

Du fond de la salle, un véritable hurlement de loup se fait entendre ; et à travers l'atmosphère enfumée on distingue comme un énorme projectile qui passe par-dessus toutes les têtes. C'est Buck qui, d'un bond prodigieux, a franchi l'espace, est tombé sur l'agresseur, le crin hérissé, l'œil sanglant, la gueule ouverte, prêt à dévorer. Le brutal n'eut que le temps d'enfoncer le poing dans cette gueule pour sauver sa face. Mais Buck, lâchant aussitôt le bras, se jette sur l'homme de tout son poids, le renverse et, avant que la foule précipitée ait pu l'en empêcher, lui ouvre la gorge d'un maître coup de dent.

On réussit enfin à l'écarter, à lui arracher sa proie —

la voix seule de Thornton peut d'ailleurs obtenir ce miracle ; mais tandis qu'un médecin examine le blessé, un remous de colère fait onduler toute sa peau, et le grondement continu qui résonne dans sa vaste poitrine dit assez qu'il brûle d'achever sa victime.

Un « conseil » de mineurs réuni sur-le-champ jugea gravement l'affaire. On reconnut unanimement que l'attaque était plus que motivée ; Buck fut acquitté et son nom devint fameux dans tous les camps de l'Alaska. Il ne se passait guère de jour où il ne fit preuve de force, de courage ou de dévouement.

Vers la fin de l'année, les compagnons, ayant depuis longtemps quitté Circle-City, se trouvèrent dans une passe difficile. Il s'agissait de faire franchir à leur bateau une série de rapides extrêmement violents. Hans et Peter, placés sur la berge, tiraient le canot au moyen d'une corde qu'ils enroulaient d'arbre en arbre pour ne pas être emportés par la force du courant, tandis que Thornton, resté dans l'embarcation, la dirigeait à l'aide d'une perche au milieu des récifs. Buck, anxieux et attentif, se tenait sur le bord, ne quittant pas son maître de l'œil, avançant pas à pas en même temps que lui.

Tout marcha bien pour un temps ; puis il fallut relâcher la corde afin de permettre au canot de franchir une ligne de rochers pointus qui se hérissaient à la surface de l'eau ; la manœuvre réussit ; mais quand vint la minute de resserrer la corde, le mouvement fut mal calculé ; l'embarcation se retourna brusquement la quille en l'air et Thornton se trouva violemment projeté au-dehors, entraîné avec une violence inouïe vers la partie la plus dangereuse des rapides.

Sa chute ne fit qu'une avec celle de Buck. Plongeant hardiment au milieu des eaux tumultueuses, effrayantes comme une chaudière en ébullition, il nage droit à son maître qu'il voit lutter là-bas, parvient à le rejoindre à trois cents mètres environ de la place où il est tombé.

Sentant que Thornton l'avait saisi par la queue, le brave chien vire de bord immédiatement et se dirige vers la berge, mais, hélas ! en dépit d'efforts géants, désespérés, il demeure vaincu ; la force aveugle du courant est plus puissante que son courage et que son dévouement.

Un peu plus bas, l'eau se déchirait en écume sur les pierres aiguës comme les dents d'une énorme scie, et sa fureur était effroyable avant ce dernier élan. Presque épuisé par la lutte démesurée, Thornton réussit à saisir des deux mains une de ces roches pointues, à s'y cramponner ; puis, d'une voix défaillante, il ordonna à Buck d'aller retrouver Hans et Peter. L'intelligent animal comprit ; levant un peu sa belle tête hors de l'eau comme pour puiser des forces dans le regard de son maître, il se mit à nager vigoureusement et, délesté cette fois d'un poids écrasant, il parvint enfin à la berge. Les deux hommes, eux aussi, avaient compris la pensée de Thornton, et, sans perdre une minute, ils passèrent une corde autour du cou et des épaules de Buck, ayant soin toutefois de lui laisser la liberté de ses mouvements, puis ils le lancèrent à l'eau.

Intrépide, le chien affronte une seconde fois le courant ; il nage avec vigueur, dévore la distance, mais voilà que, dans sa hâte fiévreuse, il manque le but, passe un peu trop loin du maître, le dépasse malgré lui, et, essayant péniblement de revenir en arrière, se trouve entraîné, ballotté, englouti par les eaux furieuses, disparaît de la surface. Aussitôt Hans et Peter tirent sur la corde, le retirent à demi noyé sur la berge, se jettent sur lui, le pressent de toutes leurs forces pour ramener la respiration et lui faire rendre l'eau avalée. Il se relève en chancelant, retombe foudroyé sur le sol, et les deux hommes pensent le voir expirer au moment même où la voix de Thornton leur parvient de loin, lasse et indistincte, en un suprême appel.

Mais cette voix si faible semble posséder le pouvoir de se faire entendre jusqu'au-delà du royaume des vivants. Du fond de son évanouissement, Buck en a reçu le choc ; il se relève comme galvanisé, et d'un bond revient au point de départ, guéri, dispos, montrant par une mimique éloquente l'ardent désir de partir vite, sans perdre une seconde.

La corde est de nouveau enroulée autour de son corps, et, rendu prudent par la précédente méprise, il sait cette fois dominer son impatience, modérer son ardeur, viser son but et le toucher. Il coupe d'abord le courant en travers, et arrivé au-dessus de Thornton, se laisse tomber adroitement. Thornton le voit arriver sur lui comme la foudre et le saisit par le cou. Tous deux sont entraînés, roulés, submergés dix fois ; finalement la corde a le dessus : étranglés, meurtris, mais vivants, ils sont ramenés sur la berge.

Lorsque les rudes soins de ses camarades rappelèrent l'homme à la vie, son premier regard fut pour la bête dont le corps inerte inspirait déjà à Nig le lamentable hurlement de mort, tandis que Skeet, plus avisée, léchait avec ardeur le museau mouillé et les yeux fermés du pauvre Buck.

Au mépris de ses plaies, de ses meurtrissures et de l'immense fatigue qui l'accablait, Thornton se mit immédiatement à masser, à frictionner et à panser son héroïque ami. On lui trouva trois côtes brisées, ce qui détermina les mineurs à camper en cet endroit jusqu'à son complet rétablissement.

Il accomplit ce même hiver un autre exploit, moins héroïque peut-être, mais extrêmement profitable au point de vue pécuniaire, et qui vint fort à propos permettre à nos mineurs de s'outiller convenablement et de pousser une pointe vers certaine région de l'Est, encore non exploitée, qu'ils avaient en vue.

Un jour, à *l'Eldorado Saloon* lieu de réunion bien connu des chercheurs d'or de l'Alaska, les hommes buvant et fumant vantaient les mérites de leurs chiens respectifs.

– Le mien est capable de traîner à lui seul un poids de six cents livres, disait l'un, ne mentant que de moitié.

– Et le mien en tirerait bien sept cents, dit Matthewson, un des nababs de l'endroit.

– Sept cents ? fit Thornton. Buck en traînerait mille !

– Oui-da ? ricana le nabab jaloux. Il est si fort que ça ? Et sans doute il serait capable de faire démarrer mon traîneau qui est là fixé dans la neige, peut-être même de le tirer à lui seul sur un parcours de cent mètres ?

– Tout à fait capable, répéta tranquillement Thornton.

– Eh bien, dit Matthewson, en articulant très haut sa proposition, afin que chacun pût l'entendre, je parie mille dollars qu'il ne le fait pas ; et les voilà !

Il déposait en même temps sur le bar un sac de poudre d'or roulé et gonflé comme une saucisse.

Il y eut un silence. Thornton se sentit rougir : sa langue l'avait trahi.

Très sincèrement, il estimait que son chien était de force à traîner un poids semblable, mais il n'avait jamais mis sa vigueur à pareille épreuve. De plus, les trois associés étaient loin de posséder la somme engagée. Il fallait pourtant se décider ; on attendait sa réponse.

— Mon traîneau est à la porte avec vingt sacs de farine de cinquante livres chacun, dit Matthewson avec un rire brutal. Ne vous gênez donc pas !

Thornton gardait un silence préoccupé, cherchant une excuse, quand ses yeux errants s'arrêtèrent sur le visage d'un vieux camarade, Jim O'Brien, un autre roi de l'or de la région. Cette vue lui rendit tout son sang-froid, et, se dirigeant vers lui :

— Pouvez-vous me prêter mille dollars ? lui demanda-t-il.

— Sûr, répondit O'Brien en déposant près du sac de Matthewson un autre sac non moins rebondi. Mais je crains bien, John, que la bête ne réussisse pas.

En un clin d'œil, les occupants de *l'Eldorado* se répandirent dans la rue pour assister à l'épreuve ; les tables furent désertées, joueurs et croupiers sortaient en masse pour voir le résultat de la gageure et parier eux-mêmes. Quantité d'hommes couverts de fourrures entourèrent le traîneau, chargé de ses mille livres de farine, qui stationnait depuis deux heures devant la porte, avec un froid de soixante degrés au-dessous de zéro.

Les patins avaient gelé sur la neige durcie ; on pariait deux contre un que Buck ne l'ébranlerait pas. Une contestation s'éleva sur le mot « démarrer » ; O'Brien prétendait que c'était le droit de Thornton de dégeler d'abord les patins, laissant Buck tirer ensuite ; Matthewson affirmait avoir compris dans son pari le brisement de la glace sous les patins gelés. La majorité des hommes présents lui ayant donné raison, les paris contre Buck montèrent de un à trois, personne ne le croyant capable d'un pareil tour de force. Thornton, en voyant le traîneau attelé de dix chiens que Buck devait remplacer tout seul, se repentait de plus en plus d'avoir parlé si vite. Matthewson triomphait.

— Trois contre un ! criait-il. Je vous donnerai un autre billet de mille à ce compte-là, Thornton. Voulez-vous ?

Mais ce défi avait réveillé en Thornton l'esprit de combat, et il était décidé à tenter l'impossible. Il appela Hans et Peter, dont les bourses réunies n'arrivèrent qu'à former un total de deux cents dollars : cette somme constituait tout leur avoir, mais ils n'hésitèrent pas à l'engager contre les six cents dollars de Matthewson.

Les dix chiens furent dételés, et Buck tout harnaché les remplaça au traîneau. On eût dit qu'il avait saisi quelque chose de la surexcitation générale, qu'il se sentait à la veille de tenter un grand effort pour le maître adoré. Des murmures d'admiration s'élevèrent à la vue de ses formes superbes. Il était merveilleusement « en forme » ; pas une once de chair superflue ; son poil lustré reluisait comme du satin ; sur son cou et ses épaules, sa crinière se hérissait, ondulant à chaque mouvement ; sa large poitrine et ses fortes pattes étaient proportionnées au reste du corps. Et les connaisseurs ayant palpé les muscles qui saillaient sous la peau en fibres serrées, et les ayant trouvés durs comme du fer, les paris redescendirent à deux contre un.

— Pardieu, monsieur, dit à Thornton un richard de Shookum-Bench, je vous en offre huit cents dollars avant l'épreuve, huit cents tel qu'il est là.

Thornton secoua la tête et vint se placer près de Buck.

— Vous ne devez pas être à côté de lui, protesta Matthewson. Franc jeu, et de la place !

La foule se tut ; on n'entendait que les voix des parieurs offrant Buck à deux contre un ; mais les vingt sacs de farine pesaient trop lourd pour que les assistants se décidassent à délier les cordons de leur bourse.

Thornton s'agenouilla près de Buck, lui saisit la tête à deux mains, pressant sa joue contre la sienne, et, tout bas, il murmura :

– Fais cela pour moi, Buck, pour l'amour de moi !...

Et Buck gémit d'ardeur réprimée.

La foule les examinait curieusement ; l'affaire devenait mystérieuse, cela tenait de la sorcellerie. Quand Thornton se releva, Buck saisit avec ses dents la main de son maître, et la mordit légèrement : c'était une réponse muette et un message d'amour. Thornton recula lentement.

– Maintenant, Buck ! dit-il.

Buck tendit les traits, puis les relâcha de quelques centimètres, ainsi qu'il avait appris à le faire.

– *Haw !...*

La voix de Thornton résonna dans le silence intense.

Buck, obliquant vers la droite, fit un mouvement en avant, et un bond qui tendit soudain les traits, puis il arrêta net son élan. Le chargement trembla, et sous les patins on entendit un pétillement sonore.

– *Gec !...* commanda Thornton.

Buck recommença la manœuvre à gauche. Le pétillement devint un craquement, le traîneau remua, les patins grincèrent et glissèrent de quelques centimètres. La glace était brisée ! Les hommes retenaient leur respiration.

Alors vint le commandement final :

– *Mush !*

La voix de Thornton retentit comme un coup de clairon. Buck fit un pas en avant, raidissant les traits, son corps tout entier tendu dans un effort désespéré ; sous la fourrure soyeuse, les muscles se tordaient et se nouaient comme des êtres vivants ; la large poitrine rasait la terre, les pattes se crispaient fiévreusement, les griffes creusaient dans la neige durcie des rainures profondes. Le traîneau oscilla, trembla, parut s'ébranler. Une des pattes de l'animal ayant glissé, un des spectateurs jura tout haut ; puis le traîneau, par petites secousses, fit un mouvement en avant et ne s'arrêta plus, gagnant un centimètre... deux... dix !

Sous l'impulsion donnée, la lourde masse s'équilibrait, avançait visiblement. Les hommes, haletants d'émotion, se reprenaient à respirer ; Thornton courait derrière le traîneau, encourageant Buck par de petits mots brefs.

La distance à parcourir avait été soigneusement mesurée, et quand le bel animal approcha de la pile de bois qui marquait le but, une acclamation se fit entendre qui se changea en clameur, lorsque, ayant dépassé les bûches, il s'arrêta net au commandement de son maître. Les hommes enthousiasmés, y compris Matthewson, jetaient en l'air chapeaux et gants fourrés.

Agenouillé près de Buck, Thornton, rayonnant, avait pris à deux mains la tête du molosse, et, la secouant rudement, lui administrait la suprême récompense, accompagnée d'une volée de ses meilleurs jurons.

– Monsieur, bégayait le nabab de Shookum-Bench, je vous en donne mille dollars, monsieur, entendez-vous ? Mille dollars... douze cents !

Thornton se releva ; ses yeux étaient mouillés de larmes qu'il ne songeait pas à cacher.

– Non, monsieur, non, répondit-il au roi de Shookum-Bench. Allez au diable, monsieur ; c'est tout ce que j'ai à vous répondre.

Buck ayant saisi entre ses dents la main de Thornton penché sur lui, la pressait avec tendresse ; et les spectateurs, discrets, se retirèrent pour ne pas troubler le tête-à-tête des deux amis.

V I

L'appel résonne

John Thornton ayant, grâce à Buck, gagné six cents dollars en cinq minutes, se trouva en mesure de payer certaines dettes gênantes, et de réaliser un projet depuis longtemps caressé avec ses camarades. Il s'agissait d'un voyage dans l'Est, à la recherche d'une mine fabuleuse dont le souvenir remontait aux origines mêmes de l'histoire du pays.

Bien des aventuriers étaient partis à sa recherche ; peu étaient revenus ; des milliers avaient disparu sans laisser de trace. L'histoire de cette mine eut été féconde en tragédies mystérieuses. On ignorait le nom du premier qui l'avait découverte. Rien de précis ne se racontait, à vrai dire ; mais on prétendait que l'emplacement en était marqué par une cabane en ruine.

Ceux qui revenaient épuisés et mourants l'avaient décrite, montrant à l'appui de leurs dires des pépites d'or d'une grosseur surprenante telle que les autres n'en avaient jamais vu.

Personne ne s'attribuant la possession de ces trésors, que les morts ne réclameraient plus, John Thornton, Hans et Peter, accompagnés de Buck et d'une demi-douzaine d'autres chiens, se dirigèrent vers l'est, cherchant sur une piste inconnue des richesses peut-être chimériques.

Ayant remonté en traîneau, pendant soixante-dix miles, le Yukon glacé, ils tournèrent dans la rivière

Stewart, passèrent le Mayo et le Mac-Question, et continuant leur route jusqu'à la source du Stewart, ils gravirent des pics qui semblaient l'épine dorsale même du continent.

John Thornton, au cours de ses expéditions, comptait peu sur l'homme, mais beaucoup sur la nature, et ne redoutait aucune solitude. Avec une poignée de sel et un rifle, il pouvait s'enfoncer dans les pays les plus sauvages, et se tirer d'affaire aussi facilement qu'il lui plaisait. N'étant jamais pressé par le temps, il chassait sa nourriture, à l'instar des Indiens, tout en marchant ; si le gibier manquait, il poursuivait son chemin sans se troubler, sûr d'en retrouver tôt ou tard. L'ordinaire, pendant ces longs voyages, devant être la viande fraîche, les munitions et les outils constituaient la principale charge du traîneau.

Ce fut, pour Buck, un temps de liesse et de joie perpétuelle que cette vie de chasse, de pêche, de vagabondage infini dans des pays inconnus.

Pendant des semaines entières, on marchait du matin au soir ; pendant d'autres, au contraire, on semblait vouloir prendre racine en quelque lieu solitaire, on dressait le camp ; les chiens flânaient, et les hommes, pratiquant des trous dans la terre ou le gravier gelé, lavaient près du feu de grandes écuelles de boue dorée. Tantôt on avait faim, tantôt on faisait bonne chère, suivant les hasards de la chasse et les caprices du gibier.

L'été arriva ; alors hommes et chiens traversèrent en radeau les lacs bleus des montagnes, remontèrent ou descendirent des rivières inconnues, sur de frêles barques taillées dans les arbres des forêts environnantes. Les mois passaient, tandis qu'ils erraient ainsi dans la vaste étendue dont nulle main n'avait tracé la carte pour les guider, mais que des pas humains avaient foulée jadis, si la tradition disait vrai.

Ils subirent de violents orages, tourmentes de neige en plein été, vents cinglants, éclairs aveuglants ; souvent ils virent tomber la foudre à leurs côtés ; ils frissonnèrent au soleil de minuit sur les hautes cimes, à la limite des neiges éternelles ; redescendirent dans les chaudes vallées infestées de moustiques ; cueillirent à l'ombre des glaciers des fruits comparables aux plus beaux de ceux qu'on goûte dans le Sud.

Vers la fin de l'année, les voyageurs pénétrèrent dans une région triste et fantastique, coupée de lacs, où le gibier d'eau avait vécu, mais dont le silence n'était plus troublé que par le souffle glacé du vent et le brisement mélancolique des vagues sur des grèves solitaires.

Pendant tout un hiver encore, les explorateurs suivirent les traces à demi effacées de ceux qui les avaient précédés. Ce fut d'abord une voie pratiquée dans la forêt, et qui semblait devoir aboutir à la cabane perdue ; mais cette route, sans commencement et sans but, demeura mystérieuse comme la destinée et la pensée de celui qui l'avait tracée.

Une autre fois, ils découvrirent une hutte de chasseur, et parmi des lambeaux de couvertures pourries, Thornton dénicha un fusil à pierre datant des premières années de la Compagnie de la baie d'Hudson. Aucune autre trace de l'homme inconnu qui avait bâti cet abri et respiré en ce lieu à cette époque lointaine.

Le retour du printemps mit un terme à ces vagabondages, car les aventuriers découvrirent non point, il est vrai, la cabane perdue, mais, dans le creux d'une large vallée, un placer profond, dont l'or reluisait comme du beurre jaune au fond des tamis à laver.

Ils ne cherchèrent pas plus loin, car chaque jour de

travail leur rapportait des milliers de dollars en poudre ou en pépites. On fabriqua des sacs en peau d'élan, dans lesquels cet or fut renfermé par tas de cinquante livres.

Les jours passaient rapidement à ce travail formidable. Les chiens n'avaient rien à faire que de rapporter au camp de temps à autre le gibier tué par Thornton, et en cette période, Buck passa de longues heures à rêver au coin du feu à ces choses primitives dont il avait la confuse nostalgie.

Alors, aux visions troubles des époques lointaines, venait se joindre l'appel qui résonnait au fond de la forêt, éveillant en lui une foule de désirs indéfinissables et d'étranges sensations. Mû par un pouvoir plus fort que sa volonté, il partait en quête, cherchant obscurément à découvrir l'origine de l'écho qui résonnait en lui. Errant dans la forêt, il humait avec ivresse la senteur de la mousse fraîche et des herbes longues couvrant le sol noir, parmi l'humus séculaire ; et ces odeurs salubres le remplissaient d'une joie mystérieuse déjà ressentie, lui semblait-il.

Alors le souvenir de l'Homme aux longs bras, couvert de poils, qu'il suivait jadis, lui revenait plus vif ; il s'attendait presque à le trouver, au détour du sentier marqué dans les taillis par le passage fréquent des bêtes sauvages, et il quêtait plus ardemment...

Parfois, il demeurait des journées entières blotti derrière un tronc d'arbre, guettant patiemment, avec une inlassable curiosité, tout ce qui bougeait autour de lui, le mouvement des multiples petites vies abritées par les grands arbres, insectes ou bestioles au poil fauve.

Puis il rentrait au camp et s'étendait de nouveau près du feu pour rêver.

Mais soudain, il levait la tête, dressait les oreilles,

écoutait, plein d'attention. Obéissant à l'appel entendu de lui seul, il bondissait sur ses pieds et filait droit devant soi, pendant des heures, sous les voûtes fraîches de la forêt, au fond du lit desséché des torrents, dans les grands espaces découverts et fleuris. Mais, par-dessus tout, il se plaisait à courir ainsi dans la pénombre odorante des nuits d'été, alors que la forêt murmure dans son sommeil, et que ce qu'elle dit est clair comme une parole articulée. À cette heure, plus profond, plus mystérieux, plus proche aussi, résonnait l'Appel – la Voix qui incessamment l'attirait, du fond même de la nature.

Une nuit, il fut réveillé tout à coup en sursaut : alerte, les yeux brillants, les narines frémissantes, le poil hérissé en vagues... L'Appel se faisait entendre, et tout près cette fois. Jamais il ne l'avait distingué si clair et si net. Cela ressemblait au long hurlement du chien indigène.

Et, dans ce cri familier, il reconnut cette Voix, entendue jadis, qu'il cherchait depuis des semaines, et des mois...

Traversant, rapide et silencieux comme une ombre, le camp endormi, il s'élança sous bois. Mais comme il se rapprochait de l'Être qui l'appelait, il ralentit par degrés son allure et s'avança, prudent et rusé.

Et tout à coup, au cœur d'une clairière, il vit, assis sur ses hanches et hurlant à la lune, un loup de forêt, long, gris et maigre.

Bien que le chien n'eût fait aucun bruit, la bête l'éventa et cessa soudain son chant. Buck s'avança, la queue droite, les oreilles hautes, prêt à bondir. Pourtant tout dans son allure marquait, en même temps que la menace, le désir de faire amitié. Mais le fauve, sourd à ces avances, prit soudain la fuite.

Buck le suivit à grands bonds, plein d'un désir fou de l'atteindre. Longtemps ils coururent, presque côte à côte. Enfin, le loup s'engagea dans le lit desséché d'un torrent barré par un fouillis inextricable de branchages et de bois mort. Alors la bête sauvage, se trouvant acculée, fit volte-face par un mouvement familier à Joe et aux chiens indigènes aux abois ; et, grinçant des dents, claquant avec bruit des mâchoires, elle attendit.

Buck, au lieu de l'attaquer, tournait autour du loup avec un petit murmure amical, remuant la queue et riant à belles dents. Mais le loup se méfiait, car sa tête arrivait à peine à l'épaule du chien, et il avait peur. Et tout à coup, d'un mouvement souple et furtif, il s'échappa et reprit sa course.

La poursuite recommença. Encore une fois, le loup faillit être pris, pour de nouveau s'échapper et recommencer à fuir. La bête était en mauvaise condition, sans quoi Buck n'aurait pu l'égaler à la course ; ils couraient presque côte à côte, jusqu'au moment où le loup s'arrêtait, montrait les dents et recommençait à fuir de plus belle.

Enfin, reconnaissant que Buck ne lui voulait pas de mal, la bête s'arrêta et laissa le chien lui flairer le museau. Sur quoi ils devinrent amis et se mirent à jouer ensemble, de cette façon nerveuse et timide qui semble démentir la férocité des bêtes sauvages.

Quelques instants plus tard, le loup se remit en marche, d'une allure aisée, indiquant un but définitif. Il fit comprendre à Buck qu'il devait l'accompagner, et, côte à côte, ils se mirent à courir dans la pénombre. Ils suivirent le lit du torrent à travers la gorge aride qui lui donnait naissance, et sur le versant opposé de la cascade, ils atteignirent une contrée de plaines et de forêts étendues, que traversaient de nombreux ruisseaux. Ils galopèrent des heures entières à travers ces espaces, tandis que le soleil s'élevait sur l'horizon.

Buck était infiniment joyeux : il se sentait répondre à l'Appel ; les souvenirs anciens lui revenaient en foule sur cette terre vierge et sous ces cieux immenses, tandis qu'il courait aux côtés de son frère le fauve.

Mais les deux coureurs s'étant arrêtés pour boire à un clair ruisseau, l'onde froide dissipa cette ivresse ; le souvenir de John Thornton étreignit soudain le cœur de Buck. Il s'assit brusquement.

Le loup continua sa route, puis revint à lui, le poussant avec son nez, l'encourageant à le suivre.

Mais Buck retournait lentement sur ses pas, et pendant une heure, son frère sauvage l'accompagna, gémissant doucement. Puis il s'assit à son tour, et, pointant le museau en l'air, poussa un long hurlement. Tandis que le chien poursuivait sa route, cette plainte lugubre continua de déchirer l'air, résonnant longtemps encore dans le lointain. Elle s'éteignit enfin...

Thornton achevait de dîner lorsque Buck tomba dans le camp comme une bombe, sautant sur son maître, lui léchant la figure et les mains, criant de joie, renversant tout sur son passage, dans sa folle expansion de tendresse ; jamais Thornton ne l'avait vu si exubérant...

Pendant deux jours et deux nuits, Buck resta au camp, semblant garder son maître à vue ; puis l'inquiétude le reprit ; de nouveau il fut hanté par le souvenir de cette course à deux à travers un pays souriant et sauvage...

Il se remit à courir les bois, mais sans pouvoir retrouver son farouche compagnon ; la plainte lugubre ne se faisait plus entendre.

Son orgueilleuse confiance en soi éclatait dans tous les mouvements du chien et communiquait à son être physique une sorte de plénitude gracieuse et terrible.

Il eût semblé un loup gigantesque, sans les taches fauves de son museau et de ses yeux, et l'étoile blanche qui marquait son front et sa large poitrine. Par l'astuce, il tenait du loup ; par la force et le courage, de son père le chien géant ; par la beauté et l'intelligence, de sa mère la fine colley ; ces qualités, jointes à une expérience acquise à la plus dure des écoles faisaient de lui une créature superbe et redoutable entre toutes.

– Jamais on ne vit chien pareil ! répétait Thornton avec une juste fierté, en le regardant marcher dans le camp, orgueilleux et fort, roi de tout ce qui l'entourait.

Nul ne soupçonnait la transformation qui s'opérait en lui aussitôt qu'il pénétrait dans la solitude de la forêt. Il ne marchait plus alors ; il devenait un animal sauvage, silencieux et léger, ombre à peine entrevue glissant parmi d'autres ombres. Il savait tirer parti du moindre abri, se traîner sur le ventre comme un serpent, et comme lui bondir et frapper. Il pouvait saisir la perdrix sur son nid, surprendre le lapin à son gîte, et attraper au vol les petits écureuils agiles. Toutefois il ne tuait pas par plaisir, mais seulement pour vivre et se nourrir du produit de sa chasse.

Comme l'hiver approchait, les élans descendaient en grand nombre pour venir passer la saison rigoureuse dans les vallées basses et mieux abritées. Buck avait déjà réussi à prendre un jeune d'assez forte taille ; mais il aspirait à s'emparer d'une proie plus digne de lui ; cette chance lui échut enfin dans un défilé solitaire.

Une vingtaine de ces animaux, conduits par un vieux chef, descendaient à petites journées de la région des bois et des sources. Le chef était une bête d'aspect farouche, dominant le sol de six pieds, et dont la tête formidable était ornée de bois immenses, portant au moins quatorze andouillers, et mesurant sept pieds d'une pointe à l'autre. Ses petits yeux brillaient d'une lueur verte et cruelle, et il parut à Buck lui-même un adversaire redoutable.

Il mugit de fureur en apercevant le chien ; cette fureur s'augmentait sans nul doute de la douleur que lui causait une flèche dont le penne lui sortait à mi-flanc.

Guidé par l'instinct inné du chasseur – hérité de ses ancêtres qui pratiquaient déjà cette tactique aux premiers temps du monde –, Buck se mit tout d'abord en devoir de séparer sa proie du reste du troupeau. Ce n'était pas là une mince besogne, car le vieux mâle était aussi méfiant et rusé que féroce. Le chien dansait en aboyant devant l'élan, l'exaspérant par ses clameurs, tout en ayant bien soin de se tenir à distance respectueuse des andouillers formidables et des terribles pieds plats qui l'eussent écrasé d'une foulée.

L'animal, furieux, fonçait sur Buck qui feignait de fuir pour l'entraîner à sa poursuite. Mais à peine le vieux faisait-il mine de s'écarter du troupeau, que deux ou trois jeunes élans chargeaient le chien à leur tour, ce qui permettait au chef blessé de rejoindre le gros de la troupe.

Les bêtes sauvages savent déployer une patience entêtée, inlassable et tenace comme leur vie même. Et Buck possédait cette patience tout entière. Il demeurait sur les flancs du troupeau, harcelant les femelles et les petits, enveloppant la troupe d'un cercle hostile, rendant l'animal blessé fou de rage impuissante. Cela dura toute la journée. Au coucher du soleil, les jeunes se montraient déjà moins ardents à venir au secours de leur chef obsédé. L'approche de l'hiver, obscurément pressenti, les entraînait vers des pâturages mieux abrités, et leur instinct les poussait à sacrifier une tête unique pour le salut du troupeau entier.

Quand la nuit tomba, le vieux mâle se tenait la tête basse, regardant s'éloigner les compagnons qu'il ne pouvait plus suivre ; les vaches qu'il avait protégées, les veaux dont il était le père, les jeunes audacieux qu'il avait vaincus, tous disparaissaient, d'une allure se faisant toujours plus rapide, dans la lumière expirante du soir.

Il allait terminer sa longue carrière de luttes et de victoires sous la dent d'un animal dont la tête n'arrivait pas à la hauteur de ses lourds genoux. Dès cet instant Buck ne lâcha sa proie ni nuit ni jour, l'empêchant de dormir, de boire ou de brouter l'herbe et les jeunes pousses de saule et de bouleau. Dans son désespoir, l'élan piquait des galops furieux et sans but ; Buck le suivait d'une allure facile, se couchant quand sa victime s'arrêtait, mais l'attaquant dès qu'elle faisait mine de manger ou de boire.

La lourde tête s'abaissait de plus en plus sous ses bois énormes, et le trot traînant se ralentissait ; pendant de longs moments, l'animal demeurait immobile, le nez baissé vers la terre, les oreilles pendantes et molles ; l'implacable chasseur pouvait alors se reposer et boire lui-même.

Et dans ces instants de répit, quand Buck demeurait couché, haletant, sa langue rouge allongée sur ses dents blanches, il lui semblait pressentir un changement subtil dans la contrée. On eût dit que des êtres nouveaux y avaient pénétré, en même temps que les élans descendaient des hauteurs : la forêt, l'onde et l'air décelaient leur présence qu'un sens mystérieux lui révélait ; et il résolut, sa chasse terminée, d'approfondir cette étrange et attirante énigme.

Le soir du quatrième jour de chasse, il terrassa enfin le grand élan, et pendant vingt-quatre heures il demeura près de sa proie, mangeant et dormant tour à tour. Puis, reposé, rafraîchi, et vigoureux, il reprit le chemin du camp de Thornton. Il allait d'un long galop aisé qui durait des heures entières, sans jamais se tromper, se dirigeant avec une sûreté humiliante pour l'homme et son aiguille magnétique.

Tout en marchant, ce changement pressenti s'affirmait à lui de plus en plus. Il y avait dans le pays une présence nouvelle ; et cette conviction ne venait plus seulement de son instinct propre ; le témoignage des autres animaux, celui de la brise même la confirmait en lui. Plusieurs fois il s'arrêta pour respirer l'air frais du matin et déchiffrer un message qui lui faisait reprendre sa course avec plus d'ardeur, car il sentait le drame tout proche – une calamité imminente, sinon déjà consommée. Aussi, après avoir traversé la dernière cascade, descendit-il vers le camp en redoublant de circonspection.

Au bout de trois miles, il rencontra une piste fraîche, menant droit au camp de John Thornton. Buck se hâtait, le poil hérissé, les nerfs tendus, attentif à mille détails qui lui confirmaient certains faits, sans lui en donner la conclusion.

Son odorat lui révélait le passage d'êtres vivants sur les traces desquels il courait. Le silence absolu de la forêt le frappa ; les oiseaux avaient fui et les écureuils se cachaient au creux des arbres.

Tandis que Buck glissait, rapide et furtif comme une ombre, une senteur irrésistible le prit soudain à la gorge et le détourna de sa route. Cette nouvelle piste l'amena dans un taillis où il trouva son camarade Nig, gisant sur le flanc, traversé de part en part par une flèche barbelée. Cent mètres plus loin, Buck, sans s'arrêter, vit un des chiens indigènes achetés à Dawson qui se tordait dans les dernières convulsions de l'agonie.

Il entendit alors s'élever du camp une sorte de mélopée sauvage et monotone. Rampant à plat ventre au bord de la clairière, il découvrit le cadavre de Hans, couché sur la face, le corps hérissé de flèches comme un porc-épic. Mais au même instant, il aperçut par les interstices des branches un spectacle qui lui fit hérisser le poil et le remplit d'une rage aveugle. La présence pressentie prenait corps ; elle était visible sous la forme d'une troupe de Peaux-Rouges Yeehats, dansant la danse de guerre autour de la cabane en ruine de John Thornton...

Un grondement féroce s'échappe de la poitrine convulsée de Buck ; la passion détruit soudain les conseils de la prudence et de la ruse si chèrement acquises ; il s'élance, tombe comme un tourbillon sur les Yeehats ahuris et épouvantés. Ivre de carnage et de mort, l'animal bondit de l'un à l'autre, saute sur le chef, lui ouvre la gorge d'un coup de dent qui tranche la carotide, et sans s'attarder à l'achever, tourne sa rage sur le second guerrier qui subit un sort pareil. En vain les hommes veulent résister ; la bête est partout à la fois. Elle se dérobe à leurs coups et sème sur son passage la destruction et la terreur. Les sauvages veulent l'abattre à coups de flèches ; ils se blessent les uns les autres sans atteindre leur ennemi, l'un d'eux essaye de transpercer de sa lance le démon agile qui bondit au milieu d'eux ; l'arme pénètre dans la poitrine d'un de ses compagnons qui s'abat avec un cri affreux.

Alors la panique s'empare des Yeehats. Ils s'enfuient terrifiés dans la forêt, proclamant à grands cris l'apparition de l'Esprit du Mal.

Buck, à la poursuite de ses ennemis, semblait la personnification de la Vengeance infernale. Altéré de leur sang, il les terrasse dans les taillis, les déchire sans pitié ; affolés, décimés, ils se dispersent dans toutes les directions et ce ne fut qu'une semaine plus tard que les survivants de la lutte purent se réunir dans une vallée écartée, pour compter leurs morts et chanter leurs louanges.

Quand Buck, las de poursuivre ses misérables ennemis, revint au camp dévasté, il trouva le corps de Peter, roulé dans ses couvertures, là où la mort l'avait surpris dès la première attaque. L'état du sol, autour de la hutte, décelait la résistance désespérée de Thornton.

Buck, le nez à terre, poussant des cris ardents et plaintifs, suivit jusqu'au bord d'un étang profond toutes les péripéties de la lutte que son maître avait livrée. Là, sur la berge, fidèle jusque dans la mort, Skeet était couchée, la tête et les pattes de devant baignant dans les flots rougis de sang... Les eaux troubles et profondes cachaient à jamais le corps de John Thornton.

Buck passa le jour entier à errer autour de l'étang, poussant des gémissements lugubres ou des hurlements désolés. La disparition de son maître adoré creusait en son cœur un vide profond, impossible à combler. Seule, la vue de ses victimes portait quelque adoucissement à sa peine. Fier d'avoir tué des Hommes, le plus noble des gibiers, il reniflait curieusement les cadavres, surpris d'avoir triomphé si facilement de ceux qui savaient se rendre redoutables à l'occasion.

Désormais il ne connaîtrait plus la crainte de l'Homme.

La lune parut dans les cieux, baignant la terre d'une lumière sépulcrale, et Buck sentit avec la nuit monter dans la forêt l'éveil d'une vie nouvelle.

Il se dressa, humant l'air. Des abois lointains retentissaient, se rapprochant rapidement. Il reconnut en eux une part de ce passé qui ressuscitait en lui.

S'avançant dans la clairière, il écouta sans trouble et sans remords la voix qui depuis longtemps le sollicitait...

Désormais il était libre – libre de lui répondre et de lui obéir. John Thornton mort, plus rien ne rattachait Buck à l'Humanité.

Comme un flot argenté, la meute des loups déboucha dans la clairière où Buck, immobile comme un chien de pierre, attendait leur venue. Son aspect était si imposant qu'ils s'arrêtèrent un instant, interdits ; mais un plus hardi que les autres sauta sur le chien qui lui tordit le cou, rapide comme l'éclair. Puis il reprit sa pose majestueuse, sans se préoccuper de la bête qui râlait à terre. Trois autres tentent l'attaque et se retirent en désordre, la gorge ouverte d'une oreille à l'autre.

Enfin, la horde entière se rue sur l'ennemi. Mais la merveilleuse agilité de Buck, sa force sans pareille lui permettent de déjouer toutes les attaques.

Pour empêcher les assaillants de le prendre par derrière, il vient s'adosser à un talus, et protégé de trois côtés, réussit à se défendre si vaillamment que les loups découragés reculent enfin. Les uns demeurent couchés, la langue pendante, saignant par vingt blessures ; les autres jappent, montrant leurs crocs étincelants, sans quitter de l'œil le terrible adversaire ; d'autres boivent avidement l'eau de l'étang.

Tout à coup un loup grand et maigre se détache de la troupe et s'approche du chien avec précaution mais en gémissant doucement. Buck reconnaît soudain son frère sauvage, son compagnon d'une nuit et d'un jour, leurs deux museaux se touchent, et le chien sent son cœur battre d'une émotion nouvelle.

À son tour, un vieux loup décharné, couvert de cicatrices, se rapproche. Buck, tout en retroussant les lèvres, lui flaire les narines et remue doucement la queue. Sur quoi, le vieux guerrier s'assied et, pointant son museau vers la lune, pousse un hurlement mélancolique et prolongé. Les autres le reprennent en chœur.

Buck reconnaît l'Appel... Il s'assied et hurle de même. Alors la meute l'entoure en le reniflant, sans plus lui témoigner aucune hostilité.

Et tout à coup, les chefs, poussant le cri de chasse, s'élancent dans la forêt ; la bande entière les suit, donnant de la voix, tandis que Buck, au côté du frère sauvage, galope hurlant, comme elle.

Et ceci est la fin de l'histoire de Buck.

Mais les Indiens, au bout de peu d'années, remarquèrent une modification dans la race des loups de forêt. De plus forte taille, certains des jeunes montrent des taches fauves aux yeux et sur le museau, une étoile blanche au front ou à la poitrine. Et aujourd'hui encore, parmi les Yeehats, on parle d'un Chien-Esprit qui mène la bande des loups, et qui est plus rusé qu'aucun d'eux. Les hommes le redoutent, car il ne craint pas de venir voler jusque dans leurs camps, renversant leurs pièges, tuant leurs chiens et s'attaquant aux guerriers eux-mêmes.

Parfois, ces chasseurs ne reviennent plus de la forêt, où l'on retrouve leur corps sans vie, la gorge béante. Et la légende de l'Esprit du Mal s'accroît d'un épisode de plus. Les femmes pleurent et les hommes s'assombrissent en y pensant.

Tous évitent la vallée du bord de l'étang, car en ce lieu apparaît périodiquement un visiteur sorti de la région des grands bois et des sources, dont la présence jette partout l'épouvante.

C'est, dit-on, un loup géant, à la superbe fourrure, à

la mine hautaine et dominatrice. Il descend jusqu'à une clairière où des sacs en peau d'élan à moitié pourris dégorgent sur le sol un flot de métal jaune, à demi recouvert déjà par les détritus végétaux et les souples herbes sauvages.

Le grand loup s'arrête et semble rêver ; puis, avec un long hurlement, dont la tristesse glace le sang, il reprend sa course vers la forêt profonde qui est désormais sa demeure.

Alors, quand viennent les longues nuits d'hiver et que les loups sortent du bois pour chasser le gibier dans les vallées basses, on le voit courir en tête de la horde, sous la pâle clarté de la lune, ou à la lueur resplendissante de l'aurore boréale. De taille gigantesque, il domine ses compagnons, et sa gorge sonore donne le ton au chant de la meute, à ce chant qui date des premiers jours du monde.

Épilogue

Le chien, ce frère dit « inférieur »

(The Other Animals)

Aux États-Unis, le journalisme a ses crises hystériques et quand elles se déchaînent l'honnête homme doit se réfugier dans sa tour d'ivoire et laisser passer la tourmente. Il y a quelque temps, lorsqu'on inventa l'expression de maquilleurs de la nature, je m'empressai, pour mon compte, de grimper à ma tour d'ivoire et de n'en plus bouger. Je me trouvais alors à Hawaii : un journaliste d'Honolulu m'arracha l'aveu que je me félicitais de ne faire autorité en aucune matière. Cette déclaration fut aussitôt câblée en Amérique à la Presse associée : là-dessus, les journaux américains m'accusèrent de faire ma publicité par câble à raison d'un dollar le mot.

L'orage s'étant apaisé, raisonnons ensemble. Je suis coupable d'avoir publié deux histoires de bêtes, deux livres sur les chiens[1]. En réalité ces deux romans étaient une protestation contre le procédé qui consiste à humaniser les animaux et dont il me semblait que certains écrivains avaient trop abusé. À maintes reprises j'ai écrit à propos de mes héros-chiens. « Ils ne réfléchissent pas à leurs actes, ils se bornent à les exécuter, etc. » J'ai employé souvent cette phrase, ce qui retardait l'action et contrariait mes règles artistiques : je le faisais pour mieux faire comprendre à mes lecteurs que mes personnages

---

[1] *L'Appel de la Forêt* (1903) et *Croc-Blanc* (1906) (N.d.T.).

n'étaient pas dirigés par des raisonnements abstraits mais par l'instinct, la sensation, l'émotion et le raisonnement simple. De plus, je m'efforçais d'accorder mes écrits avec les principes de l'évolution et en conformité avec les données scientifiques. Et un beau jour je me vis classé parmi les maquilleurs de la nature.

Le président Roosevelt[1], dans un article de revue, prétendait en effet me condamner sur deux chefs d'accusation.

1° J'avais fait rosser un chien-loup par un vigoureux bouledogue.

2° J'avais permis à un lynx de tuer un chien-loup dans une bataille rangée.

En ce qui concerne le second point, le Président s'est trompé dans ses notes prises au cours de la lecture de mon livre. Il doit l'avoir parcouru trop hâtivement car, dans le texte, mon chien-loup a raison du lynx : et non seulement il le tue, mais il le mange.

Reste le premier point pour me convaincre d'erreur et je n'y suis pas accusé de m'écarter de faits admis. Il s'agit d'une simple divergence d'opinion. Le Président ne croit pas qu'un bouledogue puisse battre un chien-loup ; je pense le contraire. Voilà tout. Les courses de chevaux reposent sur des différences d'appréciations. Je ne vois pas pourquoi il n'en irait pas de même pour un combat de chiens. Mais ce qui me surprend, c'est qu'une divergence d'opinion concernant la combativité d'un chien-loup et d'un bouledogue fasse de moi un maquilleur de la nature et du président Roosevelt un savant incontestable et

---

[1] Théodore Roosevelt (1858-1919). Élu sous l'étiquette du parti Républicain : vice-président des États-Unis en 1900 et président de 1904 à 1908. Célèbre pour ses qualités de chasseur, exercées jusqu'en Afrique centrale.

triomphant.

Puis M. John Burroughs vint confirmer les jugements du Président. Ces deux hommes abondent dans le même sens. Que Roosevelt ne puisse se tromper et l'avis de Burroughs : que Burroughs ait toujours raison, est celui de Roosevelt. Tous deux affirment d'un commun accord que les animaux ne raisonnent pas. Ils soutiennent que tous les animaux inférieurs à l'homme sont des automates et accomplissent seulement deux sortes d'actes, mécaniques et réflexes, dans lesquels n'intervient aucun raisonnement. Pour eux, l'homme est le seul animal capable de raisonner. Cette affirmation, qui n'a rien de moderne, fait sourire le savant du XXe siècle. Elle appartient au Moyen Âge. Les deux alliés en la mettant en avant se montrent homocentriques au même titre que les pédants des époques lointaines et ignorantes. Si la rotondité de la terre n'avait été démontrée qu'après la naissance du président Roosevelt et celle de John Burroughs, ceux-ci fussent aussi bien demeurés géocentriques dans leurs théories de l'Univers. Ils n'auraient pu changer de croyance : telle est la structure de leurs cerveaux. Ils parlent le jargon de l'évolution, alors qu'ils ne comprennent pas plus son essence et sa portée qu'un indigène des mers du Sud ne comprend le principe de la radio-activité.

Allons ! le président Roosevelt n'est qu'un amateur. Il connaît sans doute quelque chose à la politique et à la chasse au gros gibier : il est peut-être capable d'abattre un daim à l'occasion et ensuite de le mensurer et de le peser : il peut, à la rigueur, observer, avec conscience et exactitude, les actes et gestes des mésanges et des bécasses : puis, après étude approfondie, rédiger un rapport important et définitif traitant de la manière dont le premier écureuil, en telle année, sous tels degrés de longitude et de latitude, s'est réveillé au printemps et s'est mis à jacasser et à gambader – mais qu'il lui soit possible, comme observateur isolé, d'analyser toute vie animale, de synthétiser et d'assimiler tout ce que l'on sait des méthodes et des buts de l'évolution, avaler cela exigerait de votre part et de la mienne une naïveté autrement considérable qu'il ne nous en faudrait pour ajouter foi au mensonge le plus formidable lancé par un véritable maquilleur de la nature. Non, le président Roosevelt n'entend rien à l'évolution et il ne semble même pas s'être beaucoup donné la peine de la comprendre.

Reste John Burroughs, qui se proclame évolutionniste accompli. Il est pénible pour un homme jeune, de s'attaquer à un vieillard. Les jeunes sont d'ordinaire plus réservés en ces questions, tandis que les vieillards, se targuant d'une sagesse que l'on associe souvent à tort avec le grand âge, se montrent agressifs. Dans le cas qui nous occupe, le vieillard fut l'agresseur et moi, le jeune, j'observai longtemps le silence. Mais tout a une fin.

Tout d'abord, essayons, par des extraits de ses écrits, de déterminer la position prise par M. Burroughs.

« Pourquoi attribuer de la raison à un animal, quand la théorie de l'instinct suffit pour expliquer son comportement ? »

Rappelons-nous ces mots, nous aurons à nous y reporter.

« De nombreuses personnes semblent avoir acquis la conviction que les animaux raisonnent... Mais l'instinct suffit aux animaux... ils se tirent fort bien d'affaire sans raisonner... Darwin s'est efforcé de se persuader qu'en certaines circonstances les animaux témoignent d'un raisonnement rudimentaire ; mais Darwin était meilleur naturaliste que psychologue. »

Cette dernière citation équivaut, de la part de M. Burroughs, à refuser nettement aux animaux même un raisonnement rudimentaire et à affirmer, d'accord avec la première citation, que l'instinct peut expliquer tous les actes des animaux qu'un observateur maladroit ou étourdi attribuerait au raisonnement.

Après avoir détaché ce succulent morceau, M. Burroughs se met en devoir, avec une calme et admirable satisfaction, de le mastiquer de la manière suivante. Il rapporte quantité d'exemples d'actes purement instinctifs chez des animaux et demande triomphalement si ce sont là des actes de raison. Il nous parle d'un rouge-gorge qui, jour après jour, se battait contre son image reflétée dans une vitre ; d'oiseaux de l'Amérique du Sud, coupables de percer de part en part un mur de torchis, qu'ils prenaient pour un talus d'argile solide ; d'un castor qui coupa un arbre à quatre hauteurs différentes parce qu'il se trouvait retenu à la cime par les branches des arbres voisins ; d'une vache qui léchait la peau de son veau empaillé avec tant d'affection qu'elle finit par la crever, alors elle se mit à manger le foin dont elle était bourrée. Il cite un phoebé qui rend plus apparent son nid sous un porche en s'évertuant à le dissimuler avec de la mousse à l'instar de ceux qui nichent dans les rochers. Puis, un pic qui perce en plusieurs endroits les volets d'une maison inoccupée, cherchant en vain une épaisseur de bois suffisante pour y forer son nid. Il nous donne encore l'exemple des marmottes migratrices de Norvège qui plongent dans la mer et s'y noient en grand nombre parce que leur instinct les pousse à traverser à la nage les lacs et les cours d'eau lors de leurs exodes.

Après avoir exposé quelques autres cas du même genre, il demande, tout fier : « Où en est maintenant le raisonnement chez les animaux inférieurs ? »

Aucun collégien n'oserait argumenter avec une telle

mauvaise foi.

Non ! Non ! M. Burroughs, vous ne sauriez prouver que les animaux sont dénués de raisonnement en démontrant qu'ils possèdent des instincts.

Les actes que M. Burroughs présente comme provoqués par l'instinct le sont certainement. En employant la même logique on pourrait attribuer à l'instinct une foule d'actions humaines et en conclure que l'homme est un animal privé de raisonnement. Pourtant l'homme accomplit des actes des deux genres. Entre lui et les animaux inférieurs, M. Burroughs découvre un abîme : l'homme agit sous l'impulsion de sa propre volonté, l'animal n'est qu'un automate. Le rouge-gorge se bat contre son image dans la vitre parce que tel est son instinct et que, incapable de raisonner sur les lois physiques, il prend son reflet pour une réalité. L'animal est un mécanisme qui fonctionne suivant des règles préalablement établies. Il possède la faculté de répondre par réflexes aux mobiles éternels. Ces réflexes ont été acquis par l'espèce à la suite de son adaptation à son milieu. M. Burroughs prétend impossible que l'animal s'adapte de manière efficace à des circonstances qui lui sont étrangères et pour lesquelles son hérédité n'a pas prévu une solution automatique. Ce serait un acte non instinctif et, selon M. Burroughs, l'animal n'est mû que par l'instinct.

Tout enfant, je possédais un chien du nom de Rollo. D'après les théories de M. Burroughs, Rollo était un automate répondant mécaniquement aux influences extérieures, ainsi que l'y poussaient ses instincts. Maintenant, comme chacun sait, l'acquisition d'une habitude instinctive chez les animaux est très lente. Il n'existe aucun cas connu de l'apparition d'un seul instinct chez nos animaux familiers dans toute l'histoire de leur domestication. Les instincts qu'ils possèdent, ils les ont acquis au cours des milliers d'années d'existence à l'état sauvage. Par conséquent tous les actes de Rollo consistaient en réflexes provoqués mécaniquement par les instincts développés et acquis par son espèce des milliers d'années auparavant. Fort bien ! Il est donc évident que, dans nos jeux, il devait agir suivant la manière ancienne s'adaptant aux facteurs physiques et moraux de son entourage suivant les procédés d'adaptation acquis dans la vie sauvage et transmis par l'hérédité.

En général, nos ébats étaient plutôt violents. Nous nous poursuivions à tour de rôle. Il mordillait mes jambes, mes bras, mes mains, assez fort parfois pour me faire crier : de mon côté, je le roulais par terre, lui faisais faire la culbute et le traînais assez brutalement. Nous introduisions quelque variété dans nos exercices. Il m'arrivait de m'asseoir par terre et de faire semblant de pleurer. Plein de repentir et d'inquiétude, il agitait la queue et me léchait le visage : alors, je lui riais au nez. Il détestait cela et aussitôt s'élançait sur moi joyeux mais les crocs menaçants et les jeux recommençaient. Je marquais un point. Alors lui-même inventa un tour à sa façon.

Un jour que je le poursuivais dans le bûcher, je le trouvai dans un coin en train de bouder. Pourtant il affectionnait ce jeu et ne s'en lassait jamais. Mais cette fois-là, il me trompa. Je me figurai que j'avais de manière quelconque offusqué ses sentiments et m'agenouillant près de lui, je me mis à le caresser en lui adressant des mots amicaux. Aussitôt, il se dressa d'un bond, me renversa sur le sol et partit comme un fou autour de la cour. À lui de marquer un point, cette fois.

Au bout de quelque temps, nous arrivâmes à rivaliser de ruses. Je raisonnais mes actes, bien entendu, tandis que le chien n'obéissait qu'à l'instinct... Un jour qu'il feignait encore de bouder dans son coin, je me plantai sur le seuil du bûcher et simulant le plaisir sur mon visage, dans mes paroles et mes intonations, je fis le simulacre de saluer un de mes compagnons de classe. Immédiatement, Rollo changeant d'attitude se précipita dehors à sa rencontre et ne vit personne. À son tour d'être ridicule : il s'en rendit compte, et je le lui fis bien sentir. Je le bernai de cette façon à deux ou trois reprises, puis il ne se laissa plus prendre.

Un jour, je tentai une variante. Regardant tout à coup dans le jardin, je fis comme si mes yeux suivaient une personne en marche et je dis posément, du ton d'un enfant dressé à éconduire les encaisseurs : « Non, papa n'est pas à la maison. » Comme une flèche, Rollo jaillit de la porte et descendit l'allée, cherchant vainement le visiteur à qui je m'étais adressé. Puis il revint, tout penaud, pour se faire moquer et reprendre nos ébats.

Maintenant contrôlons les faits. Je trompai Rollo, mais comment la possibilité m'en fut-elle donnée ? Que se passa-t-il exactement dans son espèce de cerveau ? Si nous en croyons M. Burroughs, qui conteste aux animaux inférieurs tout raisonnement même rudimentaire, Rollo agissait d'instinct et répondait automatiquement au stimulant externe, par moi fourni, qui lui laissait croire à une présence humaine hors de la maison. Puisqu'il agissait par instinct et que tous les instincts remontent à une période très reculée antérieure à la domestication de l'espèce, nous ne pouvons en conclure qu'une chose : les ancêtres sauvages de Rollo, au temps où cet instinct particulier se fixa dans l'hérédité de l'espèce, ont dû se trouver en contact étroit et prolongé avec l'homme ; la voix de l'homme et les expressions de son visage. Mais si l'instinct a dû se former dans les temps précédant la domestication, de quelle manière les ancêtres sauvages de Rollo ont-ils fréquenté l'homme ?

M. Burroughs prétend que « l'instinct suffit aux animaux... qui se tirent fort bien d'affaire sans le raisonnement ». Mais je maintiens, et tous les malheureux maquilleurs de la nature partageront mon avis, que Rollo raisonnait. À son arrivée au monde, il représentait un paquet d'instincts et une pincée de matière cérébrale, le tout renfermé dans une carcasse faite d'os, de chair et de toison. En même temps qu'il s'adaptait à son ambiance, il acquérait des éléments d'expérience. Il apprit, entre autre, qu'il ne fallait pas courir après le chat, tordre le cou aux poulets, ni se pendre après les jupes des fillettes. Il sut que les petits garçons ont des compagnons de jeux ; que des gens pénètrent dans les cours de derrière ; que l'animal humain est enclin à saluer, par des paroles ou des expressions de visage, ceux de sa race qu'il rencontre ; qu'un garçon accueille son camarade d'une certaine façon. Tout cela il l'apprit et ne l'oublia plus. Autant d'observations de sa part, autant de problèmes, si vous voulez bien. Alors que se passa-t-il derrière ces yeux bruns, dans cette pincée de matière cérébrale quand, me tournant brusquement vers la porte, je m'adressai à une personne imaginaire ? Instantanément, parmi les milliers d'observations emmagasinées dans son cerveau, se présentèrent celles qui étaient associées avec cette situation particulière. Ensuite, il établit un rapprochement entre ces observations, ce qui détermina, comme en conviendra tout psychologue, une réaction des cellules de sa matière grise. Du fait que son maître se tournait brusquement vers la porte, du fait que la voix de son maître, l'expression de son visage et toute son attitude exprimaient la surprise et le plaisir, Rollo conclut à la présence d'un ami. Il établit un rapprochement entre certaines observations et cet acte constitue un raisonnement rudimentaire, d'accord, mais quand même un acte de raison.

Certes, il fut berné. Mais nous ne sommes guère

qualifiés pour tirer vanité de ce résultat. Combien de fois chacun d'entre nous n'a-t-il pas été attrapé de manière exactement semblable par quelqu'un qui se détournait et interpellait tout à coup un personnage fictif ? Voici un fait qui se produisit dans l'Ouest : un brigand s'était introduit dans une voiture de chemin de fer. Il se tenait dans l'allée centrale entre les banquettes, son revolver braqué sur le conducteur qui lui faisait face. Le conducteur était à sa merci. Mais, tout à coup, portant ses regards par-delà l'épaule du malfaiteur, il s'écria, s'adressant à un personnage imaginaire : « Ne tire pas. » Rapide comme l'éclair, l'homme se retourna pour affronter ce danger nouveau et aussitôt le conducteur l'abattit.

Montrez-moi, M. Burroughs, en quoi le processus mental du voleur différait, si peu que ce fût, de celui de Rollo et je cesse de maquiller la nature pour me retirer à la Trappe. À coup sûr, quand le processus mental d'un homme et celui d'un chien se ressemblent tellement, l'abîme imaginé par M. Burroughs se trouve comblé du même coup.

À Oakland, je possédais un chien appelé Glen. Son père était un chien-loup, ramené de l'Alaska, et sa mère une chienne de berger des montagnes, à demi sauvage : aucun des deux n'avait jamais vu d'automobile. Glen arriva de la campagne à demi adulte pour demeurer à Oakland. Immédiatement, il se prit de passion pour une automobile. Il était au comble du bonheur quand on lui permettait de s'installer sur le siège à côté du chauffeur. Il aurait passé une journée entière à se griser d'auto, quitte à se priver de manger. Parfois, la voiture partait directement du garage et disparaissait. À plusieurs reprises, Glen resta ainsi à la maison. Il fut alors convenu que si l'un de nous prenait l'auto, il actionnerait la trompe avant de partir. Glen comprit vite le signal. Où qu'il se trouvât et quoi qu'il fît, lorsqu'il l'entendait, il s'élançait vers le garage et sautait sur le siège avant.

Un matin, comme il dégustait sous le porche arrière sa bouillie de maïs, le chauffeur corna. Tout joyeux, Glen dégringola les degrés et courut prendre sa place, la bouillie dégoulinant de ses babines. Remarquons en passant que le fait de renoncer à son déjeuner pour monter dans l'auto témoignait de son libre arbitre, apanage magnifique, qui, selon M. Burroughs, n'appartient qu'à l'homme. Pourtant Glen sut choisir entre la nourriture et le plaisir. Non point qu'il dédaignât sa bouillie, mais il lui préférait la promenade. Hélas, le coup de trompe n'était qu'une plaisanterie. La voiture ne démarra pas. Glen attendait, perplexe. Sans doute ne discerne-t-il aucun indice d'un départ immédiat, car il sauta à bas de la voiture et retourna vers sa gamelle : il se remit à manger avec une hâte gloutonne, comme un homme qui craint de manquer son train. Tout à coup, la trompe retentit de nouveau et Glen quitta de nouveau sa pâtée, monta sur le siège et attendit en vain le départ. Son déjeuner faillit s'en trouver gâté, car le pauvre chien fut un certain temps maintenu en alerte entre sa gamelle et la voiture. Mais il devint circonspect. Nous eûmes beau klaxonner bruyamment et avec insistance, il ne quitta plus son repas avant de l'avoir tout avalé. Une fois de plus, il venait de faire preuve de libre arbitre et par surcroît de contrôle sur lui-même, car à chaque coup de trompe il se retenait de bondir vers le garage.

Un maquilleur de la nature analyserait de la façon suivante ce qui se passait dans le cerveau de Glen.

Le chien avait, dans sa courte vie, acquis des expériences qu'aucun de ses ancêtres n'avait jamais connues. Il savait que l'auto se déplace rapidement, que le bruit de la trompe lui est particulier et qu'une fois en marche il lui était impossible d'y accéder. Autant de propositions bien définies. Or le raisonnement peut être considéré comme le processus mental au moyen duquel de propositions admises on peut passer à de nouvelles. Des propositions acquises par Glen grâce à sa propre observation, ainsi que je l'ai déjà indiqué, il en déduisit ceci : dès que cornait la trompe, le moment était venu pour lui de sauter dans la voiture.

Mais ce matin-là, le chauffeur trompa Glen. À son grand déplaisir, Glen constata que son raisonnement était erroné : la voiture ne partit pas. Mais raisonner de manière incorrecte est très humain. La grande difficulté, dans tous les actes de raisonnement, consiste à n'omettre aucune donnée du problème sous tous ses détails. Glen n'en avait négligé qu'une : l'humeur taquine du chauffeur. À plusieurs reprises il fut berné. Il accomplit alors un nouvel acte mental dans lequel il tint compte du facteur humain et il en arriva à cette conclusion nouvelle ; quand il entendait la trompe, la voiture n'allait *pas* partir. Fort de cette conviction, il demeura sous le porche et termina sa pâtée. Vous et moi, et même M. Burroughs, exécutons dans notre vie quotidienne des actes raisonnés parfaitement identiques. Je ne sais comment s'y prendra M. Burroughs pour expliquer par la théorie de l'instinct l'acte de Glen. Je refuse à suivre M. Burroughs dans la forêt primitive où les obscurs ancêtres de Glen fixaient dans l'hérédité de leur race, au vacarme des klaxons, l'instinct particulier qui devait permettre à Glen, quelques millénaires plus tard, de s'adapter à l'automobile.

Le Dr C. J. Romanes cite l'exemple d'une femelle de chimpanzé à laquelle on avait appris à compter des brins de paille jusqu'à cinq. Elle les tenait dans sa main et les laissait dépasser jusqu'au nombre voulu. Si c'était trois, elle en montrait trois ; quatre, elle en montrait quatre. Tout cela n'est qu'une banale question de dressage. Mais remarquez, M. Burroughs, ce qui suit. Quand on lui demandait cinq fétus, alors qu'elle n'en possédait que quatre, elle en pliait un et faisait voir ses deux extrémités, obtenant ainsi le nombre requis. Ce petit stratagème ne se réalisa pas seulement une fois par hasard. Elle le répétait chaque fois qu'on lui réclamait une quantité de brins supérieure à celle dont elle disposait. Accomplissait-elle là un acte de raisonnement ? ou n'était-ce que la manifestation d'un instinct aveugle ? Si M. Burroughs ne peut fournir une réponse satisfaisante, libre à lui de traiter le Dr Romanes de « maquilleur de la nature » et de bannir cet incident de sa mémoire.

C'est là une façon de s'en tirer actuellement fort en honneur aux États-Unis. C'est à coup sûr la tactique de M. Burroughs dont il se rend coupable avec une fréquence affligeante. Si un pauvre diable d'écrivain s'avise de noter ce qu'il a vu et que ses déductions s'opposent aux théories moyenâgeuses de M. Burroughs, il s'entend traiter par celui-ci de « maquilleur ». Quand se présente un homme de la valeur de M. Hornaday, M. Burroughs introduit une variante au procédé.

M. Hornaday s'est livré à une étude approfondie de l'orang-outang en captivité et dans son milieu naturel. De plus il a observé de près beaucoup d'autres espèces d'animaux supérieurs. Sous les Tropiques il a voulu connaître les spécimens inférieurs de l'humanité. Ce grand savant jouit d'une réputation mondiale. Lorsqu'on lui demanda s'il croyait au raisonnement chez les animaux, il répondit, dans la plénitude de sa science du sujet, qu'autant vaudrait lui demander si les poissons nageaient. M. Burroughs, soit dit en passant, ne s'est guère penché sur les types inférieurs de l'humanité pas plus que sur les animaux supérieurs. Il habite un district rural de l'État de New York, se consacre principalement aux oiseaux vivant dans cet espace restreint et n'a pu y rencontrer ni animaux supérieurs, ni hommes inférieurs.

Pourtant, la réplique de M. Hornaday inflige à sa théorie homocentrique un tel camouflet qu'il lui faut réagir de quelque façon. Voici sa réponse : « Je soupçonne M. Hornaday d'être meilleur naturaliste que psychologue judicieux. » Là-dessus, M. Hornaday n'a plus qu'à disparaître. Qu'est-ce après tout que ce Monsieur ? Le sage de Slabsides a parlé. Quand Darwin conclut que les animaux sont capables d'un raisonnement rudimentaire, M. Burroughs l'élimine de la même manière : « Darwin valait mieux comme naturaliste que comme psychologue », et cela au mépris de la longue vie de laborieuses recherches de Darwin qui, lui, ne se confina pas dans un district rural comme M. Burroughs dans sa résidence de l'État de New York.

Arrivons-en maintenant aux processus mentaux de M. Burroughs – à la psychologie de son moi, si vous voulez bien. Pour lui, malgré la bonté protectrice qu'il leur témoigne, les animaux dits inférieurs le sont à un degré répugnant. Il juge odieuse toute idée d'affinité et de parenté entre eux et lui. Imbu de son importance, il voit un abîme infranchissable qui les sépare.

Après les exemples que j'ai relatés d'actes accomplis par des animaux et où l'instinct n'a rien à voir, M. Burroughs pourrait me répondre : « Vos exemples s'expliquent à la rigueur par les lois de l'association des idées. »

D'abord, lui objecterais-je, pourquoi refuser aux animaux un raisonnement rudimentaire ? Et pourquoi affirmer tout net que « l'instinct leur suffit » ?

Alors, bien à contrecœur et plein de modestie vu ma jeunesse, je me permets d'insinuer que vous ne connaissez pas exactement la valeur de ces mots : « Les simples lois de l'association des idées. »

Les définitions doivent s'accorder non avec les individus, mais avec la vie. M. Burroughs part de ce principe qu'une définition est quelque chose d'absolu et d'immuable. Il oublie que l'univers entier est à l'état changeant et que, par suite, les définitions sont arbitraires et éphémères ; qu'elles fixent, pour un espace de temps fugitif, des choses qui n'existaient pas dans le passé et ne seront pas dans l'avenir. On ne peut régler la vie sur des définitions, ni élaborer des définitions permettant de régler la vie.

M. Burroughs ne fait qu'effleurer l'évolution de la raison. Il la définit sans tenir compte de son histoire. La raison humaine, telle que nous la connaissons de nos jours, n'a pas été créée, elle s'est formée. Son origine remonte au limon primitif ; elle commence au premier atome inorganique qui a reçu la vie, se continue par les échelons de son ascension de la boue à l'homme ; réflexe simple, réflexe composé, mémoire, habitude, raison rudimentaire, raison abstraite. Au cours de ce perfectionnement, grâce à la sélection naturelle, se développa l'instinct. L'habitude est une création de l'individu. L'instinct est une coutume commune à une race. Il est aveugle, irraisonné, mécanique. Il représente les différences de buts dans les aspirations de la vie en progrès. Nous le rencontrons à son plus haut degré dans la fourmilière et dans la ruche. Il a abouti à une impasse : mais l'autre route, celle de la raison, est parvenue peu à peu, même à M. Burroughs, à vous et à moi.

Il n'existe pas d'abîme infranchissable, à moins que l'on ne décide, comme M. Burroughs, d'ignorer les types d'humanité inférieure et les types d'animaux supérieurs et de comparer le cerveau de l'homme avec celui de l'oiseau. Le raisonnement abstrait demeura impossible jusqu'au développement du langage. Bref, armé de pied en cap, avec l'outil de la pensée, le lent progrès de la faculté de raisonner dans l'abstrait se poursuivit. Les humains inférieurs possèdent peu cette faculté ou pas du tout. Avec chaque mot inventé, avec chaque extension de la complexité de la pensée, avec chaque acquisition de faits reconnus se continuèrent les actions et les réactions dans la matière grise de l'auteur du langage et lentement, pas à pas, sur des centaines de milliers d'années, la faculté de raisonner se perfectionna.

Mettez une abeille dans une bouteille de verre, que vous tournerez vers une lampe allumée de façon que le goulot ouvert en soit au point le plus éloigné de la flamme. Sans cesse, à mille reprises, insensible à la déception et à la couleur, l'abeille se lancera vainement contre le fond de la bouteille dans ses efforts pour sortir vers la lumière. Voilà de l'instinct.

Enfermez votre chien dans la cour de derrière et allez-vous en. C'est votre chien. Il vous aime. Il aspire à votre présence, comme l'abeille aspire à la lumière. Il écoute le bruit de vos pas qui s'éloignent. Mais la clôture est trop haute. Alors il tourne le dos à la direction que vous avez prise et s'élance autour de la cour. Il est éperdu d'affection et de désir. Mais il voit clair et observe. Il cherche un trou sous la clôture où à un endroit elle soit moins élevée. Il aperçoit une caisse d'emballage dressée contre elle. Hop ! il bondit sur la caisse, puis par-dessus la clôture et sa course forcenée pour vous rejoindre soulève la poussière de la rue. N'est-ce là que de l'instinct ?

Dans la maison où j'écris ces lignes vit un petit domestique tahitien. Il croit fermement qu'un lutin habite dans la boîte de mon phono et que c'est lui qui parle et chante. M. Burroughs lui-même n'oserait prétendre que cet enfant est venu instinctivement à cette conclusion. Bien certainement, il raisonne sur la présence du génie dans la boîte. Sinon, comment la boîte ferait-elle pour parler et chanter ? Dans son expérience restreinte, ce gamin n'a jamais connu de cas où la parole et le chant se produisissent autrement que par l'intervention directe de l'homme.

Je ne doute pas que le chien ne soit considérablement surpris quand il entend la voix de son maître sortir d'une boîte.

Le sauvage adulte, la première fois qu'on lui présente un téléphone, court dans la pièce voisine pensant y trouver l'homme qui parle à travers la cloison. Cet acte est-il instinctif ? Non. D'après son expérience et sa connaissance rudimentaire de la physique, pour lui la seule explication possible est qu'un homme se trouve dans la pièce adjacente et parle à travers la cloison.

Mais ce sauvage ne sera pas la dupe d'un miroir à main. Il faut descendre plus bas dans l'échelle animale, jusqu'au singe. Celui-ci s'aperçoit vite que le second singe n'habite pas le verre, et il tâte avec précaution par-derrière le miroir. Est-ce là de l'instinct ? Non, mais un embryon de raisonnement. Plus bas que le singe dans la qualité de cerveau, citons le rouge-gorge qui se bat contre son reflet dans la vitre.

Remontons maintenant ensemble. L'abîme infranchissable se trouve-t-il entre le rouge-gorge et le singe ou plutôt entre le singe et le petit Tahitien ? Faut-il le chercher entre l'enfant et le sauvage qui cherche l'homme derrière la cloison ou mieux encore entre le sauvage et les milliers de civilisés dupes d'escrocs financiers ?

Restons humbles. Nous autres, humains, sommes très près de l'animal. La parenté de race avec les autres animaux ne répugne pas plus à M. Burroughs que la théorie héliocentrique offusquait les évêques qui forcèrent Galilée à se rétracter. Ce n'est pas la raison de l'homme, et pas davantage l'évidence du fait acquis qui expliquent cette antipathie, mais l'orgueil du moi.

Dans son orgueil obstiné, M. Burroughs court un risque plus humiliant que ne lui ferait subir un degré quelconque de parenté avec les autres animaux. Quand un chien fait preuve de libre arbitre, de maîtrise de soi et de raisonnement, lorsqu'il est démontré que certains processus mentaux de ce chien se reproduisent exactement dans le cerveau humain ; si après cela, M. Burroughs nous prouve que tous les actes de cet animal sont automatiques, alors en lui servant les mêmes arguments, on peut lui rétorquer que les actes similaires de l'homme ne sont que mécaniques et automatiques.

M. Burroughs, bien que vous soyez au sommet de l'échelle de la vie, vous auriez tort de repousser du pied cette échelle. Ne reniez pas vos ancêtres les animaux. Leur histoire est aussi la vôtre et si vous les précipitez au fond de l'abîme vous y roulerez inévitablement. Ce que vous leur refusez, vous le refusez à vous-même... beau spectacle, en vérité, que celui d'un animal supérieur s'efforçant de répudier la matière vitale de laquelle il est issu et cherchant à employer la raison même développée par l'évolution, à nier cette évolution même. L'égoïsme peut y trouver son compte, mais la science ne saurait s'en accommoder.

Papeete, Tahiti, *mars 1908.*

Croc Blanc

(White Fang)

Traduction

Paul Gruyer & Louis Postif

Couverture de l'édition originale

I

La Piste de la viande

De chaque côté du fleuve glacé, l'immense forêt de sapins s'allongeait, sombre et comme menaçante. Les arbres, débarrassés par un vent récent de leur blanc manteau de givre, semblaient s'accouder les uns sur les autres, noirs et fatidiques dans le jour qui pâlissait. La terre n'était qu'une désolation infinie et sans vie, où rien ne bougeait, et elle était si froide, si abandonnée que la pensée s'enfuyait, devant elle, au-delà même de la tristesse. Une sorte d'envie de rire s'emparait de l'esprit, rire tragique comme celui du Sphinx, rire transi et sans joie, quelque chose comme le sarcasme de l'Éternité devant la futilité de l'existence et les vains efforts de notre être. C'était le Wild. Le Wild farouche, glacé jusqu'au cœur, de la terre du Nord.

Sur la glace du fleuve, et comme un défi au néant du Wild, peinait un attelage de chiens-loups. Leur fourrure, hérissée, s'alourdissait de neige. À peine sorti de leur bouche, leur souffle se condensait en vapeur pour geler presque aussitôt et retomber sur eux en cristaux transparents, comme s'ils avaient écumé des glaçons.

Des courroies de cuir sanglaient les chiens et des harnais les attachaient à un traîneau qui suivait, assez loin derrière eux, tout cahoté. Le traîneau, sans patins, était formé d'écorces de bouleau solidement liées entre elles, et reposait sur la neige de toute sa surface. Son avant était recourbé en forme de rouleau afin qu'il rejetât sous lui, sans s'y enfoncer, l'amas de neige molle qui accumulait ses vagues moutonnantes. Sur le traîneau était fortement attachée une grande boîte, étroite et oblongue, qui prenait presque toute la place. À côté d'elle se tassaient divers autres objets : des couvertures, une hache, une cafetière et une poêle à frire.

Devant les chiens, sur de larges raquettes, peinait un homme et, derrière le traîneau, un autre homme. Dans la boîte qui était sur le traîneau, en gisait un troisième dont le souci était fini. Celui-là, le Wild l'avait abattu, et si bien qu'il ne connaîtrait jamais plus le mouvement et la lutte. Le mouvement répugne au Wild et la vie lui est une offense. Il congèle l'eau pour l'empêcher de courir à la mer ; il glace la sève sous l'écorce puissante des arbres jusqu'à ce qu'ils en meurent et, plus férocement encore, plus implacablement, il s'acharne sur l'homme pour le soumettre à lui et l'écraser. Car l'homme est le plus agité de tous les êtres, jamais en repos et jamais las, et le Wild hait le mouvement.

Cependant, en avant et en arrière du traîneau, indomptables et sans perdre courage, trimaient les deux hommes qui n'étaient pas encore morts. Ils étaient vêtus de fourrures et de cuir souple, tanné. Leur haleine, en se gelant comme celle des chiens, avait recouvert de cristallisations glacées leurs paupières, leurs joues, leurs lèvres, toute leur figure, si bien qu'il eût été impossible de les distinguer l'un de l'autre. On eût dit des croque-morts masqués conduisant, en un monde surnaturel, les funérailles de quelque fantôme. Mais sous ce masque, il y avait des hommes qui avançaient malgré tout sur cette terre désolée, méprisants de sa railleuse ironie et dressés, quelque chétifs qu'ils fussent, contre la puissance d'un monde qui leur était aussi étranger, aussi hostile et impassible que l'abîme infini de l'espace.

Ils avançaient, les muscles tendus, évitant tout effort inutile et ménageant jusqu'à leur souffle. Partout autour d'eux était le silence, le silence qui les écrasait de son poids lourd, comme pèse l'eau sur le corps du plongeur au fur et à mesure qu'il s'enfonce plus avant aux profondeurs de l'Océan.

Une heure passa, puis une deuxième heure. La blême lumière du jour, lumière sans soleil, était près de s'éteindre quand un cri s'éleva soudain, faible et lointain, dans l'air tranquille. Ce cri se mit à grandir par saccades jusqu'à ce qu'il eût atteint sa note culminante. Il persista alors durant quelque temps, puis il cessa. Sans la sauvagerie farouche dont il était empreint, on aurait pu le prendre pour l'appel d'une âme errante. C'était une clameur ardente et bestiale, une clameur affamée et qui requérait une proie.

L'homme qui était devant tourna la tête jusqu'à ce que son regard se croisât avec celui de l'homme qui était derrière. Par-dessus la boîte oblongue que portait le traîneau, tous deux se firent un signe.

Un second cri perça le silence. Les deux hommes en situèrent le son. C'était en arrière d'eux, quelque part en la neigeuse étendue qu'ils venaient de traverser. Un troisième cri répondit aux deux autres. Il venait aussi de l'arrière et s'élevait vers la gauche du second cri.

– Ils sont après nous, Bill », dit l'homme qui était devant.

Sa voix résonnait rude et comme irréelle, et il semblait avoir fait un effort pour parler.

– La viande est rare, repartit son camarade. Je n'ai pas, depuis plusieurs jours, vu seulement la trace d'un lièvre.

Ils se turent ensuite. Mais leur oreille demeurait tendue vers la clameur de chasse qui continuait à monter derrière eux.

Lorsque la nuit fut tout à fait tombée, ils dételèrent les chiens et les parquèrent, au bord du fleuve, dans un boqueteau de sapins. Puis, à quelque distance des bêtes, ils installèrent le campement. Près du feu, le cercueil servit à la fois de siège et de table. Les chiens-loups grondaient et se querellaient entre eux, mais sans chercher à fuir et à se sauver dans les ténèbres.

— Il me semble, Henry, qu'ils demeurent singulièrement fidèles à notre compagnie, observa Bill.

Henry, penché sur le feu et occupé à faire fondre un peu de glace pour préparer le café, approuva d'un signe. S'étant ensuite assis sur le cercueil et ayant commencé à manger :

— Ils savent, dit-il, que près de nous leurs peaux sont sauves, et ils préfèrent manger qu'être mangés. Ces chiens ne manquent pas d'esprit.

Bill secoua la tête :

— Oh ! je n'en sais rien !

Son camarade le regarda avec étonnement.

— C'est la première fois, Bill, que je t'entends suspecter l'intelligence des chiens.

— As-tu remarqué, reprit l'autre en mâchant des fèves avec énergie, comme ils se sont agités quand je leur ai apporté leur dîner ? Combien as-tu de chiens, Henry ?

— Six.

— Bien, Henry…

Bill s'arrêta un instant, comme pour donner plus de poids à ses paroles.

— Nous disions que nous avions six chiens. J'ai pris six poissons dans le sac et j'en ai donné un à chaque chien. Eh bien je me suis trouvé à court d'un poisson.

— Tu as mal compté.

— Nous possédons six chiens, poursuivit Bill avec calme. J'ai pris six poissons et N'a-qu'une-Oreille n'en a pas eu. Alors je suis revenu au sac et j'y ai pris un septième poisson, que je lui ai donné.

— Nous n'avons que six chiens, répliqua Henry.

— Je n'ai pas dit qu'il n'y avait là que des chiens, mais qu'ils étaient sept convives à qui j'ai donné du poisson.

Henry s'arrêta de manger et, par-dessus le feu, compta de loin les bêtes.

– En tout cas, observa-t-il, ils ne sont que six à présent.

– J'ai vu le septième convive s'enfuir à travers la neige.

Henry regarda Bill d'un air de pitié, puis déclara :

– Je serai fort satisfait quand ce voyage aura pris fin.

– Qu'entends-tu par là ?

– J'entends que l'excès de nos peines influe durement sur tes nerfs et que tu commences à voir des choses…

– C'est ce que je me suis dit tout d'abord, riposta Bill avec gravité. Mais les traces laissées derrière lui par le septième animal sont encore marquées sur la neige. Je te les montrerai si tu le désires.

Henry ne répondit point et se remit à manger en silence. Lorsque le repas fut terminé, il l'arrosa d'une tasse de café et, s'essuyant la bouche du revers de sa main :

– Alors, Bill, tu crois que cela était ?…

Jaillissant de l'obscurité, à la fois lamentable et sauvage, un long cri d'appel l'interrompit. Il se tut pour écouter et, tendant la main dans la direction d'où le cri était issu :

– C'est un d'eux, dit-il, qui est venu ? » Bill approuva de la tête.

– Je donnerais gros pour pouvoir penser autrement. Tu as remarqué toi-même quel vacarme ont fait les chiens.

Cris et cris, après cris, se répondant de près, de loin, de tous côtés, semblaient avoir mué tout à coup le Wild en une maison de fous. Les chiens, effrayés, avaient rompu leurs attaches et étaient venus se tasser les uns contre les autres autour du foyer, si près que leurs poils en étaient roussis par la flamme.

Bill jeta du bois dans le brasier, alluma sa pipe et, après en avoir tiré quelques bouffées :

– Je songe, Henry, que celui qui est là-dedans (*et il indiquait de son pouce, la boîte sur laquelle ils étaient assis*) est diantrement plus heureux que toi et moi nous ne serons jamais. Au lieu de voyager aussi confortablement après notre mort, aurons-nous seulement, un jour, quelques pierres sur notre carcasse ? Ce qui me dépasse, c'est qu'un gaillard comme celui-ci, qui était dans son pays un lord ou quelque chose d'approchant, et qui n'a jamais eu à trimarder pour la niche et la pâtée, ait eu l'idée de venir traîner ses guêtres sur cette fin de terre abandonnée de Dieu. Cela, en vérité, je ne puis le comprendre exactement.

– Il aurait pu se faire de vieux os s'il était demeuré chez lui, approuva Henry.

Bill allait continuer la conversation quand il vit, dans le noir mur de nuit qui se pressait sur eux et où toute forme était indistincte, une paire d'yeux brillants comme des braises. Il la montra à Henry qui lui en montra une seconde, puis une troisième. Un cercle d'yeux étincelants les entourait. Par moments, une de ces paires d'yeux se déplaçait ou disparaissait pour reparaître à nouveau l'instant d'après.

La terreur des chiens ne faisait que croître. Ils bondissaient, affolés, autour du feu ou venaient, en rampant, se tapir entre les jambes des deux hommes. Au milieu de la bousculade, l'un d'eux bascula dans la flamme. Il se mit à pousser des hurlements plaintifs, tandis que l'air s'imprégnait de l'odeur de sa fourrure brûlée. Ce remue-ménage fit se disperser le cercle de prunelles qui se reforma une fois l'incident terminé et les chiens calmés.

– C'est, dit Bill, une fichue situation de se trouver à court de munitions.

Il avait achevé sa pipe et aidait son compagnon à étendre un lit de couvertures et de fourrures sur des branches de sapin préalablement disposées sur la neige.

Tout en commençant à délacer ses mocassins de peau de daim, Henry grogna :

– Combien dis-tu, Bill, qu'il nous reste de cartouches ?

– Trois, et je voudrais qu'il y en eût trois cents. Je leur montrerais alors quelque chose, à ces damnés.

Il secoua son poing, avec colère, vers les yeux luisants. Puis ayant enlevé à son tour ses mocassins, il les déposa soigneusement devant le feu.

– Je voudrais bien aussi que ce froid soit coupé net. Nous avons eu 500 sous zéro depuis deux semaines. Plût à Dieu que nous n'eussions pas entrepris cette expédition ! Je n'aime pas la tournure qu'elle prend. Ça cloche, je le sens. Mais, puisqu'elle est entamée, qu'elle se termine au plus vite et qu'il n'en soit plus question ! Heureux le jour où, toi et moi, nous nous retrouverons au Fort M'Gurry, tranquillement assis auprès du feu et jouant aux cartes. Voilà mes souhaits !

Henry poussa un nouveau grognement et se glissa sous la couverture. Comme il allait s'endormir, Bill l'interpella avec vivacité :

– Dis-moi, Henry, cet intrus qui est venu se joindre à nos bêtes et attraper un poisson, pourquoi, dis-moi, les chiens ne lui sont-ils pas tombés dessus ? C'est là ce qui me tourmente.

– Tu te fais, Bill, beaucoup de tracas, répondit Henry d'une voix ensommeillée. Tu n'étais pas ainsi autrefois. Tu digères mal, je pense. Mais assez péroré ! Dors, sinon tu seras demain fort mal en point. Tu te mets sans raison la cervelle à l'envers.

Là-dessus, les deux compagnons s'assoupirent. Ils soufflaient lourdement, côte à côte sous la même couverture.

Le feu tomba peu à peu et les yeux brillants resserrèrent le cercle qu'ils traçaient. Dès que deux d'entre eux s'avançaient plus près, les chiens grondaient, apeurés et menaçants à la fois. À un moment, leurs cris devinrent si forts que Bill s'éveilla.

Il sortit des couvertures avec précaution afin de ne pas troubler le sommeil de son camarade, et renouvela le bois du foyer. Dès que la flamme se fut élevée, le cercle d'yeux recula. Bill jeta un regard sur le groupe des chiens ; puis, s'étant frotté les paupières, il se reprit à les regarder avec plus d'attention. Après quoi, s'étant coulé sous la couverture :

– Henry… Ho ! Henry !

Henry gémit, comme fait quelqu'un que l'on réveille.

– Qu'est-ce qui ne va pas ? interrogea-t-il.

– Rien. Mais je viens de les compter, et ils sont encore sept.

Henry reçut cette communication sans se troubler et, quelques instants après, il ronflait à poings fermés.

C'est lui qui, le matin venu, s'éveilla le premier et tira hors des couvertures son compagnon. Il était six heures, mais le jour ne devait point naître avant que trois heures se fussent écoulées. Dans l'obscurité, il se mit à préparer le déjeuner, tandis que Bill roulait les couvertures et disposait le traîneau pour le départ.

– Dis-moi, Henry, demanda-t-il soudainement, combien de chiens prétends-tu que nous avons ?

– Six.

– Erreur ! s'exclama Bill triomphant.

– Sept, de nouveau ? questionna Henry.

– Non. Cinq ! Un est parti.

– Enfer !, cria Henry avec colère.

Et quittant sa besogne pour venir compter ses chiens :

– Tu as raison, Bill, Boule-de-Suif est parti.

– Il s'est éclipsé avec la rapidité d'un éclair. La fumée nous aura caché sa fuite.

– Ce n'est pas de chance pour lui ni pour nous. Ils l'auront avalé vivant. Je parie qu'il hurlait comme un damné, en descendant dans leur gosier. Malédiction sur eux !

– Ce fut toujours un chien fou, observa Bill.

– Si fou qu'il soit, comment un chien a-t-il été assez fou pour se suicider de la sorte ?

Henry jeta un coup d'œil sur les survivants de l'attelage, supputant mentalement ce que l'on pouvait pénétrer de leur caractère et de leurs aptitudes.

– Pas un de ceux-ci, je le jure bien, ne consentirait à en faire autant. On frapperait dessus à coups de bâton qu'ils refuseraient de s'éloigner.

– J'ai toujours pensé et je le répète, dit Bill, que Boule-de-Suif avait la cervelle tant soit peu fêlée.

Telle fut l'oraison funèbre d'un chien mort en cours de route sur une piste de la Terre du Nord. Combien d'autres chiens, combien d'hommes n'en ont pas même une semblable !

2

La Louve

Le déjeuner terminé et le rudimentaire matériel du campement rechargé sur le traîneau, les deux hommes tournèrent le dos au feu joyeux et poussèrent de l'avant dans les ténèbres qui n'étaient point encore dissipées. Les cris d'appel, funèbres et féroces, continuaient à retentir et à se répondre dans la nuit et le froid. Ils se turent quand le jour, à neuf heures, commença à paraître. À midi, le ciel, vers le sud, parut se réchauffer et se teignit de couleur rose. Puis se dessina la ligne de démarcation que met la rondeur de la terre entre le monde du nord et les pays méridionaux où luit le soleil. Mais la couleur rose se fana rapidement. Un jour gris lui succéda, qui dura jusqu'à trois heures pour disparaître à son tour, et le pâle crépuscule arctique redescendit sur la terre solitaire et silencieuse. Lorsque l'obscurité fut revenue, les cris de chasse recommencèrent à droite, à gauche, provoquant de folles paniques parmi les chiens, tout harassés qu'ils étaient.

— Je voudrais bien, dit Bill en remettant pour la vingtième fois les chiens dans le droit sentier, qu'ils s'en aillent au diable et nous laissent tranquilles.

— Il est certain qu'ils nous horripilent terriblement, approuva Henry.

Le campement fut dressé comme le soir précédent. Henry surveillait la marmite où bouillaient des fèves, lorsqu'un grand cri poussé par Bill, et accompagné d'un autre cri aigu, de douleur celui-là, le fit sursauter. Il releva le nez juste à temps pour voir une forme vague qui courait sur la neige et disparaissait dans le noir. Puis il aperçut Bill qui était debout au milieu des chiens, mi-joyeux, mi-contrit, tenant d'une main un fort gourdin, de l'autre la queue et une partie du corps d'un saumon séché.

— Je n'en ai sauvé que la moitié, dit Bill. Mais le voleur en a reçu pour le reste. L'entends-tu hurler ?

— Et quelle forme avait-il, ce voleur ? demanda Henry.

— Je n'ai pu le bien voir mais, ce que je sais, c'est qu'il a quatre pattes, une gueule, et une fourrure qui ressemble à celle d'un chien.

— Ce doit être, j'en jurerais, un loup apprivoisé.

— Diantrement apprivoisé, en ce cas, pour être venu ici au moment juste du dîner et emporter un morceau de poisson !

Assis sur la boîte oblongue, les deux hommes, après avoir mangé, avaient humé leurs pipes comme ils en avaient l'habitude. Le cercle d'yeux flamboyants vint les entourer comme la veille, mais plus proche.

Bill se reprit à gémir.

— Dieu veuille qu'ils tombent sur une bande d'élans ou sur quelque autre gibier, et qu'ils décampent à sa suite ! Ce serait pour nous un débarras…

Henry eut l'air de n'avoir pas entendu mais, comme Bill faisait mine de recommencer ses plaintes, il se fâcha tout rouge.

— Arrête, Bill, tes coassements. Tu as des crampes d'estomac, je te l'ai déjà dit, et c'est ce qui te fait divaguer. Avale une pleine cuillerée de bicarbonate de soude, cela te calmera, je t'assure, et tu redeviendras d'une plus plaisante compagnie.

Le matin suivant, d'énergiques blasphèmes proférés par Bill réveillèrent Henry. Celui-ci se souleva sur son coude et, à la lueur du feu qui resplendissait, vit son camarade, entouré des chiens, qui agitait dramatiquement ses bras et se livrait aux plus affreuses grimaces.

– Hello ! appela Henry. Qu'y a-t-il de nouveau ?

– Grenouille a décampé, répondit Bill.

– Non ?

– Je dis oui.

Henry sauta hors des couvertures et alla vers les chiens. Il les compta avec soin, après quoi il se joignit à Bill pour maudire les pouvoirs malfaisants du Wild, qui lui avaient ravi un autre chien.

– Grenouille était le plus vigoureux de la troupe, prononça Bill.

– Et celui-là n'était pas un chien fou, ajouta Henry.

Telle fut, en deux jours, la seconde oraison funèbre.

Le déjeuner fut mélancolique et les quatre chiens qui restaient furent attelés au traîneau. La journée ne différa pas de la précédente. Les deux hommes peinaient sans parler. Le silence n'était interrompu que par les cris qui les poursuivaient et s'attachaient à leur marche. Mêmes paniques des chiens, mêmes écarts de leur part hors du sentier tracé, et même lassitude physique et morale des deux hommes.

Quand le campement eut été établi, Bill, à la mode indienne, enroula autour du cou des chiens une solide lanière de cuir à laquelle était lié, à son tour, un bâton de cinq à six pieds de long. Le bâton, à son autre extrémité, était attaché par une seconde lanière à un pieu fiché en terre. De chaque côté, les joints étaient si serrés que les chiens ne pouvaient mordre le cuir et le ronger.

– Regarde, Henry, dit Bill avec satisfaction, si j'ai bien travaillé ! Ces imbéciles seront forcés de se tenir tranquilles jusqu'à demain. S'il en manque un seul à l'appel, je veux me passer de mon café.

Henry trouva que c'était parfait ainsi. Mais, montrant à Bill le cercle d'ardentes prunelles qui, pour le troisième soir, les enserrait :

– Dommage tout de même, fit-il, de ne pouvoir flanquer à ceux-ci quelques bons coups de fusil ! Ils ont compris que nous n'avions pas de quoi tirer, aussi deviennent-ils de plus en plus hardis.

Les deux hommes furent quelque temps avant de s'endormir. Ils regardaient les formes vagues aller et venir hors de la frontière de lumière que marquait le feu. En observant avec attention les endroits où une paire d'yeux apparaissait, ils finissaient par percevoir la silhouette de l'animal qui se dessinait et se mouvait dans les ténèbres.

Un remue-ménage qui se produisait parmi les chiens les fit se détourner de leur côté. N'a-qu'une-Oreille, gémissant et geignant avec des cris aigus, tirait de toutes ses forces, dans la direction de l'ombre, sur son bâton qu'il mordait frénétiquement et à pleines dents.

– Bill, regarde ceci ! » chuchota Henry.

Dans la lumière du feu, un animal semblable à un chien se glissait d'un mouvement oblique et furtif. Il paraissait en même temps audacieux et craintif, observait les deux hommes avec précaution et cherchait visiblement à se rapprocher des chiens. N'a-qu'une-Oreille, s'aplatissant vers lui sur le sol, redoublait ses gémissements.

– C'est une louve, murmura Henry. Elle sert d'appât pour la meute. Quand elle a attiré un chien à sa suite, toute la bande tombe dessus et le mange.

Au même moment, une des bûches empilées sur le feu dégringola en éclatant avec bruit. Effaré, l'étrange animal fit un saut en arrière et disparut dans les ténèbres.

– Je pense une chose, dit Bill.

– Laquelle, s'il te plaît ?

– C'est que l'animal vu par nous est le même que celui qui a été rossé par mon gourdin.

– Il n'y a pas le plus léger doute sur ce point.

– Il convient en outre de remarquer, poursuivit Bill, que sa familiarité excessive avec la flamme de notre foyer n'est pas naturelle et choque toutes les idées reçues.

– Ce loup en connaît certainement plus qu'un loup qui se respecte n'en doit connaître, confirma Henry. Il n'ignore pas non plus l'heure du repas des chiens. Cet animal a de l'expérience.

– Le vieux Villan, dit Bill en se parlant tout haut à lui-même, possédait un chien qui avait coutume de s'échapper pour aller courir avec les loups. Nul ne le sait mieux que moi, car je le tuai un beau jour, dans un pacage d'élans, sur Little Stick. Le vieux Villan en pleura comme un enfant qui vient de naître. Il n'avait pas vu ce chien depuis trois ans. Tout ce temps, la bête était demeurée avec les loups.

– Je pense, opina Henry, que tu as trouvé la vérité. Ce loup est un chien, et il y a longtemps qu'il mange du poisson de la main de l'homme.

– Si j'ai quelque chance, déclara Bill, nous aurons la peau de ce loup qui est un chien. Nous ne pouvons continuer à perdre d'autres bêtes.

– Souviens-toi qu'il ne nous reste plus que trois cartouches.

– Je le sais et les réserve pour un coup sûr.

Henry, au matin, ayant ranimé le feu, fit cuire le déjeuner, accompagné dans cette opération par les ronflements sonores de son camarade. Il le réveilla seulement lorsque les aliments furent prêts. Bill commença à manger, dormant encore.

Ayant remarqué que sa tasse à café était vide, il se pencha pour atteindre la cafetière. Mais celle-ci était du côté d'Henry et hors de sa portée.

– Dis-moi, Henry, interrogea-t-il avec un petit grognement d'amitié, n'as-tu rien oublié de me donner ?

Henry fit mine de regarder autour de lui et secoua la tête. Bill avança sa tasse vide.

– Tu n'auras pas de café, prononça Henry.

– Aurait-il été renversé ? demanda Bill avec anxiété.

– Ce n'est pas cela.

– Si tu m'en refuses, tu vas arrêter ma digestion.

– Tu n'en auras pas !

Un flux de sang et de colère monta au visage de Bill.

– Veux-tu, je te prie, parler et t'expliquer ?

– Gros-Gaillard est parti.

Lentement, avec la résignation du malheur, Bill tourna la tête et compta les chiens.

– Comment cela est-il arrivé ? demanda-t-il anéanti.

– Je l'ignore. Gros-Gaillard ne pouvait assurément ronger lui-même la lanière qui l'attachait au bâton. N'a-qu'une-Oreille lui aura rendu sans doute ce service.

– Le damné chien ! dit Bill. Ne pouvant se libérer, il a libéré son compère.

– En tout cas, c'en est fini maintenant de Gros-Gaillard.

Je suppose qu'il est déjà digéré et qu'il se cahote, en ce moment, dans le ventre de vingt loups différents.

Cette troisième oraison funèbre prononcée, Henry poursuivit :

– Maintenant, Bill, veux-tu du café ?

Bill fit un signe négatif.

– C'est bien certain ? insista Henry en levant la cafetière, il est pourtant bon.

Mais Bill était têtu. Il mit sa tasse à l'écart.

– J'aimerais mieux, dit-il, être pendu. J'ai donné ma parole et je la tiendrai.

Il absorba son déjeuner à sec et ne l'arrosa que de malédictions à l'adresse de N'a-qu'une-Oreille, qui lui avait joué ce mauvais tour.

– Cette nuit, dit-il, je les attacherai mutuellement hors de leur atteinte.

Les deux hommes avaient repris leur marche. Ils n'avaient pas cheminé plus de cent mètres dans l'obscurité quand Henry, qui allait devant, heurta du pied un objet qu'il ramassa et qu'il lança, s'étant retourné, dans la direction de Bill.

— Tiens, Bill, dit-il, voilà quelque chose qui pourra t'être utile.

Bill poussa une exclamation. C'était tout ce qui restait de Gros-Gaillard, le bâton auquel il avait été attaché.

— Ils l'ont dévoré en entier, dit Bill, les os, les côtes, la peau et tout. Le bâton même est aussi net que le dessus de ma main ; ils ont mangé le cuir qui le garnissait à ses deux bouts. Ils ont l'air terriblement affamés. Pourvu que toi et moi nous ne subissions pas un sort identique avant d'être parvenus au terme de notre voyage !

Henry se mit à rire.

— C'est la première fois, dit-il, que je suis ainsi pisté par des loups, mais j'ai connu d'autres dangers et m'en suis tiré sain et sauf. Prends ton courage à deux mains et ne crains rien. Ils ne nous auront pas, mon fils.

— Voilà ce qu'on ne sait pas… oui, ce qu'on ne sait pas.

— Tu es pâle et as une mauvaise circulation du sang. Il te faudrait de la quinine. Je t'en bourrerai quand nous serons arrivés.

Le jour fut, une fois de plus, semblable aux jours précédents. Apparition de la lumière à neuf heures ; à midi, le reflet lointain, vers le Sud, du soleil invisible ; puis le gris après-midi, précédant la nuit rapide. À l'heure où le soleil esquissait son faible effort, Bill prit le fusil dans le traîneau et dit :

— Je vais aller voir, Henry, ce que je puis faire.

— Sois prudent et garde-toi qu'il ne t'arrive malheur !

Bill s'éloigna dans la solitude. Il revint, une heure après, vers son compagnon qui l'attendait avec une certaine anxiété.

– Ils se sont éparpillés, raconta-t-il, et rôdent au large de nous, courant de-ci de-là, mais sans nous lâcher. Ils savent qu'ils sont sûrs de nous avoir et qu'il leur suffît de patienter. En attendant, ils tâchent de se mettre quelque autre chose sous la dent.

– Tu prétends, observa Henry, qu'ils sont sûrs de nous avoir ?

Bill fit semblant de ne pas avoir entendu et continua :

– J'en ai aperçu quelques-uns. Ils sont maigres à faire peur. Ils n'ont pas mangé un morceau depuis des semaines, en dehors, bien entendu, de nos trois chiens. Il y en a parmi eux qui n'iront pas loin. Leurs flancs sont pareils à des planches à laver et leurs estomacs remontés collent presque à l'épine dorsale. Ils en sont, je puis te le dire, à la dernière phase de la désespérance. Ils sont à demi enragés et attendent.

Quelques minutes s'étaient à peine écoulées quand Henry, qui avait pris la place d'arrière et poussait le traîneau afin d'aider les chiens, jeta vers Bill, en guise d'appel, un sifflement étouffé. Derrière eux, en pleine vue et sur la même piste qu'ils venaient de parcourir, s'avançait, le nez collé contre le sol, une forme velue. La bête trottinait sans effort apparent, semblant glisser plutôt que courir. Les deux hommes s'étant arrêtés, elle s'arrêta ainsi qu'eux et, ayant levé la tête, elle les regarda avec fixité, dilatant son nez frémissant, en reniflant leur odeur, comme pour se faire d'eux une opinion.

– C'est la louve !, dit Bill.

Les chiens s'étaient couchés sur la neige, et Bill vint, derrière le traîneau, rejoindre son camarade. Ensemble ils examinèrent l'étrange animal qui les suivait depuis plusieurs jours et qui leur avait déjà soufflé la moitié de leur attelage. Ils le virent trotter encore, en avant, de quelques pas, puis s'arrêter, puis recommencer à diverses reprises le même manège, jusqu'à ce qu'il ne se trouvât plus qu'à une courte distance. Alors il fit halte, la tête dressée, près d'un groupe de sapins, et se remit à observer les deux hommes. Il les considérait avec une insistance singulière, comme eût pu le faire un chien, mais sans qu'il y eût rien dans ses yeux du regard affectueux de l'ami de l'homme. Cette insistance était celle de la faim. Elle était implacable comme les crocs de la bête, aussi inhumaine que la neige et le froid. L'animal était plutôt grand pour un loup, et ses formes décharnées dénotaient un des spécimens les plus importants de l'espèce.

— Il doit mesurer près de deux pieds et demi à hauteur d'épaule, constata Henry, et n'a pas loin de cinq pieds de long.

— Il a une drôle de couleur pour un loup, dit Bill, et je n'en ai jamais vu de pareille. Sa robe tire sur le rouge et même sur l'orangé. Elle a un ton cannelle.

La robe de la bête n'était point cependant de cette couleur et le gris y dominait comme chez tous les loups. Mais de fugitifs et indéfinissables reflets, qui trompaient et illusionnaient la vue, couraient par moment sur le poil.

— On dirait un rude et gros chien de traîneau, poursuivit

Bill. Je ne serais pas autrement étonné de voir cet animal remuer la queue.

— Hé ! gros chien, appela-t-il. Amène-toi, quel que tu sois !

— Il n'a pas la moindre peur de toi, dit Henry en riant.

Bill agita sa main, fit semblant de menacer, cria à tue-tête. La bête ne manifesta aucune crainte et se contenta de se mettre légèrement en garde. Elle ne cessait point de dévisager les deux hommes avec une fixité affamée. Son désir évident était, si elle l'eût osé, de venir à cette viande et de s'en repaître.

— Ecoute, Henry, dit Bill en baissant la voix très bas. Voici le cas d'utiliser nos trois cartouches. Mais il ne faut point manquer le coup et qu'il soit mortel, qu'en penses-tu ?

Henry approuva et Bill, avec mille précautions, amena à lui le fusil. Mais à peine avait-il fait le geste de le lever vers son épaule que la louve, faisant un saut de côté hors de la piste, disparut parmi les sapins.

Les deux compagnons se regardèrent. Henry sifflota d'un air entendu et Bill, se morigénant lui-même, remit en place le fusil.

– Je devais m'y attendre, dit-il. Un loup assez instruit pour venir partager le dîner de nos chiens doit être également renseigné sur les coups de fusil. Sa science est la cause de tous nos malheurs. Mais je le démolirai, aussi sûr que mon nom est Bill ! Puisqu'il est trop rusé pour être tué à découvert, j'irai le tirer à l'affût.

– Si tu veux tenter de l'abattre, fais-le d'ici, conseilla Henry. Que la bande survienne autour de toi, en admettant que tes trois cartouches tuent trois bêtes, les autres te régleront ton compte.

Ce soir-là, on campa de bonne heure. Les trois chiens survivants avaient remorqué moins vite le traîneau et avaient été las plus tôt. Les deux hommes ne dormirent que d'un oeil. Le cercle d'ennemis s'était resserré encore. Sans cesse il fallait se relever pour attiser le feu afin que la flamme ne tombât point.

– J'ai entendu des marins, dit Bill, me parler des requins qui ont coutume de suivre les navires. Les loups sont les requins de la terre. Ils s'y connaissent mieux que nous dans leurs affaires, ils savent que bientôt ils nous auront.

– Ils t'ont déjà à moitié, rétorqua Henry avec rudesse, toi qui te laisses aller à parler ainsi. C'en est fait d'un homme dès l'instant où il se déclare perdu. Tu es, rien qu'en le disant, à demi mangé. Assez croassé ! Tu m'excèdes plus que de raison.

Henry tourna brusquement le dos à Bill et il s'attendait à ce que celui-ci, avec le caractère emporté qu'il lui connaissait, s'irritât du ton tranchant de ses paroles. Mais Bill ne répondit rien.

– Mauvais présage, songea Henry dont les paupières se fermaient malgré lui. Il n'y a pas à s'y tromper, le moral de Bill est gravement entamé. J'aurai fort à faire, demain matin, pour retaper ce garçon.

3

Le Cri de la faim

La journée débuta sous de meilleurs auspices. Les deux hommes n'avaient pas perdu de chien durant la nuit, et c'est l'esprit plus léger qu'ils se remirent en chemin dans le silence, le noir et le froid. Bill semblait avoir oublié ses sinistres pressentiments et quand, à midi, les chiens renversèrent le traîneau à un mauvais passage, c'est en plaisantant qu'il accueillit l'accident.

C'était pourtant un effrayant pêle-mêle. Le traîneau, sens dessus dessous, demeurait entre le tronc d'un arbre et un énorme roc. Il fallut d'abord déharnacher les chiens afin de les dégager et de démêler leurs traits. Ceci fait et tandis que les deux hommes s'occupaient à remettre sur pied le traîneau, Henry aperçut N'a-qu'une-Oreille qui était en train de se défiler en rampant.

– Ici, toi, N'a-qu'une-Oreille ! cria-t-il en se retournant vers le chien.

Mais, au lieu de lui obéir, le chien fit un bond en avant et se sauva, en courant de toutes ses forces, ses harnais traînant derrière lui.

Tout là-bas, sur la piste, la louve l'attendait. En s'approchant d'elle, il parut soudain hésiter et ralentit sa course. Il la regardait fixement, avec crainte et désir à la fois. Elle semblait l'aguicher et lui sourire de toutes ses dents puis, en manière d'avance, fit un pas vers lui. N'a-qu'une-Oreille se rapprocha, mais en se tenant encore sur ses gardes, la tête dressée, les oreilles et la queue droites.

Quand il l'eut jointe, il essaya de frotter son nez contre le sien, mais elle se détourna avec froideur et fit un pas en arrière. Elle répéta plusieurs fois sa manœuvre, comme pour l'entraîner loin de ses compagnons humains. À un moment (*on eût dit qu'une vague conscience du sort qui l'attendait flottait dans sa cervelle de chien*) N'a-qu'une-Oreille, s'étant retourné, regarda derrière lui ses deux camarades de trait, le traîneau renversé et les deux hommes qui l'appelaient. Mais la louve lui ayant tendu son nez pour qu'il s'y frottât, il en oublia aussitôt toute autre idée et se reprit à la suivre au bout de quelques minutes, dans un prudent et nouveau recul qu'elle effectua.

Pendant ce temps, Bill avait songé au fusil. Mais celui-ci était pris sous le traîneau et quand, avec l'aide d'Henry, il eut mit la main dessus, le chien et la louve étaient trop éloignés de lui, trop près aussi l'un de l'autre pour qu'il pût tirer.

N'a-qu'une-Oreille connut trop tard son erreur. Les deux hommes le virent qui revenait vers eux à fond de train. Mais déjà une douzaine de loups maigres, bondissant dans la neige, fonçaient à angle droit sur le chien afin de lui couper la retraite. De son côté, la louve avait cessé ses grâces et s'était jetée sur lui avec un rauque grognement. Il l'avait bousculée d'un coup d'épaule et elle s'était jointe aux autres poursuivants. Elle le talonnait de près.

– Où vas-tu ? cria Henry en posant sa main sur le bras de Bill.

Bill se dégagea d'un mouvement brusque.

– Je ne puis, dit-il, supporter ce qui se passe. Ils ne doivent plus avoir aucun de nos chiens, si je puis l'empêcher.

Le fusil au poing, il s'enfonça dans les taillis qui bordaient le sentier.

– Attention, Bill ! lui jeta Henry une dernière fois. Sois prudent !

Assis sur le traîneau, Henry vit disparaître son compagnon. N'a-qu'une-Oreille avait quitté la piste et tentait de rejoindre le traîneau en décrivant un grand cercle. Henry l'apercevait par instants, détalant à travers des sapins clairsemés et s'efforçant de gagner les loups de vitesse, tandis que Bill allait essayer, sans nul doute, d'enrayer la poursuite. Mais la partie était perdue d'avance, d'autant que de nouveaux loups, sortant de partout, se joignaient à la chasse.

Tout à coup, Henry entendit un coup de fusil, puis deux autres succéder rapidement au premier, et il connut que la provision de cartouches de Bill était finie. Il y eut un grand bruit, des grondements et des cris. Henry reconnut la voix du chien qui gémissait et hurlait. Un cri de loup lui annonça qu'un des animaux avait été atteint. Et ce fut tout. Gémissements et grognements moururent et le silence retomba sur le paysage solitaire.

Henry demeura longtemps assis sur le traîneau. Il n'avait pas besoin d'aller voir ce qui était advenu. Cela, il le savait comme s'il en eût été spectateur. Pourtant, à un moment, il se dressa en tressaillant et, avec une hâte fébrile, chercha la hache qui était parmi les bagages. Puis, en songeant longuement, il se rassit en compagnie des deux chiens qui lui restaient et qui, couchés et tremblants, demeuraient à ses pieds.

En proie à une immense faiblesse, comme si toute force de résistance s'était anéantie en lui, il finit par se lever et se mit en devoir d'atteler les chiens au traîneau qu'il tira lui-même de concert avec les deux bêtes, après avoir passé un harnais d'homme sur son épaule. L'étape fut courte. Dès que le jour commença à baisser, Henry se hâta d'organiser le campement. Il donna aux chiens leur nourriture, fit cuire et mangea son dîner, puis dressa son lit près du feu.

Mais il n'avait pas encore fermé les yeux qu'il vit les loups arriver et, cette fois, s'avancer tellement près qu'il n'y avait pas à songer même à dormir. Ils étaient là autour de lui, si peu loin qu'il pouvait les regarder comme en plein jour, couchés ou assis autour du foyer, rampant sur leur ventre, tantôt avançant et tantôt reculant. Certains d'entre eux dormaient, couchés en rond dans la neige, comme des chiens. Il ne cessa pas un seul instant d'aviver la flamme, car il savait qu'elle était le seul obstacle entre sa chair et leurs crocs. Les deux chiens se pressaient contre lui, implorant sa protection. De temps à autre, le cercle des loups s'agitait ; ceux qui étaient couchés se relevaient, et tous hurlaient en chœur. Puis ils se recouchaient ou s'asseyaient, le cercle se reformant plus près. Cependant, à force d'avancer d'un pouce puis d'un autre pouce, un instant arriva où les loups le touchaient presque. Alors il prit des brandons enflammés et commença à les jeter dans le tas de ses ennemis. D'un saut hâtif accompagné de cris de colère et de grognements peureux, ceux-ci bondissaient en arrière quand une branche bien lancée atteignait l'un d'eux.

Le matin trouva l'homme hagard et brisé, les yeux dilatés par le manque de sommeil. Il cuisina et absorba son déjeuner. Puis, quand la lumière eut dispersé la troupe des loups, il s'occupa de mettre à exécution un projet qu'il avait médité durant les longues heures de la nuit. Ayant abattu à coups de hache de jeunes sapins, il en fit, en les liant en croix, les traverses d'un échafaudage assez élevé dont quatre autres grands sapins restés debout formèrent les montants. Se servant ensuite des courroies du traîneau comme de cordes, et les chiens tirant avec lui, il hissa au sommet de l'échafaudage le cercueil qu'il avait convoyé.

– Ils ont eu Bill, dit-il en s'adressant au corps du mort quand celui-ci fut installé dans sa sépulture aérienne, et ils m'auront peut-être. Mais toi, jeune homme, ils ne t'auront pas.

Le traîneau filait maintenant derrière les chiens qui haletaient d'enthousiasme car ils savaient que, pour eux, le salut était dans le chenil du Fort M'Gurry. Mais les loups n'avaient pas été loin, et c'est ouvertement qu'ils avaient, désormais, repris leur poursuite. Ils trottinaient tranquillement derrière le traîneau ou rangés en files parallèles, leurs langues rouges pendantes, leurs flancs maigres ondulant sur leurs côtes qui se dessinaient à chacun de leurs mouvements. Henry ne pouvait s'empêcher d'admirer qu'ils fussent encore capables de se tenir sur leurs pattes sans s'effondrer sur la neige.

À midi, vers le Sud, ce ne fut pas seulement un reflet du soleil qui apparut, mais l'astre lui-même. Pâle et dorée, sa partie supérieure émergea de l'horizon. Henry vit là un heureux présage. Le soleil était revenu et les jours allaient grandir. Mais sa joie fut de courte durée. Presque aussitôt la lumière se remit à baisser et il s'occupa, sans plus tarder, de s'organiser pour la nuit. Les quelques heures de clarté grisâtre et de terne crépuscule qu'il avait encore devant lui furent utilisées à couper, pour le foyer, une quantité de bois considérable.

Avec la nuit, la terreur revint à son comble. Le besoin de sommeil, pire que la peur des loups, tenaillait Henry.

Il s'endormit malgré lui, accroupi près du feu, les couvertures sur ses épaules, sa hache entre ses genoux, un chien à sa droite, un chien à sa gauche. Dans cet état de demi-veille où il se trouvait, il apercevait la troupe entière qui le contemplait comme un repas retardé mais certain. Il lui semblait voir une bande d'enfants réunis autour d'une table servie, attendant qu'on leur permît de commencer à manger.

Puis, comme machinalement, ses yeux retombaient sur lui-même et il examinait son corps avec une attention bizarre qui ne lui était pas habituelle. Il tâtait ses muscles et les faisait jouer, s'intéressant prodigieusement à leur mécanisme. À la lueur du foyer il ouvrait, étendait ou refermait les phalanges de ses doigts, émerveillé de l'obéissance et de la souplesse de sa main qui, avec rudesse ou douceur, trépidait à sa volonté jusqu'au bout des ongles. Et, comme fasciné, il se prenait d'un incommensurable amour pour ce corps admirable auquel il n'avait, jusque-là, jamais prêté attention ; d'une tendresse infinie pour cette chair vivante, destinée bientôt à repaître des brutes, à être mise en lambeaux. Qu'était-il désormais ? Un simple mets pour des crocs affamés, une subsistance pour d'autres estomacs, l'égal des élans et des lièvres dont il avait tant de fois, lui-même, fait son dîner.

À quelques pieds devant lui, pensive, la louve aux reflets rouges était assise dans la neige et le regardait. Leurs regards se croisèrent. Il comprit sans peine qu'elle se délectait de lui par anticipation. Sa gueule s'ouvrait avec gourmandise, découvrant les crocs blancs jusqu'à leur racine. La salive lui découlait des lèvres, et elle se pourléchait de la langue. Un spasme d'épouvante secoua Henry. Il fit un geste brusque, se saisit d'un brandon et le lança à la louve. Mais celle-ci s'éclipsa non moins rapidement. Alors il se remit à contempler sa main avec adoration, à examiner l'un après l'autre tous ses doigts et comme ils s'adaptaient avec perfection aux rugosités de la branche qu'il brandissait. Puis, comme son petit doigt courait risque de se brûler, il le replia délicatement un peu en arrière de la flamme.

La nuit s'écoula cependant sans accident et le matin parut. Pour la première fois, la lumière du jour ne dispersa pas les loups. Vainement l'homme attendit leur départ. Ils demeurèrent en cercle autour de lui et de son feu, avec une insolence qui brisa son courage revenu avec la clarté naissante. Il tenta cependant un effort surhumain pour se remettre en route.

Mais à peine avait-il replacé son traîneau sur le sentier et s'était-il écarté de quelques pas de la protection du feu, qu'un loup plus hardi que les autres s'élança vers lui. La bête avait mal calculé son élan ; son saut fut trop court. Ses dents, en claquant, se refermèrent sur le vide tandis qu'Henry, pour se préserver, faisait un bond de côté. Puis, reculant vers le feu, il fit pleuvoir une mitraille de brandons sur les autres loups qui, excités par l'exemple, s'étaient dressés et s'apprêtaient déjà à se jeter sur lui.

Il demeura assiégé toute la journée. Comme son bois menaçait de s'épuiser, il étendit progressivement le foyer vers un énorme sapin mort qui s'élevait à peu de distance et qu'il atteignit de la sorte. Il abattit l'arbre et passa le reste du jour à préparer branches et fagots.

La nuit revint aussi angoissante que la précédente, avec cette aggravation que le besoin de dormir devenait, pour l'homme, de plus en plus insurmontable. Henry, dans sa somnolence, vit la louve s'approcher de lui à ce point qu'il n'eut qu'à saisir un brandon allumé pour le lui planter, d'un geste mécanique, en plein dans la gueule. En un brusque ressaut, la louve hurla de douleur. Il sentit l'odeur de la chair brûlée et regarda la bête secouer sa tête avec fureur.

Puis, de crainte de s'abandonner trop profondément au sommeil, Henry attacha à sa main droite un tison de sapin afin que la brûlure de la flamme le réveillât lorsque la branche serait consumée. Il recommença plusieurs fois l'opération. Chaque fois que la flamme, en l'atteignant, le faisait sursauter, il en profitait pour recharger le feu et envoyer aux loups une pluie de brandons incandescents qui les tenaient momentanément en respect. Un moment vint pourtant où la branche, mal liée, se détacha de sa main sans qu'il s'en aperçût. Et, s'étant endormi, il rêva.

Il lui sembla qu'il se trouvait dans le Fort M'Gurry. L'endroit était chaud, confortable, et il jouait avec l'agent de la factorerie. Le Fort était assiégé par les loups qui hurlaient à la grille d'entrée. Lui et son partenaire s'arrêtaient de jouer, par instants, pour écouter les loups et rire de leurs efforts inutiles. Mais un craquement se produisit soudain. La porte avait cédé et les loups envahissaient la maison, fonçant droit sur lui et sur l'agent, en redoublant de hurlements, tellement qu'il en avait la tête comme brisée. À ce moment il s'éveilla, et la réalité fit suite au rêve. Les loups hurlants étaient sur lui. Déjà l'un d'eux avait refermé ses crocs sur son bras. D'un mouvement instinctif, Henry sauta dans le feu et le loup lâcha prise, non sans laisser dans la chair une large déchirure. Alors commença une bataille de flammes. Ses épaisses moufles protégeant ses mains, Henry ramassait les charbons ardents à pleines poignées, et les jetait en l'air dans toutes les directions. Le campement n'était qu'un volcan en éruption. Henry sentait son visage se tuméfier, ses sourcils et ses cils grillaient, et la chaleur qu'il éprouvait aux pieds devenait intolérable. Un brandon dans chaque main, il se risqua à faire quelques pas en avant. Les loups avaient reculé.

Il leur lança ses deux brandons, trépigna dans la neige pour se refroidir les pieds, puis en frotta ses moufles carbonisées. Il ne restait plus trace des deux chiens. Ils avaient continué, de toute évidence, à alimenter le repas inauguré par les loups il y avait plusieurs jours avec Boule-de-Suif. Vraisemblablement, il subirait sous peu le même sort.

« Vous ne m'avez pas encore ! » cria-t-il d'une voix sauvage aux bêtes affamées, qui lui répondirent par une agitation générale et des grognements répétés.

Mettant à exécution un nouveau plan de défense, il forma un cercle avec une série de fagots alignés à la file et qu'il alluma. Puis il s'installa au centre de ce rempart de feu, se coucha sur une épaisseur de branchages afin de se préserver de l'humidité glaciale et de la neige fondante que liquéfiait sur le sol la chaleur du brasier, et demeura immobile. Ne le voyant plus les loups vinrent s'assurer, à travers le rideau de flammes, que leur proie était toujours là. Rassurés, ils reprirent leur attente patiente, se chauffant au feu bienfaisant, en s'étirant les membres et en clignotant béatement des yeux. La louve s'assit sur son derrière, pointa le nez vers une étoile et commença un long hurlement. Un à un, les autres loups l'imitèrent et la troupe entière, sur son derrière, le nez vers le ciel, hurla à la faim.

L'aube vint, puis le jour. La flamme brûlait plus bas. La provision de bois était épuisée et il allait falloir la renouveler. Henry tenta de franchir le cercle ardent qui le protégeait, mais les loups surgirent aussitôt devant lui. Pour les écarter, il leur lança quelques brandons qu'ils se contentèrent d'éviter sans en être autrement effrayés. Il dut renoncer au combat.

Vacillant, l'homme s'assit sur son espèce de matelas et ses couvertures. Il laissa tomber sa poitrine sur ses genoux, comme si son corps eût été cassé en deux. Sa tête pendait vers le sol. C'était l'abandon de la lutte. De temps à autre, il relevait légèrement la tête pour observer l'extinction progressive du feu. Le cercle de flammes et de braises se sectionnait par segments qui diminuaient d'étendue et entre lesquels s'élargissaient des brèches.

– Je crois, murmura-t-il, que bientôt vous pourrez venir et m'avoir. Qu'importe à présent ? Je vais dormir…

Une fois encore il entrouvrit les yeux et ce fut pour voir, par une des brèches, la louve qui le regardait. Combien de temps dormit-il ? Il n'aurait su le dire. Mais, lorsqu'il s'éveilla, il lui parut qu'un changement mystérieux s'était produit autour de lui, un changement à ce point étrange et inattendu que son réveil en fut brusqué sur-le-champ. Il ne comprit point d'abord ce qui s'était passé. Puis il découvrit ceci : les loups étaient partis. Seul, le piétinement pressé de leurs pattes imprimées sur la neige lui rappelait le nombre et l'acharnement de ses ennemis. Mais, le sommeil redevenant le plus fort, il laissa retomber sa tête sur ses genoux.

Mêlés au bruit de traîneaux qui s'avançaient, à des craquements de harnais, à des halètements époumonés de chiens de trait, ce furent, cette fois, des cris d'hommes qui le réveillèrent.

Quatre traîneaux, quittant le lit glacé de la rivière, venaient en effet vers lui, à travers les sapins. Une demi-douzaine d'hommes l'entouraient quelques instants après. Accroupi au milieu de son cercle de feu qui se mourait, il les regarda comme hébété et balbutia, les mâchoires encore empâtées :

– La louve rouge… Venue près des chiens au moment de leur repas… D'abord elle mangea les chiens… Puis elle mangea Bill…

– Où est Lord Alfred ? beugla un des hommes à son oreille, en le secouant rudement.

Il remua lentement la tête.

– Non, lui, elle ne l'a pas mangé… Il pourrit sur un arbre, au dernier campement.

– Mort ? cria l'homme.

– Oui, et dans une boîte… répondit Henry.

Il dégagea vivement son épaule de la main du questionneur.

– Hé ! dites donc, laissez-moi tranquille ! Je suis vidé à fond. Bonsoir à tous.

Ses yeux clignotants se fermèrent, son menton rejoignit sa poitrine et, tandis que les nouveaux arrivés l'aidaient à s'étendre sur les couvertures, ses ronflements montaient déjà dans l'air glacé.

Une rumeur lointaine répondait à ses ronflements. C'était, affaiblie par la distance, le cri de la troupe affamée des loups à la recherche d'une autre viande destinée à remplacer l'homme qui leur avait échappé.

4

La Bataille des crocs

C'était la louve qui, la première, avait entendu le son des voix humaines et les aboiements haletants des chiens attelés aux traîneaux. La première, elle avait fui loin de l'homme recroquevillé dans son cercle de flammes à demi éteintes. Les autres loups ne pouvaient se résigner à renoncer à cette proie réduite à merci et, durant quelques minutes, ils demeurèrent encore sur place, écoutant les bruits suspects qui s'approchaient d'eux. Finalement, eux aussi prirent peur et ils s'élancèrent sur la trace marquée par la louve.

Un grand loup gris, un des chefs de file habituels de la troupe, courait en tête. Il grondait pour avertir les plus jeunes de ne point rompre l'alignement, et leur distribuait au besoin des coups de crocs s'ils avaient la prétention de passer devant lui. Il augmenta son allure à l'aspect de la louve, qui maintenant trottait avec tranquillité dans la neige, et ne tarda pas à la rejoindre.

Elle vint se ranger d'elle-même à son côté comme si c'était là sa position coutumière, et ils prirent tous deux la direction de la horde. Le grand loup gris ne grondait pas et ne montrait pas les dents quand, d'un bond, elle s'amusait à prendre sur lui quelque avance. Il semblait, au contraire, lui témoigner une vive bienveillance, une bienveillance tellement vive qu'il tendait sans cesse à se rapprocher plus près d'elle. Et c'était elle alors qui grondait et montrait ses crocs. Elle allait, à l'occasion, jusqu'à le mordre durement à l'épaule, ce qu'il acceptait sans colère. Il se contentait de faire un saut de côté et, se tenant à l'écart de son irascible compagne, continuait à conduire la troupe d'un air raide et vexé, comme un amoureux éconduit.

Ainsi escortée à sa droite, la louve était flanquée, à sa gauche, d'un vieux loup grisâtre et pelé, tout marqué des stigmates de maintes batailles. Il ne possédait plus qu'un oeil, qui était l'œil droit, ce qui expliquait la place qu'il avait choisie par rapport à la louve. Lui aussi mettait une obstination continue à la serrer de près. De son museau balafré, il effleurait sa hanche, son épaule ou son cou. Elle le tenait à distance, comme elle faisait avec son autre galant. Parfois les deux rivaux la pressaient simultanément, en la bousculant avec rudesse et, pour se dégager, elle redoublait à droite et à gauche ses morsures aiguës. Tout en galopant de chaque côté d'elle, les deux loups se menaçaient de leurs dents luisantes. Seule, la faim, plus impérieuse que l'amour, les empêchait de se battre.

Le vieux loup borgne avait près de lui, du côté opposé à la louve, un jeune loup de trois ans arrivé au terme de sa croissance, et qui pouvait passer pour un des plus vigoureux de la troupe. Les deux bêtes, quand elles étaient lasses, s'appuyaient amicalement l'une sur l'autre, de l'épaule ou de la tête. Mais le jeune loup, par moment, ralentissant sa marche d'un air innocent, se laissait dépasser par son vieux compagnon et, sans être aperçu, se glissait entre lui et la louve. La louve, frôlée par ce troisième loup, se mettait à gronder et se retournait. Le vieux loup en faisait autant, et aussi le grand loup gris qui était à droite.

Devant cette triple rangée de dents redoutables, le jeune loup s'arrêtait brusquement et s'asseyait sur son derrière, droit sur ses pattes de devant, grinçant des crocs, lui aussi, en hérissant le poil de son dos. Une confusion générale en résultait parmi les autres loups, ceux qui fermaient la marche pressant ceux du front, qui finalement s'en prenaient au jeune loup et lui administraient des coups de crocs à foison. Il supportait ce traitement sans broncher et, avec la foi sans limites qui est l'apanage de la jeunesse, il répétait de temps à autre sa manœuvre, quoiqu'elle ne lui rapportât rien de bon.

Les loups couvrirent dans cette journée un grand nombre de milles sans briser, dans ces incidents, leur formation serrée. À l'arrière boitaient les plus faibles, les très jeunes comme les très vieux. Les plus robustes marchaient en tête. Tous, tant qu'ils étaient, ressemblaient à une armée de squelettes. Mais leurs muscles d'acier paraissaient une source inépuisable d'énergie.

Mouvements et contractions se succédaient sans répit, sans fin que l'on pût prévoir, et sans effort apparent ni fatigue. La nuit et le jour qui suivirent, ils continuèrent leur course. Ils couraient à travers la vaste solitude de ce monde désert où ils vivaient seuls, cherchant une autre vie à dévorer pour perpétuer la leur.

Ils traversèrent des plaines basses et franchirent une douzaine de petites rivières glacées avant de trouver ce qu'ils quêtaient. Ils tombèrent enfin sur des élans. Ce fut un gros mâle qu'ils rencontrèrent d'abord. Voilà, à la bonne heure ! De la viande et de la vie que ne défendaient point des feux mystérieux et des flammes volant en l'air. Larges sabots et andouillers palmés, ils connaissaient cela. Jetant au vent toute patience et leur prudence coutumière, ils engagèrent aussitôt le combat. Celui-ci fut bref et féroce. Le grand élan fut assailli de tous côtés. Vainement, les roulant dans la neige, il assénait aux loups des coups adroits de ses sabots ou les frappait de ses vastes cornes en s'efforçant de leur fendre le crâne ou de leur ouvrir le ventre. La lutte était pour lui sans issue. Il tomba sur le sol, la louve pendue à sa gorge, et sous une nuée de crocs accrochés partout où son corps pouvait livrer prise, il fut dévoré vif tout en combattant et avant d'avoir achevé sa dernière riposte.

Il y eut pour les loups de la nourriture en abondance. L'élan pesait plus de huit cents livres, ce qui donnait vingt pleines livres de viande pour chacune des quarante gueules de la troupe. Mais si l'estomac des loups était susceptible de jeûnes prodigieux, non moins prodigieuse était sa faculté d'absorption. Quelques os éparpillés furent en peu de temps tout ce qui restait du splendide animal qui avait fait face si vaillamment à la horde de ses ennemis. Le repos vint ensuite, et le sommeil. Puis les jeunes mâles commencèrent à se quereller entre eux. La famine était terminée ; les loups étaient arrivés à la Terre Promise. Ils continuèrent, pendant quelques jours encore, à chasser de compagnie la petite bande d'élans qu'ils avaient dépistée. Mais ils y mettaient maintenant quelque précaution, s'attaquant de préférence aux femelles, plus lourdes dans leurs mouvements, ou aux jeunes mâles. Finalement, la troupe des loups se partagea en deux parties qui s'éloignèrent chacune dans des directions différentes.

La louve, le grand loup gris, le vieux loup borgne et le jeune loup de trois ans conduisirent une des deux troupes dans la direction de l'Est, vers le fleuve Mackenzie et la région des Lacs. La petite cohorte s'éclaircissait chaque jour. Les loups partaient deux par deux, mâle et femelle ensemble. Parfois un mâle, sans femelle avec qui cheminer, était chassé à coups de dents par les autres mâles. Il ne resta plus, au bout du compte, que la louve et son trio d'amoureux.

Tous trois portaient les marques sanglantes de ses morsures et elle demeurait toujours inexorable à chacun d'eux. Mais ils continuaient à ne pas se défendre contre ses crocs. Ils se contentaient, pour apaiser son courroux, de se détourner en remuant la queue et en dansant de petits pas devant elle.

Aussi doux ils se montraient envers elle, aussi féroces étaient-ils l'un vis-à-vis de l'autre. Le loup de trois ans sentait croître son audace. Saisissant dans sa gueule, à l'improviste, l'oreille du vieux loup, du côté où celui-ci était borgne, il la déchira profondément et la découpa en minces lanières. Le vieux loup, s'il était moins vigoureux et moins alerte que son jeune rival, lui était supérieur en science et en sagesse. Son oeil perdu et son nez balafré témoignaient de son expérience de la vie et de la bataille. Nul doute qu'il ne connût en temps utile ce qu'il avait à faire.

Lorsque l'heure en fut venue, magnifique en effet, et tragique à souhait fut la bataille. Le vieux loup borgne et le grand loup gris se réunirent pour attaquer ensemble le loup de trois ans et le détruire. Ils l'entreprirent sans pitié chacun de son côté. Oubliés les jours de chasse commune, les jeux partagés jadis et la famine subie côte à côte. C'étaient choses du passé. La chose présente, implacable et cruelle par-dessus toutes, était l'amour. La louve, objet du litige, assise sur son train de derrière, regardait, spectatrice paisible. Paisible et contente, car son jour à elle était venu. C'est pour la posséder que les poils se hérissaient, que les crocs frappaient les crocs, que la chair déchiquetée se convulsait.

Le loup de trois ans, c'était sa première affaire d'amour, perdit la vie dans l'aventure. Les deux vainqueurs, quand il fut mort, regardèrent la louve qui, sans bouger, souriait dans la neige. Mais le vieux loup borgne était le plus roué des deux survivants. Il avait beaucoup appris. Le grand loup gris, détournant la tête, était occupé justement à lécher une blessure qui saignait à son épaule. Son cou se courbait pour cette opération, et la courbe en était tournée vers le vieux loup. De son oeil unique, celui-ci saisit l'opportunité du moment. S'étant baissé pour prendre son élan, il sauta sur la gorge qui s'offrait à ses crocs et referma sur elle sa mâchoire. La déchirure fut large et profonde et les dents crevèrent au passage la grosse artère. Le grand loup gris eut un grondement terrible et s'élança sur son ennemi qui s'était rapidement reculé. Mais déjà la vie fuyait hors de lui, son grondement s'étouffait et n'était plus qu'une toux épaisse. Ruisselant de sang et toussant, il combattit encore quelques instants. Puis ses pattes chancelèrent, ses yeux s'assombrirent à la lumière et ses sursauts devinrent de plus en plus courts.

La louve, pendant ce temps, toujours assise sur son derrière, continuait à sourire. Elle était heureuse. Car ceci n'était rien autre que la bataille des sexes, la lutte naturelle pour l'amour, la tragédie du Wild qui n'était tragique que pour ceux qui mouraient. Elle était, pour les survivants, aboutissement et réalisation.

Lorsque le grand loup gris ne bougea plus, le vieux borgne Un-OEil (*ainsi l'appellerons-nous désormais*) alla vers la louve. Il y avait, dans son allure, de la fierté de sa victoire et de la prudence. Il était prêt à une rebuffade, si elle venait, et ce lui fut une agréable surprise de voir que les dents de la louve ne grinçaient pas vers lui avec colère. Pour la première fois, son accueil fut gracieux. Elle frotta son nez contre le sien et condescendit même à sauter, gambader et jouer en sa compagnie, avec des manières enfantines. Et lui, tout vieux et tout sage qu'il était, comme elle, fit l'enfant et se livra à maintes folies pires que les siennes. Il n'était plus question déjà des rivaux vaincus ni du conte d'amour écrit en rouge sur la neige. Une fois seulement, le vieux loup dut s'arrêter pour lécher le sang qui coulait de ses blessures non fermées. Ses lèvres se convulsèrent en un vague grondement et le poil de son cou eut un hérissement involontaire. Il se baissa vers la neige encore rougie, comme s'il allait prendre son élan, et en mordit la surface dans un spasme brusque de ses mâchoires. Au bout d'un moment, il ne pensa plus à rien derechef et courut vers la louve qui se sauva, en le conviant à sa suite au plaisir de la chasse à travers bois.

Comme de bons amis qui ont fini par se comprendre, ils coururent dès lors toujours côte à côte, chassant, tuant et mangeant en commun.

Ainsi passaient les jours, quand la louve commença à se montrer inquiète. Avec obstination, elle semblait chercher une chose qu'elle ne trouvait pas.

Les couverts que forment, en dessous d'eux, les amas d'arbres tombés, étaient pour elle pleins d'attrait. Pénétrant dans les larges crevasses qui s'ouvrent dans la neige à l'abri des rocs surplombants, elle y reniflait longuement. Un-OEil paraissait complètement détaché de ces recherches, mais il n'en suivait pas moins, avec bonne humeur et fidélité, tous les pas de la louve. Lorsque celle-ci s'attardait un peu trop dans ses investigations, ou si le passage était trop étroit pour deux, il se couchait sur le sol et attendait placidement son retour.

Sans se fixer de préférence en aucun lieu, ils pérégrinèrent à travers diverses contrées. Puis, revenant vers le Mackenzie, ils suivirent le fleuve, s'en écartant seulement pour remonter à la piste de quelque gibier, un de ses petits affluents.

Ils tombaient parfois sur d'autres loups qui, comme eux, marchaient ordinairement par couples. Mais il n'y avait plus, de part et d'autre, de signes mutuels d'amitié, de plaisir à se retrouver, ni de désir de se reformer en troupe. Quelquefois ils rencontraient des loups solitaires. Ceux-ci étaient toujours des mâles et ils faisaient mine, avec insistance, de vouloir se joindre à la louve et à son compagnon. Mais tous deux, épaule contre épaule, le crin hérissé et les dents mauvaises, accueillaient de telle sorte ces avances que le prétendant intempestif tournait bientôt le dos et s'en allait reprendre sa course isolée.

Ils couraient dans les forêts paisibles, par une belle nuit de clair de lune, quand Un-OEil s'arrêta soudain. Il dressa son museau, agita la queue, leva une patte à la manière d'un chien en arrêt, et ses narines se dilatèrent pour humer l'air. Les effluves qui lui parvinrent ne semblèrent pas le satisfaire et il se mit à respirer l'air de plus belle, tâchant de comprendre l'impalpable message que lui apportait le vent. Un reniflement léger avait suffi à renseigner la louve et elle trotta de l'avant afin de rassurer son compagnon. Il la suivit, mal tranquillisé, et à tout moment il ne pouvait s'empêcher de s'arrêter pour interroger du nez l'atmosphère.

Ils arrivèrent à une vaste clairière ouverte parmi la forêt. Rampant avec prudence, la louve s'avança jusqu'au bord de l'espace libre. Le vieux loup la rejoignit après quelque hésitation, tous ses sens en alerte, chaque poil de son corps s'irradiant de défiance et de suspicion. Tous deux demeurèrent un instant côte à côte, veillant et reniflant.

Un bruit de chiens qui se querellaient et se battaient arrivait jusqu'à leurs oreilles, ainsi que des cris d'hommes au son guttural et des voix plus aiguës de femmes acariâtres et quinteuses. Ils perçurent aussi le cri strident et plaintif d'un enfant. Sauf les masses énormes que formaient les peaux des tentes, ils ne pouvaient guère distinguer que la flamme d'un feu devant laquelle des corps allaient et venaient, et la fumée qui montait doucement du feu dans l'air tranquille. Mais les mille relents d'un camp d'Indiens venaient maintenant aux narines des deux bêtes. Et ces relents contaient des tas de choses que le vieux loup ne pouvait pas comprendre, mais qui étaient beaucoup moins inconnues de la louve.

Elle était étrangement agitée, et reniflait, reniflait, avec un délice croissant. Un-OEil, au contraire, demeurait soupçonneux et ne cachait pas son ennui. Il trahissait à chaque instant son désir de s'en aller. Alors la louve se tournait vers lui, lui touchait le nez avec son nez pour le rassurer ; puis elle regardait à nouveau vers le camp. Son expression marquait une envie impérieuse qui n'était pas celle de la faim. Elle tressaillait d'une force intérieure qui la poussait à s'avancer plus avant, à s'approcher de ce feu, à s'aller coucher près de sa flamme en compagnie des chiens, et à se mêler aux jambes des hommes.

Ce fut Un-OEil qui l'emporta. Il s'agita tant et si bien que son inquiétude se communiqua à la louve. La mémoire aussi revint à celle-ci de cette autre chose qu'elle cherchait si obstinément, et qu'il y avait pour elle nécessité de trouver. Elle fit volte-face et trotta en arrière dans la forêt, au grand soulagement du vieux loup qui la précédait et qui ne fut rassuré qu'une fois le camp perdu de vue.

Comme ils glissaient côte à côte et sans bruit, ainsi que des ombres au clair de lune, ils rencontrèrent un sentier. Leurs deux nez s'abaissèrent car des traces de pas y étaient marquées dans la neige. Les traces étaient fraîches. Suivi de la louve, Un-OEil courut en avant avec toutes les précautions nécessaires. Les coussinets naturels qu'ils avaient sous les pattes s'imprimaient sur la neige, silencieux et moelleux comme un capiton de velours.

Le loup découvrit une petite tache blanche qui, légèrement, se mouvait sur la neige. Il accéléra son allure déjà rapide. Devant lui bondissait la petite tache blanche.

Le sentier où il courait était étroit et bordé de chaque côté par des taillis de jeunes sapins. Il rattrapa la petite tache blanche et, bond par bond, l'atteignit. Il était déjà dessus. Un bond de plus et ses dents s'y enfonçaient. Mais, à cet instant précis, la petite tache blanche s'éleva en l'air droit au-dessus de sa tête, et il reconnut un lièvre blanc qui, pendu dans le vide à un jeune sapin, bondissait, sautait, cabriolait en une danse fantastique.

À ce spectacle, Un-OEil eut un recul effrayé. Puis il s'aplatit sur la neige, en grondant des menaces à l'adresse de cet objet, dangereux peut-être et inexplicable. Mais étant arrivée, la louve passa avec dédain devant le vieux loup. S'étant ensuite tenue tranquille un moment, elle s'élança vers le lièvre qui dansait toujours en l'air. Elle sauta haut, mais pas assez pour atteindre la proie convoitée, et ses dents claquèrent les unes contre les autres avec un bruit métallique. Elle sauta une seconde fois, puis une troisième.

S'étant relevé, Un-OEil l'observait. Irrité de ces insuccès, il bondit lui-même dans un puissant élan. Ses dents se refermèrent sur le lièvre et il l'attira à terre avec lui. Mais, chose curieuse, le sapin n'avait point lâché le lièvre. Il s'était, à sa suite, courbé vers le sol et semblait menacer le vieux loup. Un-OEil desserra ses mâchoires et, abandonnant sa prise, sauta en arrière afin de se garer de l'étrange péril. Ses lèvres découvrirent ses crocs, son gosier se gonfla pour une invective, et chaque poil de son corps se hérissa, de rage et d'effroi. Simultanément le jeune sapin s'était redressé et le lièvre, à nouveau envolé, recommença à danser dans le vide.

En manière de reproche la louve, se fâchant, enfonça ses crocs dans l'épaule du vieux loup. De plus en plus épouvanté de l'engin inconnu, Un-OEil se rebiffa et recula plus encore, après avoir égratigné le nez de la louve. Alors, indignée de l'offense, elle se jeta sur son compagnon qui, en hâte, essaya de l'apaiser et de se faire pardonner sa faute. Elle ne voulut rien entendre et continua vertement à le corriger, jusqu'à ce que, renonçant à l'attendrir, il détournât la tête et, en signe de soumission, offrit de lui-même son épaule à ses morsures.

Durant ce temps, le lièvre continuait à danser en l'air au-dessus d'eux.

La louve s'assit dans la neige et le vieux loup, qui maintenant avait encore plus peur de sa compagne que du sapin mystérieux, se remit à sauter vers le lièvre. L'ayant ressaisi dans sa gueule, il vit l'arbre se courber comme précédemment vers la terre. Mais, en dépit de son effroi, il tint bon et ses dents ne lâchèrent point le lièvre. Le sapin ne lui fit aucun mal. Il voyait seulement, lorsqu'il remuait, l'arbre remuer aussi et osciller sur sa tête. Dès qu'il demeurait immobile, le sapin, à son tour, ne bougeait plus. Et il en conclut qu'il était plus prudent de se tenir tranquille. Le sang chaud du lièvre, cependant, lui coulait dans la gueule et il le trouvait savoureux.

Ce fut la louve qui vint le tirer de ses perplexités. Elle prit le lièvre entre ses mâchoires et, sans s'effarer du sapin qui oscillait et se balançait au-dessus d'elle, elle arracha sa tête à l'animal aux longues oreilles. À l'instar d'un ressort qui se détend, le sapin reprit sa position naturelle et verticale où il s'immobilisa, et le corps du lièvre resta sur le sol. Un-OEil et la louve dévorèrent alors à loisir le gibier que l'arbre mystérieux avait capturé pour eux.

Tout alentour étaient d'autres sentiers et chemins, où des lièvres pendaient en l'air. Le couple les inspecta tous. La louve acheva d'apprendre à son compagnon ce qu'étaient les pièges des hommes et la meilleure méthode à employer pour s'approprier ce qui s'y était pris.

5

La Tanière

Pendant deux jours encore, ils demeurèrent dans les parages du camp Indien, Un-OEil toujours craintif et apeuré, la louve comme fascinée au contraire par l'attirance du camp. Mais un matin, un coup de fusil ayant claqué soudain auprès d'eux et une balle étant venue s'aplatir contre le pied d'un arbre à quelques pouces de la tête du vieux loup, le couple détala de compagnie et mit vivement quelques milles entre sa sécurité et le danger.

Après avoir couru deux jours durant, ils s'arrêtèrent. La louve s'alourdissait et ralentissait son allure. Une fois, en chassant un lièvre, elle qui d'ordinaire l'eût joint facilement, dut abandonner la poursuite et se coucher sur le sol pour se reposer.

Un-OEil vint à elle et, de son nez, lui toucha gentiment le cou. En guise de remerciement, elle le mordit avec une telle férocité qu'il en culbuta en arrière et y demeura tout estomaqué, en une pose ridicule. Son caractère devenait de plus en plus mauvais, tandis que le vieux loup se faisait plus patient et plus plein de sollicitude. Et plus impérieux aussi devenait pour elle le besoin de trouver, sans tarder, la chose qu'elle cherchait.

Elle la découvrit enfin. C'était à quelque mille pieds au-dessus d'un petit cours d'eau qui se jetait dans le Mackenzie mais qui, à cette époque de l'année, était gelé dessus, gelé dessous, et ne formait, jusqu'à son lit de rocs, qu'un seul bloc de glace. Rivière blanche et morte de sa source à son embouchure.

Distancée sans cesse par son compagnon, la louve trottait à petits pas, quand elle parvint sur la haute falaise d'argile qui dominait le cours d'eau. L'usure des tempêtes, à l'époque du printemps, et la neige fondante avaient de part en part érodé la falaise et produit, à une certaine place, une étroite fissure. La louve s'arrêta, examina le terrain tout à l'entour avec soin puis zigzaguant de droite et de gauche, elle descendit jusqu'à la base de la falaise, là où sa masse abrupte émergeait de la ligne inférieure du paysage. Cela fait, elle remonta vers la fissure et s'y engagea.

Elle fut forcée de ramper sur une longueur de trois pieds, mais au-delà les parois s'élevaient et s'élargissaient de six pieds de diamètre. C'était sec et confortable. Elle inspecta minutieusement les lieux, tandis que le vieux loup, l'ayant rejointe, demeurait à l'entrée du couloir et attendait avec patience. Elle baissa le nez vers le sol et tourna en rond plusieurs fois sur elle-même. Puis elle rapprocha l'extrémité de ses quatre pattes et, détendant ses muscles, se laissa tomber par terre avec un soupir fatigué qui était presque un gémissement. Un-OEil, les oreilles pointées, l'observait maintenant avec intérêt et la louve pouvait voir, découpé sur la claire lumière, le panache de sa queue qui allait et venait joyeusement.

Dressant ses oreilles en fines pointes, elle aussi les mouvait en avant puis en arrière, tandis que sa gueule s'ouvrait béatement et que sa langue pendait avec abandon. Et cette manière d'être exprimait qu'elle était contente et satisfaite.

N'ayant point été invité à y pénétrer, le vieux loup continuait à se tenir à l'entrée de la caverne. Il se coucha sur le sol et, vainement, essaya de dormir. Tout d'abord, il avait faim. Puis son attention était attirée par le renouveau du monde au brillant soleil d'avril qui resplendissait sur la neige. S'il somnolait, il percevait vaguement des coulées d'eau murmurantes et, soulevant la tête, il se plaisait à les écouter. En cette belle fin de journée, le soleil s'inclinait sur l'horizon et toute la terre du Nord, enfin réveillée, semblait l'appeler. La nature renaissait. Partout passait dans l'air l'effluve du printemps. On sentait la vie croître sous la neige et la sève monter dans les arbres. Les bourgeons brisaient les prisons de l'hiver.

Un-OEil invita du regard sa compagne à venir le rejoindre. Mais elle ne manifestait aucun désir de se lever. Une demi-douzaine d'oiseaux-de-la-neige traversèrent le ciel devant lui. Il en éprouva un frémissement. L'instant était bon pour se mettre en chasse. De nouveau il regarda la louve qui n'en eut cure. Il se recoucha désappointé et essaya encore de dormir.

Un petit bourdonnement métallique frôla ses oreilles et vint s'arrêter à l'extrémité de son nez. Une fois, deux fois, il passa la patte sur son nez puis s'éveilla tout à fait. C'était un unique moustique, un moustique adulte, qui avait traversé l'hiver, engourdi au creux de quelque vieille souche, et qu'avait dégelé le soleil. Un-OEil ne put résister plus longtemps à l'appel de la nature, d'autant que sa faim allait croissant. Il rampa vers la louve et essaya de la décider à sortir. Elle refusa, en grondant vers lui.

Alors il partit seul dans la radieuse lumière, sur la neige molle, douce aux pas, mais qui entravait sa marche. Il traversa plus facilement le lit glacé du torrent où la neige, protégée des rayons du soleil par l'ombre des grands sapins qui le bordaient, était restée dure et cristalline. Puis, il retomba dans la neige fondante où il pataugea pendant plusieurs heures, et ne revint à la caverne qu'au milieu de la nuit, plus affamé qu'il ne l'était en partant. Il n'avait pu atteindre le gibier qu'il avait rencontré et, tandis qu'il s'enlisait, les lièvres légers, bottés de neige, s'étaient éclipsés prestement.

Il s'arrêta à l'orée du couloir d'entrée de la tanière, surpris d'entendre venir jusqu'à lui des sons faibles et singuliers qui, certainement, n'étaient pas émis par la louve. Ils lui semblaient suspects, quoiqu'il ne pût dire qu'ils lui étaient totalement inconnus.

Avec précaution, il avança en rampant sur le ventre. Mais, comme il débouchait dans la caverne, la louve lui signifia par un énergique grognement d'avoir à se tenir à distance. Il obéit, intéressé au suprême degré par les petits cris qu'il entendait, auxquels se mêlaient comme des ronflements et des gémissements étouffés.

S'étant roulé en boule, il dormit jusqu'au matin. Dans le clair-obscur de la tanière il aperçut alors, entre les pattes de la louve et pressés tout le long de son ventre, cinq petits paquets vivants, informes et débiles, vagissants, et dont les yeux étaient encore fermés à la lumière.

Quoique ce spectacle ne lui fût pas nouveau dans sa longue carrière, ce n'en était pas moins chaque fois, pour le vieux loup, un nouvel étonnement. La louve le regardait avec inquiétude et ne perdait de vue aucun de ses mouvements. Elle grondait sourdement à tout moment, haussant le ton dès qu'il faisait mine d'avancer. Bien que pareille aventure ne lui fût jamais advenue, son instinct, qui était fait de la mémoire commune de toutes les mères loups et de leur successive expérience, lui avait enseigné qu'il y avait des pères-loups qui se repaissaient de leur impuissante progéniture et dévoraient leurs nouveaux-nés. C'est pourquoi elle interdisait à Un-OEil d'examiner de trop près les louveteaux.

À l'instinct ancestral de la mère-loup en correspondait un autre chez le vieux loup, qui était commun à tous les pères loups. C'était qu'il devait incontinent, et sans se fâcher, tourner le dos à sa jeune famille et aller quérir là où il le fallait la chair nécessaire à sa propre subsistance et à celle de sa compagne.

Il trotta, trotta, jusqu'à cinq ou six milles de la tanière, sans rien rencontrer. Là, le torrent se divisait en plusieurs branches qui remontaient vers la montagne. Il tomba sur une trace fraîche, la flaira et, l'ayant trouvée tout à fait récente, il la suivit aussitôt, s'attendant à voir paraître d'un instant à l'autre l'animal qui l'avait laissée. Mais il observa bientôt que les pattes marquées étaient de beaucoup plus larges que les siennes et il estima qu'il ne tirerait rien de bon du conflit.

Un demi-mille plus loin, un bruit de dents qui rongeaient parvint à l'ouïe fine de ses oreilles. Il avança et découvrit un porc-épic debout contre un arbre et faisant sa mâchoire sur l'écorce. Un-OEil approcha avec prudence, mais sans grand espoir. Il connaissait ce genre d'animaux, quoiqu'il n'en eût pas encore rencontré de spécimens Si haut dans le Nord et jamais, au cours de sa vie, un porc-épic ne lui avait servi de nourriture. Cependant, il savait aussi que la chance et l'opportunité du moment jouent leur rôle dans l'existence. Personne ne peut dire exactement ce qui doit arriver, car avec les choses vivantes l'imprévu est de règle. Il continua donc à avancer.

Le porc-épic se mit rapidement en boule, faisant rayonner dans toutes les directions ses longues aiguilles, dures et aiguës, qui défiaient une quelconque attaque. Le vieux loup avait une fois, dans sa jeunesse, reniflé de trop près une boule semblable, en apparence inerte. Il en avait soudain reçu sur la face un coup de queue bien appliqué qui lui avait planté dans le nez un dard tellement bien enfoncé qu'il l'avait promené avec lui pendant des semaines.

Une inflammation douloureuse en était résultée et il n'avait été délivré que le jour où le dard était tombé de lui-même. Il se coucha sur le sol et attendit, confortablement étendu à proximité du porc-épic, mais hors de la portée de sa queue redoutable. Sans doute la bête finirait-elle par se dérouler et, saisissant l'instant propice, il lui lancerait un coup de griffe coupant dans le ventre tendre et désarmé.

6

Le Louveteau gris

Sa descendance de l'espèce loup était directe, mais il différait de ses frères et sœurs dont la fourrure trahissait déjà la teinte rouge qui était un héritage de leur mère. Lui, au contraire, tenait entièrement du père. Il était le seul louveteau gris de la portée et n'avait d'autre différence avec Un-OEil que de posséder ses deux yeux au lieu d'être borgne.

Avant que ses yeux se fussent ouverts, c'est par le toucher que le louveteau acquit la première notion des êtres et des choses. Il connut ainsi ses deux frères et ses deux sœurs. En tâtonnant, il commença à jouer avec eux sans les voir. Déjà aussi il apprenait à gronder et son petit gosier, qu'il faisait vibrer pour émettre des sons, semblait grincer lorsqu'il se mettait en colère.

Par le toucher, le goût et l'odorat, il connut sa mère, source de chaleur, de fluide nourriture et de tendresse. Il sentait surtout qu'elle avait une langue mignonne et caressante qu'elle passait sur son doux petit corps pour l'adoucir encore plus. Elle s'en servait pour le ramener sans cesse contre elle plus profondément et l'endormir.

Ainsi se passa en majeure partie le premier mois de la vie du louveteau. Puis ses yeux s'ouvrirent et il apprit à connaître plus nettement le monde qui l'entourait.

Ce monde était baigné d'obscurité, mais il l'ignorait, car il n'avait jamais vu d'autre monde. La lumière que ses yeux avaient perçue était infiniment faible, mais il ne savait pas qu'il y eût une autre lumière. Son monde était aussi très petit. Il avait pour limites les parois de la tanière. Le louveteau n'en éprouvait nulle oppression, puisque le vaste monde du dehors lui était inconnu.

Cependant, il avait rapidement découvert que l'une des parois de son univers, l'entrée de la caverne par où filtrait la lumière, différait des autres. Il avait fait cette découverte, encore inconscient de sa propre pensée, avant même que ses yeux se fussent ouverts et eussent regardé devant eux. La lumière avait frappé ses paupières closes, produisant, à travers leur rideau, de légères pulsations des nerfs optiques, où s'étaient allumés de petits éclairs de clarté d'une impression délicieuse. En une attraction irrésistible, chaque fibre de son être avait aspiré vers la lumière. Vers elle s'était tourné son corps, comme la substance chimique de la plante vire d'elle-même vers le soleil.

Dès lors, il avait mécaniquement rampé vers l'entrée de la caverne, et ses frères et sœurs avaient agi comme lui. Pas une fois ils ne s'étaient dirigés vers les sombres retraits des autres parois. Tous ces petits corps potelés, pareils à autant de petites plantes, rampaient aveuglément vers le jour qui était pour eux une nécessité de l'existence, et tendaient à s'y accrocher comme les vrilles de la vigne au tuteur qui la soutient. Plus tard, quand ils eurent un peu grandi et que leur conscience individuelle naquit en eux avec ses désirs et ses impulsions, l'attraction de la lumière ne fit que s'accroître. Sans trêve ils rampaient et s'étalaient vers elle, repoussés en arrière par leur mère. Ce fut à cette occasion que le louveteau gris connut d'autres attributs de sa mère que la langue douce et caressante. Dans son insistance à ramper vers la lumière, il apprit que la louve avait un nez dont elle lui administrait un coup bien appliqué, et, plus tard, une patte avec laquelle elle le renversait sur le dos et le roulait comme un tonnelet en lui donnant des tapes vives et bien calculées.

Il sut ainsi ce qu'étaient les coups, les risques qu'il courait volontairement d'en recevoir et comment, au contraire, il convenait d'agir pour les éviter. C'était le début de ses généralisations sur le monde. Aux actes automatiques succédait la connaissance des causes.

C'était un fier petit louveteau, carnivore comme ses frères et sœurs Ses ancêtres étaient des tueurs et des mangeurs de viande ; de viande seule vivaient son père et sa mère. Le lait même qu'il avait sucé à sa naissance n'était que de la chair directement transformée. Et maintenant, âgé d'un mois, ayant depuis une semaine ses yeux ouverts, il commençait lui-même à manger de la viande mâchée et à demi digérée par la louve, qui la dégorgeait ensuite dans la gueule des cinq louveteaux, en appoint du lait de ses mamelles.

Il était le plus vigoureux de la portée. Dans son gosier, le glapissement de sa voix était plus sonore que celui de ses frères et sœurs Le premier, il apprit le tour de rouler, d'un adroit coup de patte, un de ses petits compagnons. Le premier encore, attrapant l'un d'eux par l'oreille, il le renversa et le piétina en grondant sans desserrer ses mâchoires. Ce fut lui qui donna le plus de tracas à sa mère pour le retenir près d'elle, loin de l'entrée de la caverne.

Si l'attrait du jour le fascinait, il ignorait ce qu'était une porte et il ne voyait dans l'entrée de la caverne qu'un mur lumineux. Ce mur était le soleil de son univers, la chandelle dont il était le papillon. Et il s'acharnait obstinément dans cette direction, sans savoir qu'il y eût quelque chose au-delà.

Étrange était pour lui ce mur de lumière. Son père, qu'il avait appris à reconnaître pour un être semblable à sa mère, et qui apportait de la viande à manger, avait une manière toute particulière de marcher dans le mur, de s'y éloigner et d'y disparaître. Cela, le louveteau ne pouvait se l'expliquer. Il avait tenté de s'avancer dans les autres murs de la caverne, mais ceux-ci avaient heurté rudement l'extrémité délicate de son nez. Il avait renouvelé plusieurs fois l'expérience, puis s'était finalement tenu tranquille. Il acceptait le pouvoir que possédait son père de disparaître dans un mur comme une faculté qui lui était spéciale, de même que le lait et la viande à demi digérée étaient des particularités personnelles de sa mère.

En somme, il n'était pas donné au louveteau de penser à la façon des humains. Incertaine était la voie dans laquelle travaillait son cerveau. Mais, à son point de vue, ses conclusions n'en étaient pas moins nettes. Le pourquoi des choses ne l'inquiétait pas ; leur manière d'être l'intéressait seule. Il s'était cogné le nez contre les parois de la caverne, et cela lui avait suffi pour qu'il n'insistât pas. Ce qu'il était impuissant à faire, son père pouvait le faire. C'était une autre constatation qu'il ne cherchait point à s'expliquer. Le fait tenait lieu pour lui de raisonnement, le souci de la logique ne préoccupait pas autrement son esprit et celui des lois de la physique encore moins.

Comme la plupart des créatures du Wild, il ne tarda point à connaître la famine. Un temps arriva où non seulement la viande vint à manquer, mais où le lait se tarit dans la poitrine de sa mère.

Tout d'abord, les louveteaux poussèrent des cris plaintifs et des gémissements, mais la faim les fit bientôt tomber en léthargie. Plus de jeux ni de querelles, ni d'enfantines colères, ni d'exercices de grondements. Les pérégrinations vers le mur lumineux cessèrent aussi. Au lieu de cela, ils dormaient toujours tandis que la vie qui était en eux vacillait et mourait.

Un-OEil se désespérait. Il courait tout le jour et chassait au loin, mais inutilement, et revenait dormir quelques heures seulement dans la tanière d'où la joie avait fui.

Laissant là ses petits la louve, elle aussi, sortait à la recherche de la viande. Les premiers jours après la naissance des louveteaux, le vieux loup avait fait plusieurs voyages au camp des Indiens et raflé les lièvres pris dans les pièges. Mais avec la fonte générale des neiges et le dégel des cours d'eau, les Indiens s'étaient transportés plus loin et cette fructueuse ressource avait tari. Une demi-heure après, il était encore là. Il se releva, gronda contre la boule toujours immobile et reprit sa route en trottant. Trop souvent, dans le passé, il avait déjà vainement attendu des porcs-épics enroulés. Il était inutile de perdre son temps davantage. Le jour baissait et nul résultat ne récompensait sa chasse. Pour lui et la louve, il fallait trouver à manger.

Il rencontra enfin un ptarmigan. Comme il débouchait à pas de velours d'un taillis, il se trouva nez à nez avec l'oiseau qui était posé sur une souche d'arbre, à moins d'un pied de son museau. Tous deux s'aperçurent simultanément. L'oiseau tenta de s'envoler, mais il le renversa par terre d'un coup de patte, se jeta sur lui et le saisit entre ses dents.

Il y eut un instant de courte lutte, le ptarmigan se débattant dans la neige et faisant un nouvel et vain effort pour prendre son vol. Les dents du vieux loup s'enfoncèrent dans la chair délicate et il commença à manger sa victime. Puis il se souvint tout à coup et, revenant sur ses pas, reprit le chemin de la tanière en traînant le ptarmigan dans sa gueule.

Tandis que, selon sa coutume, il trottait silencieux, glissant comme une ombre tout en observant le sol et les traces qui pouvaient s'y trouver marquées, il revit les larges empreintes qu'il avait déjà rencontrées. La piste suivant la même direction que lui, la continua, s'attendant à tout moment à découvrir l'animal qui avait imprimé ainsi son passage.

Comme il venait de tourner un des rochers qui bordaient le torrent qu'il avait rejoint, il aperçut le faiseur d'empreintes et, à cette vue, s'aplatit instantanément sur le sol. C'était une grosse femelle de lynx. Elle était couchée, comme lui le matin, en face de la même boule impénétrable et hérissée. D'ombre qu'il était, il devint l'ombre de cette ombre. Ratatiné sur lui-même et rampant, il se rapprocha en ayant soin de ne pas être sous le vent des deux bêtes immobiles et muettes. Puis, ayant déposé le ptarmigan à côté de lui, il s'allongea sur la neige et, à travers les branches d'un sapin dont l'épais réseau traînait jusqu'à terre, il considéra le drame de la vie qui était en train de se jouer devant lui. Le lynx et le porc-épic attendaient. Tous deux prétendaient vivre. Le droit à l'existence consistait pour l'un à manger l'autre ; il consistait pour l'autre à ne pas être mangé. Dans le drame, le vieux loup ajoutait son droit aux deux autres. Peut-être un caprice du sort allait-il le servir et lui donner sa part de viande.

Une demi-heure passa, puis une heure, et rien n'advenait. La boule épineuse aurait pu être aussi bien pétrifiée, tellement rien n'y tressaillait, et le lynx être un bloc de marbre inerte, et le vieux loup être mort. Et cependant, chez ces trois bêtes en apparence inertes, la tension vitale était arrivée à son paroxysme. Presque douloureuse, elle atteignit tout ce que leur être pouvait supporter.

Un-OEil esquissa un léger mouvement et observa avec un intérêt croissant. Quelque chose arrivait. Le porc-épic avait enfin jugé que son adversaire était parti. Précautionneux, avec des mouvements mesurés, il déroula son invincible armure et lentement, lentement, se détendit et s'allongea. Le vieux loup sentit sa gueule s'humecter involontairement de salive devant cette chair vivante qui s'étalait comme à plaisir devant lui.

Le porc-épic n'était pas encore entièrement déroulé quand il découvrit son ennemi. Au même instant, rapide comme la foudre, le lynx frappa. La patte aux griffes acérées, recourbées comme des crochets, atteignit le ventre douillet et, revenant en arrière, le déchira d'un brusque mouvement. Mais le porc-épic avait vu le lynx un millième de seconde avant le coup, et ce temps lui suffit pour implanter, d'un contrecoup de sa queue, une moisson de dards dans la patte qui se retirait. Au cri d'agonie de la victime répondit instantanément le hurlement de surprise et de douleur de l'énorme chat.

Un-OEil s'était dressé, pointant ses oreilles et balançant sa queue derrière lui. Le lynx, qui avait d'abord reculé, se rua d'un bond sauvage sur l'auteur de ses blessures. Piaulant et grognant, le porc-épic tentait en vain, pour sa défense, de replier en boule sa pauvre anatomie brisée. Il eut encore la force de détendre sa queue et d'en frapper le félin. Le lynx, dont le nez était devenu semblable à une pelote monstrueuse, éternua, rugit et, à l'aide de ses pattes, tenta de se débarrasser des dards féroces. Il traîna son nez dans la neige, le frotta contre des branches d'arbres et des buissons et, ce faisant, il sautait sur lui-même en avant, en arrière, de côté, se livrant à des culbutes d'acrobate, à des pirouettes de fou, en une frénésie de torture et d'épouvante.

Un-OEil continuait à observer. Non sans effroi, car sa fourrure s'en hérissa sur son dos, il vit le lynx cesser tout à coup ses culbutes et rebondir en l'air en un dernier saut plus haut que les autres. Puis, poussant une longue clameur éperdue et hurlant à chaque pas qu'elle faisait, la bête s'élança droit devant elle sur le sentier.

Ce fut seulement lorsque les cris se perdirent au loin que le vieux loup se risqua hors de sa cachette et s'avança vers le porc-épic. Il marcha soigneusement sur la neige, comme si elle eût été jonchée de dards prêts à percer la sensible plante de ses pieds. À son approche, le porc-épic poussa son cri de bataille et fit claquer ses longues dents. Il avait réussi à s'enrouler de nouveau, mais sans former comme auparavant une boule parfaite et compacte. Ses muscles étaient trop profondément atteints. À moitié déchiré, il saignait abondamment.

Un-OEil commença par enfourner dans sa gueule, à grosses bouchées, de la neige imprégnée de sang, la mâcha et, l'ayant trouvée bonne, l'avala. Ce lui fut un excitant de l'appétit et sa faim n'en fit qu'augmenter. Mais il était un trop vieux routier de la vie pour oublier sa prudence habituelle. Il attendit, tandis que le porc-épic continuait à grincer des dents et à jeter des cris variés, plaintes et grognements entrecoupés de piaillements aigus. Bientôt, un tremblement agita la bête agonisante et les aiguilles s'abaissèrent. Puis le tremblement cessa, les longues dents eurent un ultime claquement, toutes les aiguilles retombèrent et le corps, détendu, ne bougea plus.

D'un brusque coup de patte, Un-OEil retourna sur son dos le porc-épic. Rien ne se produisit. Il était certainement mort. Après avoir attentivement examiné comment il était conformé, le vieux loup le prit dans ses dents avec précaution et se mit en devoir de l'emmener, moitié traînant le corps, moitié le portant, et allongeant le cou pour tenir à distance de son propre corps la masse épineuse.

Puis il se souvint qu'il oubliait quelque chose et, posant par terre son fardeau, il trotta vers l'endroit où il avait laissé le ptarmigan. En ce qui concernait l'oiseau, son parti fut aussitôt pris. Il le mangea. Il s'en retourna ensuite et reprit le porc-épic.

Lorsqu'il arriva à la caverne avec le résultat de sa chasse du jour, la louve inspecta ce qu'il apportait et, se tournant vers lui, le lécha légèrement sur le cou. L'instant d'après, elle grogna encore, en guise d'avertissement qu'il eût à garder sa distance entre lui et ses louveteaux. Mais le grognement n'était plus si menaçant. Il était moins rauque et semblait vouloir se faire pardonner. La crainte instinctive éprouvée par la louve pour sa progéniture se dissipait peu à peu, car Un-OEil se conduisait comme un bon père-loup doit le faire et ne songeait point à manger ses enfants.

Lorsque ses parents lui rapportèrent de nouveau à manger, le louveteau gris revint à la vie et recommença à tourner son regard vers le mur de lumière. Mais le petit peuple qui l'entourait était bien réduit. Seule, une sœur lui restait. Le reliquat n'était plus.

Ayant repris ses forces, il vit que sa sœur ne pouvait plus jouer. Elle ne levait plus la tête ni ne faisait aucun mouvement. Tandis que son petit corps à lui s'arrondissait avec la nourriture retrouvée, ce secours était venu trop tard pour elle. Elle ne cessait point de dormir et n'était plus qu'un mince squelette entouré de peau, où la flamme baissait plus bas et plus bas, si bien qu'elle finit par s'éteindre.

Puis vint un autre temps où le louveteau gris ne vit plus son père paraître et disparaître dans le mur de lumière, et s'étendre le soir pour dormir à l'entrée de la caverne. L'événement arriva à la suite d'une seconde famine, moins dure cependant que la première. La louve n'ignorait point pourquoi le vieux loup ne reviendrait jamais. Mais il n'était pas pour elle de moyen qui lui permît de communiquer au louveteau ce qu'elle connaissait.

Comme elle chassait de son côté vers la branche droite du torrent, dans les parages où gîtait le lynx, elle avait rencontré une piste tracée par le vieux loup et vieille d'un jour. L'ayant suivie elle avait trouvé, à son extrémité, d'autres empreintes imprimées par le lynx, et les vestiges d'une bataille dans laquelle le félin avait eu la victoire. Avec quelques os, c'était tout ce qui subsistait de son compagnon.

Les traces du lynx, qui continuaient au-delà, lui avaient fait découvrir la tanière de l'ennemi. Mais ayant reconnu à divers indices que celui-ci y était revenu, elle n'avait pas osé s'y aventurer.

Et toujours, depuis, la louve évitait la branche droite du torrent, car elle savait que dans la tanière se trouvait une portée de petits et elle connaissait aussi le lynx pour son caractère intraitable, pour une féroce créature et pour un terrible combattant. Certes, c'était bien, pour une demi-douzaine de loups, de pourchasser un lynx et de le repousser au faîte d'un arbre, crachant et se hérissant. Un combat singulier était une tout autre affaire, surtout quand une mère-lynx avait derrière elle une jeune famille affamée à défendre et à nourrir. Un-OEil venait de l'apprendre à ses dépens.

Mais le Wild a ses lois et l'heure devait arriver où, pour le salut de son louveteau gris, la louve, poussée elle aussi par l'implacable instinct de la maternité, affronterait la tanière dans les rochers et la colère de la mère-lynx.

7

Le Mur du monde

Lorsque la louve avait commencé à aller chasser au dehors, elle avait dû laisser derrière elle le louveteau et l'abandonner à lui-même. Non seulement elle lui avait inculqué, à coups de nez et à coups de patte, l'interdiction de s'approcher de l'entrée de la caverne, mais une crainte spontanée était intervenue chez lui pour le détourner de sortir. Jamais, dans la courte vie qu'il avait vécue dans la tanière, il n'avait rien rencontré qui pût l'effrayer, et cependant la crainte était en lui. Elle lui venait d'un atavisme ancestral et lointain, à travers des milliers et des milliers de vies. C'était un héritage qu'il tenait directement de son père et de la louve, mais ceux-ci l'avaient à leur tour reçu par échelons successifs de toutes les générations de loups disparues avant eux. Crainte ! Legs du Wild, auquel nul animal ne peut se soustraire !

Bref, le louveteau gris connut la crainte avant de savoir de quelle étoffe elle était faite. Sans doute la mettait-il au nombre des inévitables restrictions de l'existence dont il avait eu déjà la notion. Son dur emprisonnement dans la caverne, la rude bousculade de sa mère quand il se risquait à vouloir sortir, la faim inapaisée de plusieurs famines, autant de choses qui lui avaient enseigné que tout n'est pas liberté dans le monde, qu'il y a pour la vie des limites et des contraintes. Obéir à cette loi, c'était échapper aux coups et travailler pour son bonheur. Sans raisonner comme l'eût fait un homme, il se contentait d'une classification simpliste, ce qui heurte et ce qui ne heurte pas, et, en conclusion, éviter ce qui est classé dans la première catégorie afin de pouvoir jouir de ce qui est classé dans la seconde.

Tant par soumission à sa mère que par cette crainte imprécise et innommée qui pesait sur lui, il se tenait donc éloigné de l'ouverture de la caverne, qui demeurait pour lui un blanc mur de lumière. Quand la louve était absente, il dormait la plupart du temps. Dans les intervalles de son sommeil, il restait très tranquille, réprimant les cris plaintifs qui lui gonflaient la gorge et contractaient son museau.

Une fois, comme il était couché tout éveillé, il entendit un son bizarre qui venait du mur blanc. C'était un glouton qui, tremblant de sa propre audace, se tenait sur le seuil de la caverne, reniflant avec précaution ce que celle-ci pouvait contenir. Le louveteau, ignorant du glouton, savait seulement que ce reniflement était étrange, qu'il était quelque chose de non classé et, par suite, un inconnu redoutable. Car l'inconnu est un des principaux éléments de la peur. Le poil se hérissa sur le dos du louveteau gris, mais il se hérissa en silence, tangible expression de son effroi. Pourtant, quoique au paroxysme de la terreur, le louveteau demeurait couché sans faire un mouvement ni aucun bruit, glacé, pétrifié dans son immobilité, mort en apparence. Sa mère, rentrant au logis, se mit à gronder en sentant la trace du glouton et bondit dans la caverne. Elle lécha son petit et le pétrit du nez, avec une véhémence inaccoutumée d'affection. Le louveteau comprit vaguement qu'il avait échappé à un grand danger.

D'autres forces contraires étaient aussi en gestation chez le louveteau, dont la principale était la poussée de croître et de vivre. L'instinct et la loi commandaient d'obéir. Croître et vivre lui inculquaient la désobéissance, car la vie c'est la recherche de la lumière, et nulle défense ne pouvait tenir contre ce flux qui montait en lui, avec chaque bouchée de viande qu'il avalait, chaque bouffée d'air qu'il aspirait. Si bien qu'à la fin crainte et obéissance se trouvèrent balayées, et le louveteau rampait vers l'ouverture de la caverne.

Différent des autres murs dont il avait fait l'expérience, le mur de lumière semblait reculer devant lui à mesure qu'il en approchait. Nulle surface dure ne froissait le tendre petit museau qu'il avançait prudemment. La substance du mur semblait perméable et bienveillante. Il entrait dedans, il se baignait dans ce qu'il avait cru de la matière.

Il en était tout confondu. À mesure qu'il rampait à travers ce qui lui avait paru une substance solide, la lumière devenait plus luisante. La crainte l'incitait à revenir en arrière, mais la poussée de vivre l'entraînait en avant. Soudain, il se trouva au débouché de la caverne. Le mur derrière lequel il s'imaginait captif avait sauté devant lui et reculé à l'infini. En même temps, l'éclat de la lumière se faisait cruel et l'éblouissait, tandis qu'il était comme ahuri par cette abrupte et effrayante extension de l'espace. Automatiquement, ses yeux s'ajustèrent à la clarté et mirent au point la vision des objets dans la distance accrue. Et non seulement le mur avait glissé devant ses yeux, mais son aspect s'était aussi modifié. C'était maintenant un mur tout bariolé, se composant des arbres qui bordaient le torrent, de la montagne opposée qui dominait les arbres et du ciel qui dominait la montagne.

Une nouvelle crainte s'abattit sur le louveteau, car tout ceci était, encore plus, du terrible inconnu. S'accroupissant sur le rebord de la caverne, il regarda le monde. Ses poils se dressèrent et, devant cette hostilité qu'il soupçonnait, ses lèvres contractées laissèrent échapper un grondement féroce et menaçant. De sa petitesse et de sa frayeur, il jetait son défi à l'immense univers.

Rien ne se passait d'anormal. Il continuait à regarder et, intéressé, il en oubliait de gronder. Il oublia aussi qu'il avait peur. Ce furent d'abord les objets les plus rapprochés de lui qu'il remarqua : une partie découverte du torrent qui étincelait au soleil ; un sapin desséché, encore debout, qui se dressait en bas de la pente du ravin, et cette pente elle-même, qui montait droit jusqu'à lui et s'arrêtait à deux pieds du rebord de la caverne où il était accroupi.

Jusqu'à maintenant, le louveteau avait toujours vécu sur un sol plat. N'en ayant jamais fait l'expérience il ignorait ce qu'était une chute. Ayant donc désiré s'avancer plus loin, il se mit hardiment à marcher. Ses pattes de devant se posèrent dans le vide, tandis que celles de derrière demeuraient en place. En sorte qu'il tomba la tête en bas. Le sol le heurta fortement au museau, lui tirant un gémissement. Puis il commença à rouler vers le bas de la pente en tournant sur lui-même. Une terreur folle s'empara de lui. L'Inconnu l'avait brutalement saisi et ne le lâchait plus ; sans doute allait-il le briser en quelque catastrophe effroyable. Du coup, la crainte avait mis la poussée vitale en déroute et le louveteau jappait comme un petit chien apeuré.

Mais la pente devenait peu à peu moins raide. La base en était couverte de gazon et le louveteau arriva finalement à un terre-plein ou il s'arrêta. Il jeta un dernier gémissement de terreur, puis un long cri d'appel. Après quoi, comme un acte des plus naturels et qu'il eût accompli maintes fois déjà dans sa vie, il procéda à sa toi-lette, se léchant avec soin pour se débarrasser de l'argile qui le souillait. Cette opération terminée, il s'assit sur son train de derrière et recommença à regarder autour de lui comme pourrait le faire le premier homme qui débarquerait sur la planète Mars.

Le louveteau avait brisé le mur du monde. L'Inconnu avait pour lui desserré son étreinte. Il était là, sans aucun mal. Mais le premier homme débarqué sur Mars se fût aventuré en ce monde nouveau moins tranquillement que ne le fit l'animal. Sans préjugé ni connaissance aucune de ce qui pouvait exister, le louveteau s'improvisait un parfait explorateur. Il était tout à la curiosité. Il examinait l'herbe qui le portait, les mousses et les plantes qui l'entouraient. Il inspectait le tronc mort du sapin qui s'élevait en bordure de la clairière. Un écureuil, qui courait autour du tronc bosselé, vint le heurter en plein, ce qui lui fut un renouveau de frayeur. Il se recula et gronda. Mais l'écureuil avait eu non moins peur que lui et escalada rapidement le faîte de l'arbre d'où il se mit à pousser des piaulements sauvages.

Le louveteau en reprit courage ct, en dépit d'un pivert qu'il rencontra et qui lui donna le frisson, il poursuivit son chemin avec confiance. Telle était cette confiance en lui qu'un oiseau-des-élans s'étant imprudemment abattu sur sa tête, il n'hésita pas à le vouloir chasser de la patte. Son geste lui valut un bon coup de bec sur le nez, et il en tomba sur son derrière en hurlant. Ses hurlements effarèrent à son tour l'oiseau-des-élans qui se sauva à tire-d'aile.

Le louveteau prenait de l'expérience. Tout embrumé, son jeune esprit se livrait à une inconsciente classification. Il y avait des choses vivantes et des choses non vivantes. Des premières il convenait de se garder. Les secondes demeuraient toujours à la même place, tandis que les autres allaient et venaient, et l'on ignorait ce que l'on en pouvait attendre. À cet inattendu il convenait d'être prêt.

Il cheminait avec maladresse. Une branche, dont il avait mal calculé la distance, lui heurtait l'œil, l'instant d'après on lui raclait les côtes. Le sol inégal le faisait choir en avant ou en arrière ; il se cognait la tête ou se tordait la patte. C'étaient ensuite les cailloux et les pierrailles qui basculaient sous lui quand il marchait dessus, et il en conclut que les choses non vivantes n'ont pas toutes la même fixité que les parois de sa caverne, puis encore que les menus objets sont moins stables que les gros. Mais chacune de ces mésaventures continuait son éducation. À chaque pas, il s'ajustait mieux au monde ambiant.

C'était la joie d'un début. Né pour être un chasseur de viande (*quoiqu'il l'ignorât*), il tomba à l'improviste sur de la viande dès son premier pas dans l'univers. Une chance imprévue, issue d'un pas de clerc de sa part, le mit en présence d'un nid de ptarmigans pourtant admirablement caché et le fit, à la lettre, choir dedans. Il s'était essayé à marcher sur un arbre déraciné dont le tronc était couché sur le sol. L'écorce pourrie céda sous ses pas. Avec un jappement angoissé, il culbuta sur le revers de l'arbre et brisa dans sa chute les branches feuillues d'un petit buisson au cœur duquel il se retrouva par terre, au beau milieu de sept petits poussins de ptarmigans. Ceux-ci se mirent à piailler et le louveteau, d'abord, en eut peur. Bientôt il se rendit compte de leur petitesse et il s'enhardit. Les poussins s'agitaient. Il posa sa patte sur l'un d'eux et les mouvements s'accentuèrent. Ce lui fut une satisfaction. Il flaira le poussin, puis le prit dans sa gueule ; l'oiseau se débattit et lui pinça la langue avec son bec. En même temps, le louveteau avait éprouvé la sensation de la faim. Ses mâchoires se rejoignirent. Les os fragiles craquèrent et du sang chaud coula dans son palais. Le goût en était bon. La viande était semblable à celle que lui apportait sa mère, mais était vivante entre ses dents et, par conséquent, meilleure. Il dévora donc le petit ptarmigan, et ainsi des autres, jusqu'à ce qu'il eût mangé toute la famille. Alors il se pourlécha les lèvres comme il avait vu faire à sa mère, puis il commença à ramper pour sortir du nid.

Un tourbillon emplumé vint à sa rencontre. C'était la mère-ptarmigan. Ahuri par cette avalanche, aveuglé par le battement des ailes irritées, il cacha sa tête entre ses pattes et hurla. Les coups allèrent croissant. L'oiseau était au paroxysme de la fureur. Si bien qu'à la fin la colère le prit aussi. Il se redressa, gronda, puis frappa des pattes et enfonça ses dents menues dans une des ailes de son adversaire, qu'il se mit à secouer avec vigueur. Le ptarmigan continua à lutter en le fouettant de son aile libre. C'était la première bataille du louveteau. Dans son exaltation, il oubliait tout de l'Inconnu. Tout sentiment de peur s'était évanoui. Il luttait pour sa défense contre une chose vivante qu'il déchirait et qui était aussi de la viande bonne à manger. Le bonheur de tuer était en lui. Après avoir détruit de petits êtres vivants, il voulait maintenant en détruire un grand. Il était trop affairé et trop heureux pour savoir qu'il était heureux. Frémissant, il s'enivrait de marcher dans une voie nouvelle où s'élargissait tout son passé.

Tout en grondant entre ses dents serrées, il tenait ferme l'aile de la mère-ptarmigan qui le traîna hors du buisson, puis essaya de l'y repousser afin de s'y mettre à l'abri, tandis qu'il la tirait à son tour vers l'espace libre. Les plumes volaient comme une neige. Au bout de quelques instants, l'oiseau parut cesser la lutte. Il le tenait encore par l'aile et tous deux, aplatis sur le sol, se regardèrent. Le ptarmigan le piqua du bec sur son museau endolori déjà dans les précédentes aventures. Il ferma les yeux sans lâcher prise. Les coups de bec redoublèrent sur le malheureux museau. Alors il tenta de reculer. Mais, oubliant qu'il tenait l'aile dans sa mâchoire, il emmenait à sa suite le ptarmigan et la pluie de coups tombait de plus en plus drue. Le flux belliqueux s'éteignit chez le louveteau qui, relâchant sa proie, tourna casaque et décampa, en une peu glorieuse retraite.

Pour se reposer, il se coucha non loin du buisson, la langue pendante, la poitrine haletante, son museau endolori lui arrachant de perpétuels gémissements.

Comme il gisait là, il éprouva soudain la sensation que quelque chose de terrible était suspendu dans l'air au-dessus de sa tête. Avec toutes ses terreurs l'Inconnu l'envahit et, instinctivement, il recula sous le couvert d'un buisson voisin. En même temps, un grand souffle l'éventait et un corps ailé passa rapidement près de lui, sinistre et silencieux. Un faucon, tombant des hauteurs bleues, l'avait manqué de bien peu.

Pantelant, mais remis de son émotion, le louveteau épia craintivement ce qui advenait. De l'autre côté de la clairière, la mère ptarmigan voletait au-dessus du nid ravagé. La douleur de cette perte l'empêchait de prendre garde au trait ailé du ciel. Le louveteau, et ce fut pour lui à l'avenir une leçon, vit la plongée du faucon qui passa comme un éclair, ses serres entrées dans le corps du ptarmigan, les soubresauts de la victime en un cri d'agonie, et l'oiseau vainqueur qui remontait dans le bleu, emportant avec lui sa proie.

Ce ne fut que longtemps après que le louveteau quitta son refuge. Il avait beaucoup appris. Les choses vivantes étaient de la viande et elles étaient bonnes à manger. Mais aussi les choses vivantes, quand elles étaient assez grosses, pouvaient donner des coups ; il valait mieux en manger de petites comme les poussins du ptarmigan, que de grosses comme la poule ptarmigan que le faucon avait cependant emportée. Peut-être y avait-il d'autres ptarmigans. Il voulut aller et voir.

Il arriva à la berge du torrent. Jamais, auparavant, il n'avait vu d'eau. Se promener sur cette eau paraissait bon, car on ne percevait à sa surface nulle irrégularité. Il avança pour y marcher et s'y enfonça, hurlant d'effroi, repris une fois encore par la tenaille de l'Inconnu. C'était froid et il étouffait. Il ouvrit la gueule pour respirer. L'eau se précipita dans ses poumons, au lieu de l'air qui avait coutume de répondre à l'acte respiratoire. La suffocation qu'il éprouvait était pour lui l'angoisse de la mort ; elle était, lui semblait-il, la mort même. Il n'avait pas une conscience exacte de celle-ci, mais, comme tout animal du Wild, il en possédait l'instinct. Cette épreuve lui parut le plus imprévu des chocs qu'il avait encore supportés, l'essence de l'Inconnu et la somme de ses terreurs, la suprême catastrophe qui dépassait son imagination et dont, ignorant tout, il redoutait tout.

Revenu cependant à la surface, il sentit l'air bienfaisant lui entrer dans la gueule. Sans se laisser couler à nouveau et tout à fait comme si cet acte eût été chez lui une vieille habitude, il fit aller et venir ses pattes et commença à nager. La berge qu'il avait quittée, et qui était la plus proche de lui, se trouvait à un mètre de distance. Mais remonté à la surface, le dos tourné à cette berge, ce fut la berge opposée qui frappa d'abord son regard et vers laquelle il nagea. Peu important en lui-même, le torrent s'élargissait à cet endroit en un bassin tranquille d'une centaine de pieds. Au milieu, le courant continuait sa course rapide et, le happant au passage, entraîna le louveteau. Maintenant nager ne servait plus à rien. L'eau calme, devenue soudain furieuse, le roulait avec elle, tantôt au fond du torrent, tantôt à la surface. Emporté, retourné sens dessus dessous, encore et encore lancé contre les rochers, il gémissait lamentablement à chaque heurt qui marquait sa course.

Plus bas et succédant au rapide, s'étendait un second bassin aussi paisible que le premier et où le louveteau, porté par le flot, fut finalement déposé sur le lit de gravier de la berge. Il s'y ébroua avec frénésie. Son éducation sur le monde s'était enrichie d'une leçon de plus. L'eau n'était pas vivante et cependant elle se mouvait. Elle paraissait aussi solide que la terre, mais elle n'était pas du tout solide. Conclusion : les choses ne sont pas toujours ce qu'elles semblent être ; il convient, en dépit de leur apparence, d'être à leur encontre en un perpétuel soupçon, de ne jamais s'y reposer avant d'en avoir vérifié la réalité.

La crainte de l'Inconnu, qui était chez lui une défiance héréditaire, se renforçait désormais de l'expérience acquise.

Une autre aventure l'attendait encore ce jour-là. Il avait remarqué que rien dans le monde ne valait sa mère, et il sentait grandir en lui le désir d'être auprès d'elle. Comme son corps, son petit cerveau était las. Il avait eu à supporter plus de luttes et de peines en ce seul jour qu'en tous ceux qu'il avait vécus jusqu'alors. De plus, il tombait de sommeil. Aussi se mit-il en route, en proie à une impression de solitude et de cruel abandon, afin de regagner la caverne et d'y retrouver sa mère.

Il rampait sous quelques broussailles, quand il entendit un cri aigu qui l'intimida fort. Rapide, une lueur jaunâtre passa en même temps devant ses yeux. Il regarda et aperçut une belette. C'était une petite chose vivante, dont il pensa qu'il n'y avait pas à avoir peur. Puis près de lui, presque entre ses pattes, se mouvait une autre chose vivante, celle-là extrêmement petite, longue seulement de quelques pouces : une jeune belette qui, comme lui-même, désobéissant à sa mère, s'en allait à l'aventure. À son aspect elle essaya de s'échapper, mais il la retourna d'un coup de patte. Elle fit entendre alors un cri bizarre et strident auquel répondit le cri aigu de tout à l'heure, et une seconde ne s'était pas écoulée que la lueur jaune reparaissait devant les yeux du louveteau. Il perçut simultanément un choc sur le côté du cou, et sentit les dents acérées de la mère-belette qui s'enfonçaient dans sa chair.

Tandis qu'il glapissait, geignait et se jetait en arrière, la mère-belette sauta sur sa progéniture et disparut avec elle dans l'épaisseur du fourré. Le louveteau sentait moins la douleur de sa blessure que l'étonnement de cette agression. Quoi ? Cette mère-belette était si petite et si féroce ? Il ignorait que, relativement à sa taille et à son poids, la belette était le plus vindicatif et le plus redoutable de tous les tueurs du Wild, mais il n'allait pas tarder à l'apprendre à ses dépens.

Il gémissait encore lorsque revint la mère-belette. Maintenant que sa progéniture était en sûreté, elle ne bondit pas sur lui. Elle approchait avec précaution, et le louveteau eut tout le temps d'observer son corps mince et long, onduleux comme celui du serpent dont elle avait également la tête ardente et dressée. Son cri aigu et agressif fit se hérisser les poils sur le dos du louveteau, tandis qu'il grondait, menaçant lui aussi. Elle approcha plus près, plus près encore. Puis il y eut un saut, si rapide que la vue inexercée du louveteau ne put le suivre, et le mince corps jaune disparut, durant un moment, du champ de son regard. Mais déjà la belette s'était attachée à sa gorge, ensevelissant ses dents dans le poil et dans la chair.

Il tenta d'abord de gronder et de combattre, mais il était trop jeune et c'était sa première sortie dans le monde. Son grondement se mua en plainte, son combat en efforts pour s'échapper. La belette ne détendait pas sa morsure. Suspendue à cette gorge, elle la fouillait des dents, pour y trouver la grosse veine où bouillonnait le sang de la vie, car c'était là surtout qu'elle aimait à le boire.

Le louveteau allait mourir et nous n'aurions pas eu à raconter son histoire si la mère-louve n'était accourue, bondissant à travers les broussailles. La belette, laissant le louveteau, s'élança à la gorge de la louve, la manqua, mais s'attacha à sa mâchoire. La louve, secouant la tête en coup de fouet, fit lâcher prise à la belette, la projeta violemment en l'air et, avant que le mince corps jaune fût retombé, elle le happa au passage. Ses crocs se refermèrent sur lui comme un étau dans lequel la belette connut la mort.

Ce fut, pour le louveteau, l'occasion d'un nouvel accès d'affection de sa mère. Elle le flairait, le caressait et léchait les blessures causées par les dents de la belette. Sa joie de le retrouver semblait même plus grande que sa joie à lui d'avoir été retrouvé. Mère et petit mangèrent la buveuse de sang, puis ils s'en revinrent à la caverne où ils s'endormirent.

8

La Loi de la viande

Le développement du louveteau fut rapide. Après deux jours de repos, il s'aventura à nouveau hors de la caverne. Il rencontra dans cette sortie la jeune belette dont il avait, avec la louve, mangé la mère. Il la tua et la mangea. Il ne se perdit pas cette fois et, par le même chemin, lorsqu'il se sentit fatigué, s'en revint à la tanière pour y dormir. Désormais, chaque jour le vit dehors à rôder et élargir le cercle de ses courses.

Il commença à mesurer plus exactement le rapport de sa force et de sa faiblesse ; il connut quand il convenait d'être hardi et quand il était utile d'être prudent. Il décida que la prudence devait être de règle générale sauf quand il était sûr du succès, auquel cas il pouvait s'abandonner à ses impulsions combatives.

Il devenait un vrai démon, et sa fureur s'éveillait dès qu'il avait le malheur de tomber sur un ptarmigan. S'il rencontrait un écureuil jacassant en l'air sur un sapin, il ne manquait pas de lui répondre à sa façon par une bordée d'injures. La vue d'un oiseau-des-élans poussait sa colère au paroxysme, car il n'avait jamais oublié le coup de bec qu'un de ces oiseaux lui avait appliqué sur le nez. Il se souvenait aussi du faucon et, dès qu'une ombre mouvante passait dans le ciel, il courait se blottir sous le plus proche buisson.

Mais une époque arriva où ces divers épouvantails cessèrent de l'effrayer. Ce fut quand il sentit que lui-même était pour eux un danger. Sans plus ramper et se traîner sur le sol, il prenait déjà l'allure oblique et furtive de sa mère, ce glissement rapide et déconcertant à peine perceptible, presque immatériel.

Les poussins du ptarmigan et la jeune belette avaient été ses premiers meurtres, la première satisfaction de son désir de chair vivante. Ce désir et l'instinct de tuer s'accrurent de jour en jour, et sa colère grandit contre l'écureuil dont le bavardage volubile prévenait de son approche toutes les autres bêtes. Mais de même que les oiseaux s'envolent dans l'air, les écureuils grimpent sur les arbres, et le louveteau ne pouvait rien contre eux que de tenter de les surprendre lorsqu'ils se posaient sur le sol.

Le louveteau éprouvait pour sa mère un respect considérable. Elle était savante à capturer la viande et jamais elle ne manquait de lui en apporter sa part. De plus, elle n'avait peur de rien. Il ne se rendait pas compte qu'elle avait plus appris et en connaissait plus que lui, d'où sa plus grande bravoure, et ne voyait que la puissance supérieure qui était en elle. Elle le forçait aussi à l'obéissance et, plus il prenait de l'âge, moins elle était patiente envers lui. Aux coups de nez et aux coups de pattes avaient succédé de cuisantes morsures. Et, pour cela encore, il la respectait.

Une troisième famine revint qui fut particulièrement dure, et le louveteau connut à nouveau, cette fois avec une conscience plus nette, l'aiguillon de la faim. La louve chassait sans discontinuer, quêtant partout un gibier qu'elle ne trouvait pas, et souvent ne rentrait même pas dormir dans la caverne.

En mortelle angoisse le louveteau chassait comme elle, et lui non plus ne trouvait rien. Mais cette détresse contribuait à développer son esprit et il grandit en science et en sagesse. Il observa de plus près les habitudes de l'écureuil et s'appliqua à courir sur lui plus prestement pour s'en saisir. Il étudia les mœurs des souris des bois et s'exerça à creuser le sol avec ses griffes, afin de les tirer de leurs trous. L'ombre même du faucon ne le fit plus fuir sous les taillis. Assis sur son derrière, en terrain découvert, il allait même, dans son désespoir jusqu'à provoquer l'oiseau redoutable qu'il voyait planer dans le ciel. Car il savait que là-haut, dans le bleu, c'était de la viande qui flottait, de cette viande que réclamaient si intensément ses entrailles. Mais le faucon dédaigneux refusait de venir livrer bataille au louveteau qui s'en allait en gémissant de désappointement et de faim.

Un jour, la famine se termina. La louve apporta de la chair au logis. Une chair singulière et différente de la chair coutumière. C'était un petit de lynx, de l'âge approximatif du louveteau mais un peu moins grand. Il était tout entier pour lui. La louve, il l'ignorait, avait déjà satisfait sa faim en dévorant tout le reste de la portée. Il ne savait pas non plus tout ce qu'il y avait de désespéré dans cet acte. La seule chose qui l'intéressait était la satisfaction de son estomac, et chaque bouchée du petit lynx qu'il avalait augmentait son contentement.

Un estomac plein incite au repos et le louveteau, étendu dans la caverne, s'endormit contre sa mère. Un grondement de la louve, tel qu'il n'en avait encore ouï de semblable, le réveilla en sursaut. Jamais peut-être, dans sa vie, elle n'en avait poussé d'aussi terrible. Car elle savait bien, elle, que l'on ne dépouille pas impunément une tanière de lynx. La mère-lynx arrivait. Le louveteau la vit, dans la pleine lumière de l'après-midi, accroupie à l'entrée de la caverne.

À cette vue, sa fourrure se souleva puis retomba le long de son échine. Point n'était ici besoin d'instinct ni de raisonnement. Commencé en sourd grognement, puis s'enflant tout à coup en un horrifique hurlement, le cri de rage de l'intruse disait clairement le danger. Pourtant, le louveteau sentit en lui bouillonner le prodige de la vie. Il se dressa sur son séant et se rangea aux côtés de sa mère en grondant vaillamment. Mais elle le rejeta loin d'elle, en arrière, avec mépris.

Le boyau d'entrée de la caverne étant trop bas et trop étroit, la mère-lynx ne pouvait bondir. Elle s'avança en rampant, prête à s'élancer dès qu'il lui serait loisible. Mais alors la louve s'abattit sur elle et la terrassa.

Le louveteau ne distinguait pas grand chose de la bataille. Les deux bêtes grondaient, crachaient, hurlaient et s'entredéchiraient. Le lynx combattait des griffes et des dents ; la louve n'usait que de ses dents. Le louveteau, profitant d'un moment propice, s'élança lui aussi et enfonça ses crocs dans une des pattes de derrière du lynx. Il s'y suspendit en grognant et, sans qu'il s'en rendît compte, il paralysa par son pied les mouvements de cette patte, apportant ainsi à sa mère une aide appréciable. Un virement du combat entre les deux adversaires le refoula et lui fit lâcher prise.

L'instant d'après, mère-louve et mère-lynx étaient séparées. Avant qu'elles se ruassent à nouveau l'une contre l'autre, le lynx frappa le louveteau d'un coup de sa large patte de devant, qui lui lacéra l'épaule jusqu'à l'os et l'envoya rouler contre le mur de la caverne. Ses cris aigus et ses hurlements plaintifs s'ajoutèrent au vacarme des rugissements.

Il avait cessé de gémir que la lutte durait encore. Il eut le temps d'être repris d'un second accès de bravoure et la bataille, en se terminant, le retrouva rageusement pendu à la patte de derrière du lynx.

Celui-ci avait succombé. Pour sa part, la louve était fort mal en point. Elle tenta de caresser le louveteau et de lécher son épaule blessée. Mais le sang qu'elle avait perdu avait à ce point épuisé ses forces qu'elle demeura tout un jour et toute une nuit étendue sur le corps de son ennemi, sans pouvoir faire un mouvement et respirant à peine. Pendant une semaine entière elle ne quitta point la tanière sauf pour aller boire, et sa marche était lente et pénible. Au bout de ce temps, le lynx était complètement dévoré et les blessures de la louve assez cicatrisées pour lui permettre de courir à nouveau le gibier. L'épaule du louveteau demeurait encore raide et endolorie et, durant quelque temps, il boita. Mais le monde, désormais, lui paraissait autre. Depuis la bataille avec le lynx, sa confiance en lui-même s'était accrue. Il avait mordu dans un ennemi en apparence plus puissant que lui et il avait survécu. Son allure en était devenue plus hardie. Quoique la terreur mystérieuse de l'Inconnu continuât à peser sur lui, toujours intangible et menaçante, beaucoup de sa timidité avait disparu.

Il commença à accompagner sa mère dans ses chasses et à y jouer sa partie. Il apprit à tuer férocement et à se nourrir de ce qu'il avait tué. Le monde vivant se partageait pour lui en deux catégories : dans la première, il y avait lui et sa mère ; dans la seconde, tous les autres êtres qui vivaient et se mouvaient. Ceux-ci se classaient à leur tour en deux espèces : ceux qui, comme lui-même et sa mère, tuaient et mangeaient ; ceux qui ne savaient pas tuer ou tuaient faiblement. De là surgissait la loi suprême. La viande vivait sur la viande, la vie sur la vie. Il y avait les mangeurs et les mangés. La loi était mange ou sois mangé.

Sans se la formuler, sans la raisonner ni même y penser, le louveteau vivait cette loi. Il avait mangé les petits du ptarmigan. Le faucon avait mangé la mère-ptarmigan, puis aurait voulu le manger lui aussi. Devenu plus fort, c'est lui qui avait souhaité manger le faucon. Il avait mangé le petit du lynx et la mère-lynx l'aurait mangé. À cette loi participaient tous les êtres vivants. La viande dont il se nourrissait, et qui lui était nécessaire pour exister, courait devant lui sur le sol, volait dans les airs, grimpait aux arbres ou se cachait dans la terre. Il fallait se battre avec elle pour la conquérir et, s'il tournait le dos, c'était elle qui courait après lui. Chasseurs et chassés, mangeurs et mangés, chaos de gloutonnerie sans merci et sans fin, ainsi le louveteau n'eût-il pas manqué de définir le monde, s'il eût été tant soit peu philosophe, à la manière des hommes.

Mais la vie et son élan avaient aussi leurs charmes. Développer et faire jouer ses muscles constituait pour le louveteau un plaisir sans fin. Courir sus après une proie était une source d'émotions et de frémissements délicieux. Rage et bataille donnaient de la joie. La terreur même et le mystère de l'Inconnu avaient leur attirance.

Puis toute peine portait en elle sa rémunération, dont la première était celle de l'estomac plein et d'un bon sommeil reposant aux chauds rayons du soleil. Aussi le louveteau ne querellait-il ni la vie qui trouve sa raison d'être dans le fait seul de son existence, ni l'hostilité ambiante du monde qui l'entourait. Il était plein de sève, très heureux et tout fier de lui-même.

9

Les Faiseurs de feu

Le louveteau tomba sur eux à l'improviste. Ce fut sa faute. Il avait manqué de prudence et marché sans voir. Encore lourd de sommeil (*il avait chassé toute la nuit et venait à peine de se réveiller*), il avait quitté la caverne et, en trottant, était descendu vers le torrent pour y boire. À vrai dire, le sentier lui était familier et jamais nul accident ne lui était arrivé.

Il avait dépassé le sapin renversé, traversé la clairière et courait parmi les arbres. Au même instant, il vit et flaira. Devant lui, assises par terre en silence, étaient cinq choses vivantes telles qu'il n'en avait jamais rencontrées de semblables. C'était sa première vision de l'humanité.

À son aspect, et cela le surprit, les cinq hommes ne bondirent pas sur leurs pieds, ne montrèrent pas leurs dents, ni ne grondèrent. Ils ne firent pas un mouvement, mais demeurèrent silencieux et fatidiques.

Le louveteau ne bougea pas davantage. Tout l'instinct de sa nature sauvage l'eût cependant poussé à fuir si un autre instinct ne s'était élevé en lui, impératif et soudain. Un étonnement inconnu s'emparait de son esprit. Il se sentait amoindri tout à coup par une notion nouvelle de sa petitesse et de sa débilité. Un pouvoir supérieur très loin, très haut au-dessus de lui, s'appesantissait sur son être et le maîtrisait.

Le louveteau n'avait jamais vu d'homme, et pourtant l'instinct de l'homme était en lui. Dans l'homme il reconnaissait obscurément l'animal qui avait combattu et vaincu tous les autres animaux du Wild. Ce n'étaient pas seulement ses yeux qui regardaient, mais ceux de tous ses ancêtres. Leurs prunelles avaient, durant des générations, encerclé dans l'ombre et la neige d'innombrables campements humains, épié de loin sur l'horizon, ou de plus près dans l'épaisseur des taillis, l'étrange bête à deux pattes qui était le seigneur et maître de toutes les choses vivantes.

Cet héritage moral et surnaturel, fait de crainte et de luttes accumulées pendant des siècles, étreignait le louveteau trop jeune encore pour s'en dégager. Loup adulte, il eût pris rapidement la fuite. Tel qu'il était, il se coucha paralysé d'effroi, acceptant déjà la soumission que sa race avait consentie le premier jour où un loup vint s'asseoir au feu de l'homme pour s'y chauffer.

Un des Indiens finit par se lever, marcha dans sa direction et s'arrêta au-dessus de lui. Le louveteau se colla davantage encore contre le sol. Concrétisé en chair et en sang, c'était l'Inconnu qui se penchait sur lui pour le saisir. Sa fourrure eut un hérissement inconscient, ses lèvres se rétractèrent et il découvrit ses petits crocs. Comme une condamnation, la main qui le surplombait hésita et l'homme dit en riant :

« Wabam wabisca ip pit tah ! (*Regardez les crocs blancs !*) »

Les autres Indiens se mirent à rire lourdement et excitèrent l'homme à saisir le louveteau. Tandis que la main s abaissait plus bas, plus bas, une violente lutte intérieure se livrait chez celui-ci entre les divers instincts qui le partageaient. Il ne savait s'il devait seulement gronder, ou combattre. Finalement, il gronda jusqu'au moment où la main le toucha, puis engagea la bataille. Ses dents brillèrent et mordirent. L'instant d'après il reçut, sur un des côtés de la tête, un coup qui le fit basculer. Alors tout instinct de lutte l'abandonna. Il se prit à gémir comme un enfant et l'instinct de la soumission l'emporta sur tous les autres. S'étant relevé, il s'assit sur son derrière en piaulant. Mais l'Indien qu'il avait mordu était en colère et le louveteau reçut un second coup sur l'autre côté de la tête. Il piaula encore plus fort.

Les quatre autres Indiens s'esclaffaient de plus en plus, si bien que leur camarade se mit à rire lui aussi. Ils entourèrent tous le louveteau et se moquèrent de lui tandis qu'il geignait de terreur et de peine.

Tout à coup, bête et Indiens dressèrent l'oreille. Le louveteau savait ce qu'annonçait le bruit qui se faisait entendre et, cessant de gémir, il jeta un long cri où il y avait plus de joie maintenant que d'effroi. Puis il se tut, et attendit l'arrivée de sa mère libératrice, indomptable et terrible, qui savait si bien combattre, tuait tout ce qui lui résistait et n'avait jamais peur.

Elle arrivait, courant et grondant. Elle avait perçu la plainte de son petit et se précipitait pour le secourir. Elle bondit au milieu du groupe, magnifique, transfigurée dans sa furieuse et inquiète maternité. Son irritation protectrice était un réconfort pour le louveteau qui sauta vers elle avec un petit cri joyeux, tandis que les animaux-hommes se reculaient en hâte de plusieurs pas. La louve s'arrêta près de son petit qui se pressait contre elle et fit face aux Indiens. Un sourd grondement sortit de son gosier. La menace contractait sa face et son nez, qui se plissait, se relevait presque jusqu'à ses yeux en une prodigieuse et mauvaise grimace de colère.

Il y eut alors un cri que lança l'un des hommes.

« Kiche ! » voilà ce qu'il cria avec une exclamation de surprise.

À cette voix, le louveteau sentit vaciller sa mère.

« Kiche ! » cria l'homme à nouveau, durement cette fois et d'un ton de commandement.

Et le louveteau vit alors sa mère, la louve impavide, se plier jusqu'à ce que son ventre touchât le sol, en geignant et en remuant la queue avec tous les signes coutumiers de soumission et de paix. Il n'y comprenait rien et était stupéfait. La terreur de l'homme le reprenait. Son instinct ne l'avait pas trompé et sa mère le subissait comme lui. Elle aussi rendait hommage à l'animal-homme.

L'Indien qui avait parlé vint vers elle. Il posa sa main sur sa tête et elle ne fit que s'en aplatir davantage. Elle ne grondait ni ne tentait de mordre. Les autres Indiens s'étaient pareillement rapprochés et, rangés autour de la louve, ils la palpaient et caressaient sans aviver chez elle la moindre velléité de résistance ou de révolte.

Les cinq hommes étaient fort excités et leurs bouches menaient grand bruit. Mais comme ce bruit n'avait rien de menaçant, le louveteau se décida à venir se coucher près de sa mère, se hérissant encore de temps à autre mais faisant de son mieux pour se soumettre.

— Ce qui se passe n'a rien de surprenant, dit un des Indiens. Le père de Kiche était un loup, mais sa mère était une chienne. Mon frère, à qui elle appartenait, l'avait laissée attachée dans les bois, trois nuits durant, au moment de la saison des amours. Alors c'est un loup qui la couvrit.

— Un an s'est écoulé, Castor-Gris, depuis que Kiche s'est échappée.

— Tu comptes bien, Langue-de-Saumon. C'était à l'époque de la famine que nous avons subie, alors que nous n'avions plus de viande à donner aux chiens.

— Elle a vécu avec les loups, dit un troisième Indien.

— Cela paraît juste, Trois-Aigles, répartit Castor-Gris en touchant de sa main le louveteau, et en voici la preuve.

Au contact de la main, le louveteau esquissa un grognement. La main se retira et lui administra une calotte. Sur quoi, il recouvrit ses crocs et s'accroupit avec soumission. La main revint alors et le frotta amicalement derrière les oreilles et tout le long de son dos.

– Ceci prouve cela, reprit Castor-Gris. Il est clair que sa mère est Kiche. Mais, une fois de plus, son père est un loup. C'est pourquoi il y a en lui peu du chien et beaucoup du loup. Ses crocs sont blancs, et Croc-Blanc doit être son nom. J'ai parlé. C'est mon chien. Kiche n'était-elle pas la chienne de mon frère ? Et mon frère n'est-il pas mort ?

Pendant un instant, les animaux-hommes continuèrent à faire du bruit avec leurs bouches. Durant ce colloque le louveteau, qui venait de recevoir un nom dans le monde, demeurait tranquille et attendait. Puis, prenant un couteau dans un petit sac qui pendait sur son estomac, Castor-Gris alla vers un buisson et y coupa un bâton. Croc-Blanc l'observait. Aux deux bouts du bâton, l'Indien fixa une lanière. Avec l'une, il attacha Kiche par le cou et, ayant conduit la louve près d'un petit sapin, y noua l'autre lanière.

Croc-Blanc suivit sa mère et se coucha près d'elle. Il vit Langue-de-Saumon avancer la main vers lui, et la peur le reprit. De son côté, Kiche regardait avec anxiété. Mais l'Indien, élargissant ses doigts et les recourbant, le roula sens dessus dessous et commença à lui frotter le ventre d'une manière délicieuse. Le louveteau, les quatre pattes en l'air, gauche et cocasse, se laissait tripoter sans essayer de résister. Comment d'ailleurs l'aurait-il pu dans la position où il se trouvait ? Si l'animal-homme avait l'intention de le maltraiter, il lui était livré sans défense et était incapable de fuir.

Il se résigna donc et se contenta de gronder doucement. C'était plus fort que lui. Mais Langue-de-Saumon n'eut point l'air de s'en apercevoir et ne lui donna aucun coup sur la tête. Il continua, au contraire, à le frictionner de haut en bas, et le louveteau sentit croître le plaisir qu'il en éprouvait. Lorsque la main caressante passa sur ses flancs, il cessa tout à fait de gronder. Puis, quand les doigts remontèrent à ses oreilles, les pressant moelleusement vers leur base, son bonheur ne connut plus de bornes. Quand enfin, après une dernière et savante friction, l'Indien le laissa tranquille et s'en alla, toute crainte s'était évanouie dans l'esprit du louveteau. Sans doute d'autres peurs l'attendaient dans l'avenir. Mais, de ce jour, confiance et camaraderie étaient établies avec l'homme dans la société duquel il allait vivre.

Au bout de quelque temps, Croc-Blanc entendit s'approcher des bruits insolites. Prompt à observer et à classer, il les reconnut aussitôt comme étant produits par l'animal-homme. Quelques instants plus tard, en effet, toute la tribu indienne surgissait du sentier. Il y avait beaucoup d'hommes, de femmes et d'enfants, quarante têtes au total, tous lourdement chargés de bagages du camp, de provisions de bouche et d'ustensiles.

Il y avait aussi beaucoup de chiens et ceux-ci, à l'exception des tout petits, n'étaient pas moins chargés que les gens. Des sacs étaient liés sur leur dos et chaque bête portait un poids de vingt à trente livres. Auparavant, Croc-Blanc n'avait jamais vu de chiens, mais cette première vision lui suffit pour comprendre que c'était là un animal appartenant à sa propre espèce, avec quelque chose de différent. Quant aux chiens, ce fut surtout la différence qu'ils sentirent en apercevant le louveteau et sa mère.

Il y eut une ruée effroyable. Croc-Blanc se hérissa, hurla et mordit au hasard dans le flot qui, gueules ouvertes, déferlait sur lui. Il tomba et roula sous les chiens, éprouvant la morsure cruelle de leurs dents, et lui-même mordant et déchirant pattes et ventres au-dessus de sa tête. Il entendait, dans la mêlée, les hurlements de Kiche qui combattait pour lui, les cris des animaux-hommes et le bruit de leurs gourdins dont ils frappaient les chiens qui gémissaient de douleur sous les coups.

Tout ceci fut seulement l'histoire de quelques secondes. Le louveteau, remis sur pied, vit les Indiens qui le défendaient repousser les chiens en arrière à l'aide de bâtons et de pierres, et le sauver de l'agression féroce de ses frères, qui pourtant n'étaient pas tout à fait ses frères. Et, quoiqu'il n'y eût point place en son cerveau pour la conception d'un sentiment aussi abstrait que celui de la justice, il sentit à sa façon la justice des animaux-hommes. Il connut qu'ils dictaient des lois et les imposaient.

Étrange était aussi la façon dont ils procédaient pour dicter leurs lois. Dissemblables de tous les animaux que le louveteau avait rencontrés jusque-là, ils ne mordaient ni ne griffaient. Ils imposaient leur force vivante par l'intermédiaire des choses mortes. Celles-ci leur servaient de morsures. Bâtons et pierres, dirigés par ces bizarres créatures, sautaient à travers les airs, à l'instar des choses vivantes, et s'en allaient frapper les chiens.

Il y avait là, pour son esprit, un pouvoir extraordinaire et inexplicable qui dépassait les bornes de la nature et était d'un dieu. Croc-Blanc, cela va de soi, ignorait tout de la divinité. Tout au plus pouvait-il soupçonner que des choses existaient au-delà de celles dont il avait la notion. Mais l'étonnement et la crainte qu'il ressentait en face des animaux-hommes était assez exactement comparable à l'étonnement et à la crainte qu'aurait éprouvés un homme se trouvant, sur le faîte de quelque montagne, devant un être divin qui tiendrait des foudres dans chaque main et les lancerait sur le monde terrifié.

Le dernier chien ayant été refoulé en arrière, le charivari prit fin. Le louveteau se mit à lécher ses meurtrissures. Puis il médita sur son premier contact avec la troupe cruelle de ses prétendus frères et sur son introduction parmi eux. Il n'avait jamais songé que l'espèce à laquelle il appartenait pût contenir d'autres spécimens que le vieux loup borgne, sa mère et lui-même. Dans sa pensée ils constituaient à eux trois une race à part. Et tout à coup il découvrait que beaucoup d'autres créatures s'apparentaient à sa propre espèce. Il lui parut obscurément injuste que le premier mouvement de ces frères de race eût été de bondir sur lui et de tenter de l'anéantir.

Il était non moins chagrin de voir sa mère attachée avec un bâton, même en pensant que c'était la sagesse supérieure des animaux-hommes qui l'avait voulu. Cela sentait l'esclavage. À l'esclavage il n'avait pas été habitué. La liberté de rôder, de courir, de se coucher par terre, là où il lui plaisait, avait été son lot jusqu'à ce jour, et maintenant il était captif. Les mouvements de sa mère étaient réduits à la longueur du bâton auquel elle était liée. Et à ce même bâton il était comme lié lui-même, car il n'avait pas encore eu l'idée qu'il pouvait se séparer de sa mère.

Il n'aima pas cette contrainte. Il n'aima pas non plus quand les animaux-hommes, s'étant levés, se remirent en marche. Un animal-homme, malingre d'aspect, prit dans sa main la lanière du bâton qui attachait Kiche et emmena la louve derrière lui. Derrière Kiche suivait Croc-Blanc, grandement perturbé et tourmenté par la nouvelle aventure qui s'abattait sur lui.

Le cortège descendit la vallée, continuant bien au-delà des plus longues courses du louveteau, jusqu'au point où le torrent se jetait dans le fleuve Mackenzie. À cet endroit, des pirogues étaient juchées en l'air sur des perches, et des claies s'étendaient, destinées à faire sécher le poisson.

On s'arrêta et on campa. La supériorité des animaux-hommes s'affirmait de plus en plus. Plus encore que leur domination sur les chiens aux dents aiguës, ce spectacle marquait leur puissance. Grâce au pouvoir qu'ils avaient d'imprimer du mouvement aux choses immobiles, il leur était loisible de changer la vraie face du monde.

La plantation et le dressage des perches destinées à monter le camp attira l'attention du louveteau. Cette opération était peu de chose, accomplie par les mêmes créatures qui lançaient à distance des bâtons et des pierres. Mais quand il vit les perches se réunir et se couvrir de toiles et de peau pour former des tentes, Croc-Blanc fut stupéfait. Ces tentes, d'une colossale et impressionnante grandeur, s'élevaient partout autour de lui, de tous côtés, grandissant à vue d'œil comme de monstrueuses formes de vie. Elles emplissaient le champ presque entier de sa vision et, menaçantes, le dominaient lui-même. Lorsque la brise les agitait en de grands mouvements, il se couchait sur le sol, effaré et craintif, sans toutefois les perdre des yeux, prêt à bondir et à fuir au loin s'il lui arrivait de les voir se précipiter sur sa tête.

Après un moment, son effroi des tentes prit fin. Il vit que femmes et enfants y pénétraient et en sortaient sans aucun mal, que les chiens aussi tentaient d'y entrer, mais en étaient chassés rudement de la voix ou au moyen de pierres volantes. Bientôt Croc-Blanc, quittant les côtés de Kiche, rampait à son tour avec précaution vers la tente la plus proche. Il était poussé par sa curiosité sans cesse en éveil, par le besoin d'apprendre et de connaître, par sa propre expérience. Les derniers pouces à franchir vers le mur de toile et de peau le furent avec un redoublement de prudence et une avance imperceptible. Les événements de la journée avaient préparé le louveteau au contact de l'Inconnu, à ses manifestations les plus merveilleuses et les plus inattendues. Enfin son nez toucha l'enveloppe de la tente. Il attendit ; rien n'arriva. Il flaira l'étrange matière saturée de l'odeur de l'homme et, prenant l'enveloppe dans ses dents, donna une petite secousse. Rien n'arriva encore, sinon qu'une partie de la tente se mit à remuer. Il secoua plus hardiment. Le mouvement s'accentua. Il était ravi. Il secoua toujours plus fort et récidiva jusqu'à ce que la tente entière fût en mouvement.

Alors le cri perçant d'un Indien se fit entendre et effraya le louveteau, qui revint en toute hâte vers sa mère. Mais jamais plus depuis il n'eut peur des énormes tentes.

Cette émotion passée, Croc-Blanc s'écarta à nouveau de Kiche qui, liée à un pieu, ne pouvait le suivre.

Il ne tarda pas à rencontrer un jeune chien, un peu plus grand et plus âgé que lui, qui venait à sa rencontre à pas comptés et dissimulait des intentions belliqueuses. Le nom du jeune chien, que le louveteau connut par la suite en l'entendant appeler, était Lip-Lip. Il était déjà redoutable et, par ses luttes avec les autres petits chiens, avait acquis l'expérience de la bataille.

Lip-Lip appartenait à la race des chiens-loups qui avait le plus de parenté avec Croc-Blanc ; il était jeune et semblait peu dangereux. Aussi le louveteau se préparait-il à le recevoir en ami. Mais, quand il vit que la marche de l'étranger se raidissait et que ses lèvres retroussées découvraient ses dents, il se raidit lui aussi et répondit en montrant sa mâchoire. Ils se mirent à tourner en rond l'un autour de l'autre, hérissés et grondant. Ce manège dura plusieurs minutes et Croc-Blanc commençait à s'en amuser comme d'un jeu quand tout à coup, avec une surprenante vivacité, Lip-Lip sauta sur lui, lui jeta une morsure rapide et sauta derechef en arrière.

La morsure avait atteint le louveteau à son épaule déjà blessée par le lynx et qui, dans le voisinage de l'os, était intérieurement demeurée douloureuse. La surprise et le coup lui arrachèrent un gémissement ; mais, l'instant d'après, en un bond de colère, il s'élança sur Lip-Lip et le mordit furieusement. Lip-Lip, nous l'avons dit, était déjà rompu au combat. Trois fois, quatre fois, une demi-douzaine de fois, ses petits crocs pointus s'acharnèrent sur Croc-Blanc qui, tout décontenancé, finit par lâcher pied et par se sauver, honteux et dolent, près de sa mère en lui demandant protection.

Ce fut sa première bataille avec Lip-Lip. Elle ne devait pas être la dernière car, de ce jour, ils se trouvèrent en quelque sorte ennemis-nés, étant chacun d'une nature en opposition perpétuelle avec celle de l'autre.

Kiche lécha doucement son petit et tenta de s'opposer à ce qu'il s'éloignât d'elle désormais. Mais la curiosité de Croc-Blanc allait toujours croissant. Oublieux de sa mésaventure, il se remit incontinent en route afin de poursuivre son enquête. Il tomba sur un des animaux hommes, sur Castor-Gris, qui était assis sur ses talons, occupé avec des morceaux de bois et des brins de mousse répandus devant lui sur le sol. Le louveteau s'approcha et regarda, Castor-Gris fit des bruits de bouche que Croc-Blanc interpréta non hostiles, et il vint encore plus près.

Femmes et enfants apportaient de nouveaux bouts de bois et d'autres branches à l'Indien. C'était évidemment là l'affaire du moment. Le louveteau s'approcha jusqu'à toucher le genou de Castor-Gris, oubliant, telle était sa curiosité, que celui-ci était un terrible animal-homme. Soudain il vit, entre les mains de Castor-Gris, comme un brouillard qui s'élevait des morceaux de bois et de la mousse. Puis une chose vivante apparut, qui brillait et qui tournoyait, et était de la même couleur que le soleil dans le ciel.

Croc-Blanc ne connaissait rien du feu. La lueur qui en jaillissait l'attira comme la lumière du jour l'avait, dans sa première enfance, conduit vers l'entrée de la caverne, et il rampa vers la flamme. Il entendit Castor-Gris éclater de rire au-dessus de sa tête. Le son du rire, non plus, n'était pas hostile. Alors il vint toucher la flamme avec son nez et, en même temps, sortit sa petite langue pour la lécher.

Pendant une seconde, il demeura paralysé. L'Inconnu, qui l'avait guetté parmi les bouts de bois et la mousse, l'avait férocement saisi par le nez. Puis il sauta en arrière avec une explosion de glapissements affolés « Ki-yis ! Kiyis ! Ki-yis ! »

En l'entendant, Kiche se mit à bondir au bout de son bâton, en grondant, furieuse parce qu'elle ne pouvait venir au secours du louveteau. Mais Castor-Gris riait à gorge déployée, tapant ses cuisses avec ses mains et contant l'histoire à tout le campement jusqu' ce que chacun éclatât, comme lui, d'un rire inextinguible. Quant à Croc-Blanc, assis sur son derrière, il criait de plus en plus éperdu « Kiyis ! Ki-yis ! » et seul, abandonné de tous, faisait au milieu des animaux-hommes une pitoyable petite figure.

C'était le pire mal qu'il ait encore connu. Son nez et sa langue avaient été tous deux mis à vif par la chose vivante, couleur de soleil, qui avait grandi entre les mains de Castor-Gris. Il cria, cria interminablement, et chaque explosion nouvelle de ses hurlements était accueillie par un redoublement d'éclats de rire des animaux-hommes. Il tenta d'adoucir avec sa langue la brûlure de son nez mais, se juxtaposant, les deux souffrances ne firent qu'en produire une plus grande, et il cria plus désespérément que jamais.

À la fin, la honte le prit. Il connut ce qu'était le rire et ce qu'il signifiait. Il ne nous est pas donné de nous expliquer comment certains animaux comprennent la nature du rire humain et connaissent que nous rions d'eux. Ce qui est certain, c'est que le louveteau eut la claire notion que les animaux-hommes se moquaient de lui et qu'il en eut honte.

Il se sauva, non par suite de la douleur que ses brûlures lui faisaient éprouver, mais parce qu'il fut vexé, dans son amour-propre, de se voir un objet de raillerie. Et il s'en fut vers Kiche, toujours furieuse au bout de son bâton comme une bête enragée, vers Kiche, la seule créature au monde qui ne riait pas de lui.

Le crépuscule tomba et la nuit vint. Croc-Blanc demeurait couché près de sa mère. Son nez et sa langue étaient endoloris. Mais un autre et plus grand sujet de trouble le tourmentait. Il regrettait la tanière où il était né, il aspirait à la quiétude enveloppante de la caverne, sur la falaise, au-dessus du torrent. La vie était devenue trop peuplée. Ici, il y avait trop d'animaux-hommes, hommes, femmes et enfants qui faisaient tous des bruits irritants, et il y avait des chiens toujours aboyant et mordant, qui éclataient en hurlements à tout propos et engendraient de la confusion.

La tranquille solitude de sa première existence était finie. Ici, l'air même palpitait de vie, en un incessant murmure et bourdonnement dont l'intensité variait brusquement d'un instant à l'autre, et dont les notes diverses lui portaient sur les nerfs et irritaient ses sens. Il en était crispé, inquiet et immensément las, avec la crainte perpétuelle de quelque imminente catastrophe.

Il regardait se mouvoir et aller et venir dans le camp les animaux-hommes. Il les regardait avec le respect distant que met l'homme entre lui et les dieux qu'il invente. Dans son obscure compréhension ils étaient, comme les dieux pour l'homme, de surprenantes créatures, des êtres de puissance disposant à leur gré de toutes les forces de l'Inconnu. Seigneurs et maîtres de tout ce qui vit et de tout ce qui ne vit pas, forçant à obéir tout ce qui se meut et imprimant le mouvement à ce qui ne se meut pas, ils faisaient jaillir de la mousse et du bois mort la flamme couleur de soleil, la flamme qui vivait et qui mordait.

Ils étaient des faiseurs de feu ! Ils étaient des dieux !

10

La Servitude

Chaque jour était pour Croc-Blanc l'occasion d'une expérience nouvelle. Tout le temps que Kiche resta attachée à son bâton, il courut seul par tout le camp, quêtant, furetant, s'instruisant. Il fut vite au courant des diverses habitudes des animaux-hommes. Mais la connaissance n'entraîne pas toujours l'admiration. Plus il se familiarisa avec eux, plus aussi il détesta leur supériorité et redouta leur pouvoir mystérieux qui, d'autant qu'il était plus grand, rendait plus menaçante leur divinité.

La déception est souvent donnée à l'homme de voir ses dieux renversés et piétinés sur leurs autels. Mais au loup et au chien sauvage venus s'accroupir aux pieds de l'homme, cette déconvenue n'arrive jamais. Tandis que nos dieux demeurent invisibles et surnaturels, les vapeurs et les brouillards de notre imagination nous masquant leur réalité, nous égarant comme des aveugles qui tâtonnent dans le royaume de la pensée en d'abstraites conceptions de toute puissance et de beauté suprêmes, le loup et le chien sauvage, assis à notre foyer, trouvent en face d'eux des dieux de chair et d'os, tangibles au toucher, tenant leur place dans le monde et vivant dans le temps comme dans l'espace pour accomplir leurs actes et leurs fins.

Aucun effort de foi n'est nécessaire pour croire un tel Dieu. Nul écart de la volonté ne peut induire à lui désobéir ni à le renier. Ce dieu-là se tient debout, immuable sur ses deux jambes de derrière, un gourdin à la main, immensément puissant, livré à toutes les passions, affectueux ou irrité selon le moment, pouvoir mystérieux enveloppé de chair, de chair qui saigne parfois à l'instar de celle des autres animaux, et qui est alors plus savoureuse qu'aucune autre à dévorer.

Croc-Blanc subit la loi commune. Les animaux-hommes furent pour lui dès l'abord, sans erreur possible, les dieux auxquels il était nécessaire de se soumettre. Comme Kiche, sa mère, avait, au premier appel de son nom, repris sa chaîne, il leur voua tout de suite obéissance. Il suivit leurs pas comme un esclavage fatal. Quand ils marchaient près de lui, il s'écartait pour leur faire place. Lorsqu'ils l'appelaient, il accourait. S'ils menaçaient, il se couchait à leurs pieds. Et s'ils lui commandaient de s'en aller, il s'éloignait précipitamment. Car derrière chacun de leurs désirs était le pouvoir immédiat d'en exiger l'exécution. Pouvoir qui s'exprimait lui-même en tapes de la main, coups de bâton, pierres volantes et cinglants coups de fouet.

Il appartenait aux animaux-hommes comme tous les chiens du campement leur appartenaient. Ses actions étaient à eux, son corps était à eux pour être battu et piétiné, et pour le supporter sans récrimination. Telle fut la leçon vite apprise par lui. Elle fut dure, étant donné ce qui s'était déjà développé, dans sa propre nature, de force personnelle et d'indépendance. Mais tandis qu'il prenait en haine cet état de choses nouveau, il apprenait en même temps, et sans le savoir, à l'aimer. C'était en effet le souci de sa destinée remis en d'autres mains, un refuge pour les responsabilités de l'existence. Et cela constituait une compensation, car il est toujours plus aisé d'appuyer sa vie sur une autre que de vivre seul.

Il n'arriva pas sans révoltes à s'abandonner ainsi corps et âme, à rejeter le sauvage héritage de sa race et le souvenir du Wild. Il y eut des jours où il rampait sur la lisière de la forêt et y demeurait immobile, écoutant des voix lointaines qui l'appelaient. Puis il s'en retournait vers Kiche, inquiet et malheureux, pour gémir doucement et pensivement près d'elle, pour lui lécher la face en semblant se plaindre et l'interroger.

Le louveteau avait rapidement appris tous les tenants et aboutissants de la vie du camp. Il connut l'injustice des gros chiens et leur gloutonnerie, quand la viande et le poisson étaient jetés, à l'heure des repas. Il vint à savoir que les hommes étaient d'ordinaire plus justes, les enfants plus cruels, les femmes plus douces et plus disposées à lui lancer un morceau de viande ou d'os. Après deux ou trois aventures fâcheuses avec les mères des tout petits chiens, il se rendit compte qu'il était de bonne politique de laisser celles-ci toujours tranquilles, de se tenir aussi loin d'elles que possible et, en les voyant venir, de les éviter.

Mais le fléau de sa vie était Lip-Lip. Plus âgé, plus grand et plus fort que lui, Lip-Lip avait choisi Croc-Blanc pour son souffre-douleur. Le louveteau se défendait avec vaillance, mais il n'était pas de taille pour être un adversaire dangereux.

Son ennemi lui était trop supérieur, et Lip-Lip devint pour lui un vrai cauchemar. Dès qu'il se risquait un peu loin de sa mère, il était sûr de voir apparaître le gredin, qui se mettait à le suivre en aboyant et en le menaçant, et qui attendait le moment opportun, c'est-à-dire qu'aucun animal-homme ne fût présent, pour s'élancer sur lui et le contraindre au combat. Lip-Lip l'emportait invariablement et s'en glorifiait de façon démesurée. Ces rencontres étaient le meilleur plaisir de sa vie et le perpétuel tourment de celle de Croc-Blanc.

Le louveteau, cependant, n'en fut pas abattu. Si dures que fussent pour lui toutes ces défaites, il ne se soumit pas. Mais la persécution sans fin qu'il subissait eut sur son caractère une influence néfaste. Croc-Blanc devint méchant et sournois. Ce qu'il y avait d'originellement sauvage dans sa nature s'aggrava. Ses poussées joyeuses d'enfant ingénu ne trouvèrent plus d'expression. Jamais il ne lui fut permis de jouer et gambader avec les autres petits chiens du camp. Dès qu'il arrivait auprès d'eux Lip-Lip, fonçant sur lui, le roulait et le faisait fuir terrifié ou, s'il voulait résister, engageait la bataille jusqu'à sa mise en déroute.

Croc-Blanc fut ainsi sevré de beaucoup des joies de son enfance, ce qui le rendit plus vieux que son âge. Il se replia sur lui-même et développa son esprit. Il devint rusé et, dans ses longs moments de farniente, médita sur les meilleurs moyens de duper et frauder. Empêché de prendre, à la distribution quotidienne, la part qui lui revenait de viande et de poisson, il se transforma en habile voleur. Contraint de s'approvisionner lui-même, il s'en acquittait si bien qu'il devint une calamité pour les femmes des Indiens. Il apprit à ramper dans le camp comme un serpent, à se montrer avisé, à connaître en toute occasion la meilleure façon de se conduire, à s'informer, par la vue ou l'ouïe, de tout ce qui pouvait l'intéresser afin de n'être point pris ensuite au dépourvu, et aussi à recourir à mille artifices pour éviter son implacable tyran.

Ce fut au plus fort de cette persécution qu'il joua son premier grand jeu et goûta, grâce aux ressources de son esprit, aux joies savoureuses de la revanche. Comme Kiche, quand elle était avec les loups, avait leurré les chiens pour les attirer hors du campement des hommes et les envoyer à la mort, ainsi le louveteau, par une manœuvre à peu près semblable, réussit à attirer Lip-Lip sous la mâchoire vengeresse de Kiche. Battant en retraite tout en combattant, Croc-Blanc entraîna son ennemi à sa suite ici, puis là, parmi les différentes tentes du camp. C'était un excellent coureur, plus rapide qu'aucun autre petit chien de sa taille et plus alerte que Lip-Lip. Sans donner toutefois toute sa vitesse, il se contenta de garder la distance nécessaire, celle d'un bond environ, entre lui et son poursuivant.

Lip-Lip, excité par la chasse et par l'approche imminente de la victoire, perdit toute prudence et oublia l'endroit où il se trouvait. Quand il s'en rendit compte, il était trop tard. Après avoir traversé à fond de train une dernière tente, il tomba en plein sur Kiche attachée à son bâton. Il jeta un cri de stupeur, mais déjà les crocs justiciers se refermaient sur lui. Quoique Kiche fût liée, il lui fut impossible de se dégager d'elle. Elle le mit sur le dos, les pattes en l'air, de manière à l'empêcher de fuir, tout en le déchirant et lacérant. Quand il parvint enfin à se rouler hors de sa portée, il se remit sur ses pieds en un affreux désordre, blessé à la fois dans son corps et dans sa pensée. Sa fourrure pendait autour de lui en touffes humides que les dents baveuses de la louve avaient tordues. Il demeura là où il s'était relevé et, ouvrant largement sa petite gueule, éclata en une longue et lamentable plainte de chien battu. Mais il n'eut pas le temps d'achever sa lamentation. Croc-Blanc, fondant sur lui, planta ses crocs dans son train de derrière. Il n'avait plus de force pour combattre et honteusement se sauva vers sa tente, talonné par son ancienne victime qui s'acharnait à ses trousses. Quand il eut rejoint son domicile, les femmes vinrent à son secours et le louveteau, transformé en démon, fut finalement chassé par elles en une fusillade de cailloux.

Le jour vint où Castor-Gris, décidant que Kiche était réhabituée à la vie des hommes, la délia. Croc-Blanc fut ravi que la liberté fût rendue à sa mère. Il l'accompagna joyeusement au milieu du camp et, voyant qu'il demeurait à ses côtés, Lip-Lip conserva entre eux une distance respectueuse. Le louveteau avait beau se hérisser à son approche et marcher en raidissant les pattes, Lip-Lip ignorait le défi. Quelle que fût sa soif de vengeance, il était trop sage pour accepter le combat dans de telles conditions et préférait attendre le jour où il se rencontrerait à nouveau en tête à tête avec Croc-Blanc.

Ce même jour, le louveteau et sa mère s'en vinrent rôder à la lisière de la forêt qui avoisinait le camp. Croc-Blanc y avait amené Kiche pas à pas, l'entraînant en avant quand elle hésitait. Le torrent, la caverne et la forêt tranquille l'appelaient, et il continua ses efforts pour qu'elle le suivît plus loin. Il courait quelques pas, puis s'arrêtait et regardait en arrière. Mais elle ne bougeait plus. Il gémit plaintivement et gronda en courant de droite et de gauche sous les taillis. Puis il revint vers elle, lui lécha le museau et se reprit à courir loin d'elle. Elle ne bougeait toujours pas. Alors il rebroussa chemin et la regarda avec une supplication ardente de ses yeux, qui tomba quand il vit Kiche détourner la tête et porter sa vue vers le camp.

La voix intérieure qui l'appelait là-bas, dans la vaste solitude, sa mère l'entendait comme lui. Mais un autre et plus fort appel sonnait aussi en elle, celui du feu et de l'homme, l'appel que, parmi tous les animaux, le loup a seul entendu, le loup et le chien sauvage, qui sont frères. Kiche, s'étant tournée, se mit à trotter lentement vers le camp. Plus solide que le lien matériel du bâton qui l'avait attachée était sur elle l'emprise de l'homme. Invisibles et mystérieux, les dieux la maintenaient en leur pouvoir et refusaient de la lâcher.

Croc-Blanc se coucha sous un bouleau et pleura doucement. L'odeur pénétrante des sapins, la senteur subtile des bois imprégnaient l'atmosphère et remémoraient au louveteau son ancienne vie de liberté, avant les jours de servitude. Mais plus que l'appel du Wild, plus que celui de l'homme, l'attirance de sa mère était puissante sur lui, car il était encore bien jeune. L'heure de son indépendance n'était pas arrivée. Il se releva désolé et trotta lui aussi vers le camp, faisant halte une fois ou deux pour s'asseoir par terre, gémir et écouter la voix qui chantait au fond de la forêt.

Le temps qu'il est donné à une mère de demeurer avec ses petits n'est pas bien long dans le Wild. Sous la domination de l'homme, il est souvent plus court encore. Ainsi en fut-il pour Croc-Blanc. Castor-Gris se trouvait être le débiteur de Trois-Aigles, qui était sur le point d'entreprendre une course du fleuve Mackenzie au Grand Lac de l'Esclave. Une bande de toile écarlate, une peau d'ours, vingt cartouches et Kiche remboursèrent sa dette.

Le louveteau vit sa mère emmenée à bord de la pirogue de Trois-Aigles et tenta d'aller vers elle. Un coup qu'il reçut de l'Indien le repoussa à terre. La pirogue s'éloigna. Il s'élança dans l'eau et nagea à sa suite, sourd aux cris d'appel de Castor-Gris. Dans la terreur où il était de perdre sa mère, il en avait oublié le pouvoir même d'un animal-homme et d'un dieu.

Mais les dieux sont accoutumés à être obéis et Castor-Gris, irrité, lança un autre canot à la poursuite de Croc-Blanc. Après l'avoir rejoint, il le saisit par la peau du cou et l'éleva hors de l'eau. Il ne le déposa pas d'abord dans la pirogue. Le tenant d'une main suspendu, il lui administra de l'autre une solide raclée. Oui, pour une raclée, c'en fut une. Lourde était la main, chaque coup visait à blesser, et les coups pleuvaient, innombrables.

Frappé tantôt d'un côté et tantôt d'un autre, Croc-Blanc oscillait en avant, en arrière, comme un balancier de pendule frénétique et désordonné. Les impressions qu'il éprouva furent diverses. À la première surprise succéda l'effroi, pendant un instant, au contact répété de la main qui le frappait. Mais la peur fit bientôt place à la colère. La libre nature du louveteau prit le dessus. Il montra les dents et osa gronder à la face du dieu courroucé. Le dieu s'en exaspéra davantage. Les coups redoublèrent, plus rudes et plus adroits à blesser.

Castor-Gris continuait à battre, Croc-Blanc à gronder. Mais cela ne pouvait pas toujours durer. Il fallait que l'un des deux eût le dernier mot. Ce fut Croc-Blanc qui céda. La peur le reprit. Pour la première fois, il connaissait véritablement la main de l'homme. Les coups de pierres ou de bâton qu'il avait eu déjà l'occasion de recevoir étaient des caresses comparés aux coups présents. Il se soumit et commença à pleurer et à gémir. Durant un moment, chaque coup tirait une plainte de son gosier. Puis son affolement grandit et ses cris se succédèrent sans interruption, leur rythme ne gardant plus aucun rapport avec celui de son châtiment.

À la fin, l'Indien arrêta la main qui frappait. Le louveteau pendait à son autre main, sans mouvement, et continuait à crier. Ceci parut satisfaire Castor-Gris qui jeta rudement Croc-Blanc au fond de la pirogue. La pirogue, durant ce temps, s'en était allée au fil de l'eau. Castor-Gris s'avança pour prendre la rame. Le louveteau était sur son passage. Il le frappa barbarement de son pied. La libre nature de Croc-Blanc eut une nouvelle révolte et il enfonça ses dents dans le pied de l'homme, à travers le mocassin qui le chaussait.

Le châtiment déjà reçu n'était rien comparé à celui qui allait suivre. La colère de Castor-Gris fut aussi terrible que fut grand l'effroi du louveteau. Non seulement la main, mais aussi la dure rame de bois furent mises en oeuvre contre lui, et tout son petit corps était brisé et rompu quand Castor-Gris le rejeta au fond de la pirogue. Et cette fois, de propos délibéré, il recommença à le frapper du pied.

Croc-Blanc ne renouvela pas son attaque. Il venait d'apprendre une autre leçon de son esclavage. Jamais, quelle que soit la circonstance, on ne doit mordre le dieu qui est votre seigneur et maître. Son corps est sacré et le toucher des dents est avec évidence l'offense impardonnable entre toutes, le crime entre les crimes.

Lorsque la pirogue eut rejoint le rivage le louveteau gisait gémissant et inerte, attendant la volonté de Castor-Gris. C'était la volonté de Castor-Gris qu'il vînt à terre, et à terre il fut lancé sans ménagement aucun pour ses meurtrissures. Il rampa en tremblant. Lip-Lip, qui était présent et avait du rivage assisté à toute l'affaire, se précipita sur lui en le voyant si faible et entra ses dents dans sa chair.

Croc-Blanc était hors d'état de se défendre et il lui serait arrivé malheur si Castor-Gris, enlevant Lip-Lip d'un solide coup de pied, ne l'avait lancé à distance respectable.

C'était la justice de l'animal-homme qui se manifestait et, même en l'état pitoyable où il se trouvait, le louveteau en éprouva un petit frisson de reconnaissance. Sur les talons de Castor-Gris et jusqu'à sa tente, il boita avec soumission à travers le camp. Ainsi avait-il appris que le droit au châtiment est une prérogative que les dieux se réservent à eux-mêmes et dénient à toute autre créature au-dessous d'eux.

Pendant la nuit qui succéda, tandis que chacun reposait dans le camp, Croc-Blanc se souvint de sa mère et souffrit en pensant à elle. Il souffrit de sa mère et souffrit en pensant à elle. Il souffrit un peu trop haut et réveilla Castor-Gris qui le battit. Par la suite, il pleura plus discrètement lorsque les dieux étaient à portée de l'entendre. Mais parfois, rôdant seul à l'orée de la forêt, il donnait libre cours à son chagrin et criait tout haut en gémissant et en appelant.

Durant la période de sa vie qui suivit, il aurait pu, grâce à la liberté dont il jouissait encore, céder au souvenir de la caverne et du torrent et s'en retourner dans le Wild. Mais la mémoire de sa mère était la plus forte. Comme les chasses des animaux-hommes les entraînaient loin du camp et les y ramenaient ensuite, peut-être aussi reviendrait-elle un jour. Et il demeurait en esclavage en soupirant après elle.

Esclavage qui n'était pas entièrement malheureux, car le louveteau continuait à s'intéresser à beaucoup de choses. Quelque événement imprévu surgissait toujours et les actions étranges auxquelles se livrent les animaux-hommes n'ont pas de fin. Il apprenait simultanément comment il convenait de se conduire avec Castor-Gris. Obéissance absolue et soumission en tout lui étaient demandées. En retour, il échappait aux coups et sa vie était tolérable.

De plus, Castor-Gris lui donnait parfois lui-même un morceau de viande et, tandis qu'il le mangeait, le défendait contre les autres chiens. Ce morceau de viande prenait, pour Croc-Blanc, une valeur beaucoup plus considérable qu'une douzaine d'autres reçus de la main des femmes. C'était bizarre, mais cela était.

Jamais Castor-Gris ne caressait. Et cependant (*était-ce l'effet du poids de sa main et celui de son pouvoir surnaturel, ou d'autres causes intervenaient-elles que le louveteau ne réussissait pas à se formuler ?*) il était indéniable qu'un certain lien d'attachement se formait entre Croc-Blanc et son rude seigneur.

Sournoisement, par des voies cachées aussi bien que par la force des pierres volantes, des coups de bâton et des claques de la main, les chaînes du louveteau rivaient autour de lui leur réseau. Les aptitudes inhérentes à son espèce, qui lui avaient dès l'abord rendu possible de s'acclimater au foyer de l'homme, étaient susceptibles de perfection. Elles se développèrent dans la vie du camp, au milieu des misères dont elle était faite, et lui devinrent secrètement chères avec le temps. Mais tout ce qui le préoccupait encore, pour le moment, était le chagrin d'avoir perdu Kiche, l'espoir qu'elle reviendrait et la soif de recouvrer un jour la libre existence qui avait été la sienne.

11

Le Paria

Lip-Lip continuait à assombrir les jours de Croc-Blanc. Celui-ci en devint plus méchant et plus féroce qu'il ne l'eût été de sa nature. Il acquit, parmi les animaux-hommes eux-mêmes, une réputation déplorable. S'il y avait quelque part dans le camp du trouble et des rumeurs, des cris et des batailles, ou si une femme se lamentait pour un morceau de viande qu'on lui avait volé, on était sûr de trouver Croc-Blanc mêlé à l'affaire. Les animaux-hommes ne s'inquiétèrent pas de rechercher les causes de sa conduite ; ils ne virent que les effets, et les effets étaient mauvais. Il était pour tous un perfide voleur, un mécréant qui ne songeait qu'à mal faire, un perturbateur endurci. Tandis qu'il les regardait d'un air narquois et toujours prêt à fuir sous une grêle éventuelle de cailloux, les femmes irritées ne cessaient de lui répéter qu'il était un loup, un indigne loup, destiné à faire une mauvaise fin.

Il se trouva de la sorte proscrit parmi la population du camp.

Tous les jeunes chiens suivaient envers lui la conduite de Lip-Lip et joignaient leurs persécutions à celles de son ennemi. Peut-être sentaient-ils obscurément la différence originelle qui le séparait d'eux, sa naissance dans la forêt sauvage, et cédaient-ils à cette inimitié instinctive que le chien domestique éprouve pour le loup. Quoi qu'il en soit, une fois qu'ils se furent déclarés contre

Croc-Blanc, ce fut désormais chose réglée et leurs sentiments ne se modifièrent plus.

Les uns après les autres ils connurent la morsure de ses dents, car il donnait plus qu'il ne recevait. En combat singulier, il était toujours vainqueur. Mais ses adversaires lui refusaient le plus qu'ils pouvaient ce genre de rencontre. Dès qu'il entrait en lutte avec l'un d'eux, c'était le signal pour tous les jeunes chiens d'accourir et de se jeter sur lui.

De la nécessité de tenir tête à cette coalition, Croc-Blanc tira des enseignements utiles. Il apprit comment il convenait de se conduire pour résister à une masse d'assaillants, tout en causant à un adversaire séparé le plus de dommages dans le plus bref délai. Rester debout sur ses pattes au milieu du flot ennemi était une question de vie ou de mort, et il se pénétra bien de cette idée. Il se fit souple comme un chat. Même de grands chiens pouvaient le heurter, par derrière ou de côté, de toute la force de leurs corps lourds. Soit qu'il fût projeté en l'air, soit qu'il se laissât glisser sur le sol, il se retrouvait toujours debout solidement ancré à notre mère la terre. Lorsque les chiens combattent ils ont coutume, pour annoncer la bataille, de gronder, de hérisser le poil de leur dos et de raidir leurs pattes. Croc-Blanc s'instruisit à supprimer ces préambules. Tout délai dans l'attaque signifiait pour lui l'arrivée de la meute entière. Aussi s'abstenait-il de donner aucun avertissement. Il fonçait droit sur l'ennemi sans lui laisser le temps de se mettre en garde, le mordait, déchirait et lacérait en un clin d'œil. Un chien avait ses épaules déchiquetées et ses oreilles mises en rubans avant de savoir même ce qui lui arrivait.

Ainsi surpris, le chien était en outre aisément renversé, et un chien renversé expose fatalement à son adversaire le dessous délicat de son cou, qui est le point vulnérable où se donne la mort. C'était une opération que des générations de loups chasseurs avaient enseignée à

Croc-Blanc. Comme il n'avait pas atteint le terme de sa croissance, ses crocs n'étaient pas encore assez longs ni assez forts pour lui permettre de réussir ce genre d'attaque par ses seuls moyens. Mais beaucoup de jeunes chiens étaient venus au camp avec un cou déjà entamé et à demi-ouvert. Si bien qu'un jour, s'attaquant à l'un de ses ennemis sur la lisière de la forêt, il le renversa les pattes en l'air, le traîna sur le sol et, lui coupant la grosse veine du cou, lui prit la vie.

Il y eut, ce soir-là, une grande rumeur dans le camp. Croc-Blanc avait été vu et son méfait fut rapporté au maître du chien mort. Les femmes se remémorèrent les diverses circonstances des viandes volées, et Castor-Gris fut assiégé par un concert de voix furieuses. Mais il défendit résolument l'entrée de sa tente où il avait mis Croc-Blanc à l'abri et refusa, envers et contre tous, le châtiment du coupable.

Croc-Blanc fut donc haï des chiens et haï des hommes. Durant tout le temps de sa croissance, il ne connut jamais un instant de sécurité. Menacé par la main des uns et par les crocs des autres, il n'était accueilli que par les grondements de ses congénères, par les malédictions et par les coups de pierre de ses dieux. Le regard scrutant l'horizon tout autour de lui, il était sans cesse aux aguets, alerte à l'attaque ou à la riposte, prêt à bondir en avant en faisant luire l'éclair de ses dents blanches, ou à sauter en arrière en grondant.

Et, quand il grondait, nul chien dans le camp, jeune ou vieux, ne pouvait rivaliser avec lui. Dans son grondement il incorporait tout ce qui peut s'exprimer de cruel, de méchant et d'horrible. Avec son nez serré par des contractions ininterrompues, ses poils qui se hérissaient en vagues successives, sa langue qu'il sortait et rentrait et qui était pareille à un rouge serpent, avec ses oreilles couchées, ses prunelles étincelantes de haine, ses lippes retournées et les crochets découverts de ses crocs, il apparaissait à ce point diabolique qu'il pouvait compter pour quelques instants sur un arrêt net de n'importe lequel de ses assaillants. Bien entendu, il savait tirer parti de cet arrêt. Aussi bien cette hésitation dans l'attaque se transformait elle souvent, même chez les gros chiens, épouvantés, en une honorable retraite.

Toute la troupe des jeunes chiens était tenue par lui responsable des persécutions isolées dont il était l'objet. Et, puisqu'ils ne l'avaient pas admis à courir en leur compagnie, Croc-Blanc, en retour, ne permettait pas à un seul d'entre eux de s'isoler de ses compagnons. Sauf Lip-Lip, ils étaient tous contraints de demeurer collés les uns aux autres afin de pouvoir, le cas échéant, se défendre mutuellement contre l'implacable ennemi qu'ils s'étaient fait. Un petit chien rencontré seul hors du camp par le louveteau était un petit chien mort ou, s'il échappait, c'était à grand-peine, poursuivi par Croc-Blanc jusqu'au milieu des tentes, en hurlant de terreur et en ameutant bêtes et gens.

Le louveteau finit même par attaquer les jeunes chiens, non pas seulement quand il les trouvait isolés, mais aussi quand il les rencontrait en troupe. Alors, dès que le bloc fonçait sur lui, il prenait prestement la fuite et distançait sans peine ses adversaires. Mais dès que l'un de ceux-ci, emporté par le feu de la chasse, dépassait les autres poursuivants, Croc-Blanc se retournait brusquement et lui réglait son affaire. Puis il détalait à nouveau. Le stratagème ne manquait jamais de réussir, car les jeunes chiens s'oubliaient sans cesse tandis que le louveteau demeurait toujours maître de lui.

Cette petite guerre n'avait ni fin ni trêve. Elle était devenue pour les jeunes chiens une sorte d'amusement, d'amusement mortel. Croc-Blanc, qui connaissait mieux qu'eux le Wild, se plaisait à les entraîner à travers les bois qui avoisinaient le camp. Là, ils ne tardaient pas à s'égarer et se livraient à lui par leurs cris et leurs appels tandis qu'il courait, silencieux, à pas de velours, comme une ombre mobile parmi les arbres, à la manière de son père et de sa mère.

Un autre de ses tours favoris consistait à faire perdre sa trace aux petits chiens, en traversant quelque cours d'eau. Parvenu sur l'autre rive, il s'étendait tranquillement sous un buisson et se divertissait en écoutant les cris de déception qui ne manquaient pas de s'élever.

Dans cette situation d'hostilité perpétuelle avec tous les êtres vivants, toujours attaqué ou attaquant et toujours indomptable, le développement spirituel de Croc-Blanc était rapide et unilatéral. L'état dans lequel il se trouvait n'était pas un sol favorable pour faire fleurir affection et bonté. C'était là sentiments dont le louveteau n'avait pas la moindre lueur. Le seul code qui lui avait été enseigné était d'obéir au fort et d'opprimer le faible. Castor-Gris était un dieu et un fort. Par conséquent, Croc-Blanc lui obéissait. Mais les chiens plus jeunes que lui ou moins vigoureux étaient des faibles, c'est-à-dire une chose bonne à détruire. Son éducation avait pour directive le culte du pouvoir. Il se fit plus vif dans ses mouvements que les autres chiens du camp, plus rapide à courir, plus alerte, avec des muscles et des nerfs de fer, plus rusé et plus intelligent. Il était nécessaire qu'il devînt tout cela, pour qu'il pût résister et survivre à l'ambiance ennemie qui l'enveloppait.

12

La Piste des dieux

A la chute de l'année, quand les jours furent devenus plus courts et que la morsure du froid eut reparu dans l'air, Croc-Blanc trouva l'occasion, qu'il avait si souvent cherchée, de reprendre sa liberté.

Depuis plusieurs jours, il y avait un grand brouhaha dans le camp. Les tentes avaient été démontées et la tribu, avec armes et bagages, s'apprêtait à aller chercher un autre terrain de chasse. Croc-Blanc surveillait avec des yeux ardents ce remue-ménage inaccoutumé et, lorsqu'il vit les tentes abattues et pliées, les pirogues amenées au rivage et chargées, il comprit de quoi il s'agissait.

Déjà un certain nombre de pirogues s'étaient éloignées du bord et quelques-unes avaient disparu au tournant du fleuve lorsque, très délibérément, le louveteau se résolut à demeurer en arrière. Il attendit un moment propice pour se glisser hors du camp et gagner les bois. Afin de dissimuler sa piste, il entra dans le fleuve où la glace commençait à se former puis, après en avoir pendant quelque temps suivi la rive en nageant, il se blottit dans un épais taillis et attendit.

Les heures passèrent et il les occupa à faire quelques sommes. Il dormait quand il fut réveillé soudain par la voix de Castor-Gris qui l'appelait par son nom. D'autres voix se joignirent à celle de son maître et il entendit que la femme de l'Indien prenait part à la recherche, ainsi que Mit-Sah, fils de Castor-Gris.

Croc-Blanc tremblait de peur. Mais, quoique une impulsion intérieure le poussât à sortir de sa cachette, il ne bougea point. Bientôt les voix moururent au loin et, après une nouvelle attente de plusieurs heures, le louveteau rampa hors du taillis afin de se réjouir librement du succès de son entreprise. Il se mit à jouer et à gambader autour des arbres. Cependant l'obscurité venait et voilà que, tout à coup, il eut conscience de sa solitude.

Il s'assit sur son derrière et se prit à réfléchir, écoutant le vaste silence de la forêt. Un trouble inconnu l'envahit. Il sentait le péril partout en embuscade autour de lui, un péril invisible et insoupçonné qui se cachait dans l'ombre noire des troncs d'arbres énormes.

Il faisait froid aussi, et il n'y avait plus ici les chauds recoins d'une tente où se réfugier. Le froid lui montait dans les pattes, et il s'efforçait de s'en garder en les levant successivement l'une après l'autre, ou bien il recourbait sur elles sa queue touffue pour les couvrir. Tout ensemble repassait dans sa mémoire une succession d'images qui s'y étaient imprimées. Il revoyait le camp, ses tentes et la lueur des feux. Il entendait les voix stridentes des femmes, les basses grondantes des hommes et les aboiements des chiens. Il avait faim et il se souvenait des morceaux de viande et de poisson qu'on lui jetait. Ici, pas de viande, rien que l'inexprimable et menaçant silence.

Son esclavage l'avait amolli. En perdant le sens des responsabilités, il s'était affaibli et ne savait plus comment se gouverner. Au lieu du bruissement de la vie coutumière, silence et nuit l'étreignaient. Il en était tout paralysé. Qu'allait-il advenir ?

Il frissonna. Quelque chose de colossal et de formidable venait de traverser le champ de sa vision. C'était l'ombre d'un arbre, projetée par la lune dont la face s'était dégagée des nuages qui la voilaient. Il se rassura et gémit doucement. Puis il tut son gémissement, de peur que celui-ci n'éveillât l'attention du péril embusqué autour de lui.

Contracté par le froid de la nuit, un autre arbre fit entendre un craquement violent. C'était directement au-dessus de sa tête. Il glapit de frayeur et une panique folle le saisit. De toutes ses forces il courut vers le camp. Un invincible besoin de la protection et de la société de l'homme s'emparait de lui. La senteur de la fumée des feux emplissait ses narines ; dans ses oreilles bourdonnaient les sons et les cris coutumiers. Il sortit enfin de la forêt, de son obscurité et de ses ombres, pour parvenir à un terrain découvert qu'inondait le clair de lune. Des yeux, il y chercha vainement le camp. Il avait oublié. Le camp était parti.

Il s'était brusquement arrêté de courir, car où aller maintenant ? Il erra, lamentable et abandonné, sur l'emplacement déserté où s'étaient élevées les tentes, flairant les tas de décombres et les détritus laissés par les dieux. Combien il se fût réjoui d'une volée de pierres lancées sur lui par une femme irritée, combien heureux eût il été de la lourde main de Castor-Gris s'abattant sur lui pour le frapper ! Même Lip-Lip eût été le bienvenu, et avec lui les grondements de la troupe entière des chiens.

Il arriva ainsi à la place de la tente de Castor-Gris et, au beau milieu du sol, il s'assit puis pointa son nez vers la lune. Parmi les spasmes qui lui contractaient le gosier, il ouvrit sa gueule béante et une clameur en jaillit qui venait de son cœur brisé, qui disait sa solitude et son effroi, son chagrin d'avoir perdu Kiche, toutes ses peines et toutes ses misères passées, et aussi son appréhension des dangers de demain. Ce fut pour la première fois le long et lugubre hurlement du loup, lancé par lui à pleine gorge.

L'aube du jour dissipa une partie de ses craintes, mais accrut le sentiment de sa solitude par le spectacle de la terre nue qui s'étendait autour de lui. Sa résolution fut bientôt arrêtée. Il s'enfonça à nouveau dans la forêt et, suivant la rive du fleuve, il entreprit d'en descendre le cours.

Il courut toute la journée sans prendre aucun repos. Son corps de fer ignorait la fatigue et semblait créé pour courir toujours. Une hérédité d'endurance rendait possible au louveteau un effort sans fin et lui permettait d'imposer à sa chair, même meurtrie, de marcher quand même en avant. Là où le fleuve se resserrait entre des falaises abruptes, il les contournait pour en atteindre le sommet. Il traversait à gué ou à la nage les affluents qu'il rencontrait, rivières et ruisseaux. Souvent il se risquait à suivre la glace qui commençait à se former en bordure de la rive.

Parfois il lui arrivait de passer à travers, et il lui fallait lutter contre le courant pour n'être point noyé. Sa pensée demeurait fixée sur la piste des dieux. Sa seule crainte était qu'ils n'eussent quitté le bord du fleuve pour s'enfoncer dans l'intérieur des terres.

Croc-Blanc était d'une intelligence au-dessus de la moyenne de celle de son espèce. Cependant sa conception mentale n'était pas assez formée pour se porter sur l'autre rive du Mackenzie. Que serait-il advenu si la piste des dieux s'était poursuivie de ce côté ?

Pas un moment cette idée ne pénétra le cerveau du louveteau. Plus tard, quand il eut voyagé davantage à travers le monde, quand il eut acquis plus d'âge et d'expérience et connu plus de pistes et de fleuves, il n'eût pas manqué de songer à cette éventualité et de s'en inquiéter. À cette heure il allait en aveugle, ne faisant entrer en ligne de compte dans ses calculs que la rive seule du Mackenzie sur laquelle il se trouvait.

Toute la nuit encore il courut, butant dans l'obscurité contre des obstacles qui le retardaient sans l'arrêter. Vers le milieu du second jour son corps, si dur qu'il fût, commença à fléchir ; sa volonté le soutenait seul. Il courait depuis trente heures et n'avait pas mangé depuis quarante, ce qui diminuait ses forces. Ses plongées répétées dans l'eau glacée avaient terni comme un vieux feutre sa magnifique fourrure. Les larges coussinets de ses pieds étaient meurtris et saignaient. Il s'était mis à boiter et sa boiterie augmentait d'heure en heure. Pour comble de malheur, le ciel s'obscurcit et la neige commença brutalement à tomber, à la fois cinglante et fondante, glissante sous les pieds et lui cachant la vue du paysage qu'il traversait. Sa marche en fut encore retardée.

Cette nuit-là, Castor-Gris avait décidé de camper sur la rive opposée du Mackenzie. Mais un peu avant la nuit, un élan, qui était venu boire dans le fleuve sur cette même rive que suivait Croc-Blanc, avait été aperçu par Kiou-Kouch, la femme de Castor-Gris. Si la bête n'était pas venue boire, si Mît-Sah n'avait pas gouverné en longeant la terre à cause de la neige, si Klou-Kouch n'avait pas vu l'animal et si Castor-Gris ne l'avait pas tué d'un heureux coup de fusil, les faits qui en résultèrent eussent pris un autre cours. Le louveteau, ne trouvant pas l'Indien, aurait passé outre et s'en serait allé plus loin soit pour mourir, soit pour retrouver sa voie vers ses frères sauvages et redevenir un des leurs, c'est-à-dire un loup, jusqu'au terme de ses jours.

La nuit était tout à fait tombée. La neige descendait plus épaisse et Croc-Blanc geignait à mi-voix, en trébuchant et boitant de plus en plus, lorsqu'il rencontra, sur le sol blanc, une piste fraîche. Elle était si fraîche que nul doute n'était possible sur son origine. Retrouvant toute son ardeur, il la suivit du bord du fleuve jusque parmi les arbres. Les bruits du campement ne tardèrent pas à frapper ses oreilles et bientôt il vit la lueur du feu, Klou-Kouch en train de faire la cuisine et Castor-Gris accroupi, qui mordait dans un gros morceau de suif cru. Il y avait de la viande fraîche dans le camp !

Le louveteau s'attendait à être battu. Il se tapit par terre à cette pensée et ses poils se hérissèrent légèrement, mais il avança quand même. Il craignait et détestait le châtiment qu'il savait lui être réservé, mais il savait aussi que le confort du feu l'attendait, et la protection des dieux, et la société des chiens, société d'ennemis sans doute, société cependant, qui était ce à quoi surtout il aspirait.

Il s'avança donc, contracté sur lui-même, faisant des courbettes et se traînant sur son ventre, jusqu'à la lumière du foyer.

Castor-Gris l'aperçut et s'arrêta de mâcher son suif. Croc-Blanc rampa droit vers lui, la tête basse, dans toute l'abjection de sa honte et de sa soumission. Chaque pouce de terrain que gagnait son ventre se faisait plus lent et plus pénible. Finalement, il se coucha aux pieds du maître en la possession duquel il s'abandonnait corps et âme. De sa propre volonté, il était venu s'asseoir, livrer sa liberté.

Le louveteau tremblait en attendant le châtiment qui allait immanquablement tomber sur lui. Il y eut, au-dessus de sa tête, un mouvement de la main de Castor-Gris. Il se courba d'un geste instinctif.

Le coup ne s'abattit pas. Alors il se risqua à lever son regard. Castor-Gris séparait en deux le morceau de suif ! Castor-Gris lui offrait un des deux morceaux ! Très doucement et non sans quelque défiance, il flaira d'abord le suif puis le mangea. Castor-Gris ordonna de lui apporter de la viande et, tandis qu'il mangeait, le garda contre les autres chiens.

Ainsi repu, Croc-Blanc s'étendit aux pieds de Castor-Gris, regardant avec amour le feu qui le réchauffait, clignant des yeux et tout somnolent, certain désormais que le lendemain ne le trouverait pas errant à l'abandon, à travers la noire forêt, mais dans la compagnie des animaux hommes, et côte à côte avec les dieux auxquels il s'était donné.

13

Le Pacte

À la fin de décembre, Castor-Gris entreprit un voyage sur la glace du fleuve Mackenzie, accompagné de Mit-Sah et de Klou-Kouch. Pour lui-même et pour sa femme, il prit la conduite d'un premier traîneau tiré par les gros chiens. Un second traîneau, plus petit, fut confié à Mit-Sah, et les jeunes chiens y furent attelés. Ce traîneau était un jouet plutôt qu'autre chose, et cependant il faisait les délices de Mit-Sah, qui commençait ainsi à jouer son rôle dans le monde et en était tout fier. À son tour, il apprenait à conduire les chiens et à les dresser. Le petit traîneau n'était pas d'ailleurs sans avoir son utilité, car il portait près de deux cents livres de bagages et de nourriture.

Le louveteau avait vu les chiens du camp travailler sous le harnais. Aussi ne fut-il point trop effarouché lorsqu'on l'attela pour la première fois. On lui passa autour du cou un collier rembourré de mousse et que deux lanières reliaient à une courroie qui se croisait sur sa poitrine et sur son dos. À cette courroie était attachée une longue corde qui servait à tirer le traîneau.

Six autres chiens composaient l'attelage avec lui. Ils étaient nés au début de l'année et, par conséquent, âgés de neuf à dix mois, tandis que le louveteau n'en comptait que huit. Chaque bête était reliée au traîneau par une corde indépendante fixée à un anneau. Il n'y avait pas deux cordes de la même dimension et la différence de longueur de chacune d'elles correspondait, au minimum, à la longueur du corps d'un chien. Le traîneau était un « toboggan » en écorce de bouleau et son avant se relevait, comme fait la pointe d'un sabot, afin de l'empêcher de plonger dans la neige. La charge était répartie également sur toute la surface du véhicule d'où les chiens rayonnaient en éventail.

La différence de longueur des cordes empêchait les chiens de se battre entre eux, car celui qui aurait voulu le faire ne pouvait s'en prendre utilement qu'au chien qui le suivait et, en se retournant vers lui, il s'exposait en même temps au fouet du conducteur qui n'eût point manqué de le cingler en pleine figure. S'il prétendait au contraire attaquer le chien qui le précédait, il tirait vivement le traîneau et, comme le chien poursuivi en faisait autant pour n'être point atteint, tout l'attelage, entraîné par l'exemple, accélérait son allure.

Mit-Sah était, comme son père, un homme sage. Il n'avait pas été sans remarquer les persécutions dont Croc-Blanc était victime de la part de Lip-Lip. Mais alors Lip-Lip avait un autre maître et Mit-Sah ne pouvait faire plus que de lui lancer quelques pierres. Ayant acquis maintenant Lip-Lip, il commença à assouvir sur lui sa vengeance en l'attachant au bout de la plus longue corde.

Lip-Lip en devint, du coup, le chef de la troupe. C'était en apparence un honneur. En réalité, loin de commander aux autres chiens, il devenait le but de leurs persécutions et de leur haine.

La troupe ne voyait de lui, en effet, que le large panache de sa queue et ses pattes de derrière qui détalaient sans répit, spectacle beaucoup moins intimidant que n'était auparavant celui de sa crinière hérissée et de ses crocs étincelants. En l'apercevant toujours dans cette posture, les chiens ne manquèrent pas, dans leur raisonnement, de conclure qu'il avait peur d'eux et qu'il les fuyait, ce qui leur donna immédiatement l'envie de lui courir sus.

Dès l'instant où le traîneau s'ébranla, tout l'attelage partit aux trousses de Lip-Lip en une chasse effrénée et qui dura le jour entier. Vexé dans sa dignité offensée, et plein de courroux, il avait été tenté d'abord de se retourner vers ses poursuivants. Mais chaque fois qu'il l'essayait, le fouet de caribou long de trente pieds que maniait Mit-Sah lui cinglait la figure, le contraignant à reprendre sa place et à repartir au triple galop. Lip-Lip aurait pu faire face à la troupe des chiens, mais il ne pouvait affronter ce fouet terrible qui ne lui laissait d'autre alternative que de garder sa corde tendue et ses flancs à l'abri des dents de ses compagnons.

Une ruse encore meilleure vint à l'esprit du jeune Indien. Afin d'activer cette poursuite sans fin du chef de file, Mit-Sah se mit à favoriser Lip-Lip aux dépens des autres chiens, ce qui aiguisait leur haine et leur jalousie. Il lui donnait de la viande en leur présence, et n'en donnait qu'à lui seul. Ils en devenaient fous furieux. Tandis que Lip-Lip mangeait protégé par le fouet de Mit-Sah, ils faisaient rage autour de lui. Même s'il n'y avait pas de viande, Mit-Sah tenait les chiens à distance et leur laissait croire qu'il en distribuait à Lip-Lip.

Quant à Croc-Blanc, il avait pris tranquillement son travail. La course qu'il avait couverte quand il était revenu s'abandonner aux dieux était plus grande que celles qu'on lui imposait maintenant et, mieux que les autres jeunes chiens, il avait conscience de l'inutilité de la révolte. Les persécutions qu'il avait supportées de la part des chiens n'avaient fait que le rejeter davantage vers l'homme. Kiche était oubliée, et sa principale préoccupation était désormais de se rendre favorables les dieux qu'il avait acceptés pour maîtres. Aussi trimait-il dur, se pliant à la discipline qu'on exigeait de lui, et toujours prêt à obéir. Bon vouloir et fidélité sont les caractéristiques du loup et du chien sauvage quand ils se sont domestiqués, et le louveteau possédait ces qualités au suprême degré.

Sauf pendant le travail, il ne frayait pas avec le reste de l'attelage. Il se souvenait des mauvais traitements anciens, quand Lip-Lip ameutait contre lui ses petits compagnons. C'était à cette heure au tour de Lip-Lip de ne plus oser s'aventurer loin de la protection des dieux et, dès qu'il s'écartait de Castor-Gris, de Mit-Sah ou de Klou-Kouch, tous les chiens lui tombaient dessus. À ce spectacle, Croc-Blanc savourait pleinement sa vengeance. Il n'avait pas davantage pardonné aux autres chiens qu'il prenait plaisir à rosser à toute occasion, appliquant dans son intégralité la loi : opprimer le faible et obéir au fort. Aucun d'eux, même le plus hardi, n'osait plus essayer de lui voler sa viande. Bien au contraire, ils dévoraient tous précipitamment leur propre repas, dans la crainte que le louveteau ne vînt le leur ravir. Lui, de son côté, mangeait sa part le plus rapidement qu'il pouvait, et malheur alors au chien qui n'avait pas encore terminé. Un grondement et un éclair des crocs, et ce chien était libre de confier son indignation aux impassibles étoiles tandis que Croc-Blanc finissait la viande à sa place.

Ainsi le louveteau se fit à lui-même un orgueilleux isolement. Les récalcitrants, s'il s'en trouvait, étaient férocement mis au pas. Aussi sévère que celle des dieux était la discipline imposée par Croc-Blanc à ses compagnons. Il exigeait d'eux le plus absolu respect, tenant pour crime l'esquisse même d'une résistance. Bref, il était devenu un monstrueux tyran. Et, tant que dura le voyage, sa situation parmi les autres chiens, petits ou grands, fut fort enviable.

Plusieurs mois s'écoulèrent et Castor-Gris continuait son voyage. Les forces du louveteau s'étaient accrues par les longues heures passées à courir sur la neige en tirant le traîneau, et l'éducation de son esprit s'était également parfaite. Il avait entièrement parcouru le cercle du monde au milieu duquel il vivait, et la notion qui lui en demeurait était toute matérielle et dénuée d'idéal. Le monde avait achevé de lui apparaître féroce et brutal, un monde où n'existaient ni affection ni caresse, un monde sans chaleur pour les cœurs et sans charme pour l'esprit.

Il ne ressentait pas d'affection pour Castor-Gris. C'était un dieu, il est vrai, mais un dieu sauvage entre tous, qui jamais ne caressait ni ne prononçait une bonne parole. Croc-Blanc, sans doute, était heureux de reconnaître sa suprématie physique, sous l'égide de laquelle il était venu du Wild pour s'abriter. Mais il subsistait en sa nature des profondeurs insondées que Castor-Gris avait toujours ignorées. L'Indien administrait la justice avec un gourdin. Il récompensait le mérite, non par une bienveillante caresse, mais simplement en ne frappant pas.

Et cette main de l'animal-homme, qui eût pu lui être si douce, ne semblait au louveteau qu'un organe fait pour distribuer pierres, claques, coups de fouet et de bâton, pinçons et tiraillements douloureux du poil et de la chair. Plus cruelle encore que la main des hommes était celle des enfants, lorsqu'il rencontrait des bandes de ceux-ci dans les campements d'Indiens que croisait la caravane. Une fois même, il avait failli avoir un oeil crevé par un flageolant et titubant papoose. Depuis lors, il ne pouvait tolérer les enfants. Dès qu'il les voyait accourir vers lui avec leurs mains de mauvais augure, il se hâtait de s'échapper.

Peu après cette aventure, dans un campement voisin du Grand-Lac de l'Esclave, il commit sa première infraction à la loi, qu'il avait apprise de Castor-Gris, que le plus impardonnable des crimes était de mordre un des dieux. Selon l'usage admis pour tous les chiens, il s'en allait fourrager à travers le campement afin de chercher sa nourriture. Un garçon découpait, à l'aide d'une hache, de la viande d'élan congelée, et les éclats en volaient dans la neige. Croc-Blanc, s'étant arrêté, commença à se repaître de ces débris. Mais ayant remarqué que le garçon avait déposé sa hache et s'était saisi d'un gros gourdin, il sauta en arrière juste à temps pour éviter le coup qui s'abattait sur lui. Le garçon le poursuivit et, comme il était étranger dans le camp, le louveteau, ne sachant où se réfugier, se trouva bientôt acculé entre deux tentes contre un haut talus de terre.

Il n'y avait pour lui aucune issue que le passage entre deux tentes gardé par l'Indien. Celui-ci, le gourdin levé, s'avançait déjà prêt à frapper. Croc-Blanc était furieux. Il connaissait la loi de maraude qui voulait que tous les déchets de viande appartinssent au chien qui les trouvait. Il n'avait rien fait de mal ni rompu la loi, et cependant ce garçon était là prêt à le battre. À peine se rendait-il compte lui-même de ce qui arrivait. Ce fut un sursaut de rage. Le garçon ne le sut pas davantage, sinon qu'il se trouva culbuté dans la neige, avec sa main qui tenait le gourdin largement déchirée par les dents du louveteau.

En agissant ainsi, Croc-Blanc n'ignorait pas qu'il avait rompu à son tour la loi des dieux. Il avait enfoncé ses crocs dans la chair sacrée de l'un d'eux et n'avait rien à attendre qu'un terrible châtiment. Il s'enfuit près de Castor-Gris et s'alla coucher derrière ses jambes dès qu'il vit arriver le garçon mordu, qui réclamait vengeance accompagné de sa famille.

Mais les plaignants durent s'en aller sans être satisfaits. Castor-Gris, Mit-Sah et Klou-Kouch prirent la défense du louveteau. Croc-Blanc écoutait la bataille des mots et surveillait les gestes irrités des deux partis. Et il apprit ainsi, non seulement que son acte était justifié, mais aussi qu'il y a dieux et dieux. Ici étaient ses dieux et là en étaient d'autres qui n'étaient point les mêmes. Des premiers il devait tout accepter, justice ou injustice, c'était tout comme ; mais, des seconds, il n'était pas forcé de subir ce qui était injuste. C'était son droit, en ce cas, de leur répondre avec ses dents. Cela aussi était une loi des dieux.

Le jour n'était pas terminé que Croc-Blanc en apprit davantage sur cette loi. Mit-Sah était seul dans la forêt, en train de ramasser du bois pour le feu, lorsqu'il se rencontra avec le garçon qui avait été mordu. Des mots grossiers furent échangés. Bientôt, d'autres garçons étant accourus, ils attaquèrent tous Mit-Sah. Le combat fut dur pour lui, et il recevait des coups de droite et de gauche. D'abord, Croc-Blanc regarda en simple spectateur ce qui se passait. C'était une affaire de dieux qui ne le concernait pas. Puis il comprit que Mit-Sah était un de ses dieux particuliers que l'on maltraitait. Par une impulsion immédiate, il bondit au milieu des combattants. Cinq minutes après, le paysage était couvert de garçons en fuite, et le sang qui coulait des blessures de plusieurs d'entre eux, rougissant la neige, témoignait que les dents du louveteau n'avaient pas été inactives.

Lorsque de retour à la tente, Mit-Sah raconta l'aventure, Castor-Gris ordonna que de la viande fût donnée à Croc-Blanc, beaucoup de viande. Gorgé, le louveteau s'endormit devant le feu et sut que la loi qu'il avait apprise quelques heures auparavant avait été vérifiée.

D'autres conséquences résultaient de cette loi. De la protection du corps de ses dieux à celle de leurs biens, il n'y avait qu'un pas qui fut vite franchi par le louveteau. Il devait défendre ce qui appartenait à ses dieux, dût-il même mordre les autres dieux, quoique ce fût là un acte sacrilège en soi. Les dieux sont tout-puissants et un chien est incapable de lutter contre eux. Croc-Blanc cependant avait appris à leur tenir tête, à les combattre fièrement et sans crainte. Le devoir s'élevait au-dessus de la peur.

Il y avait d'autre part des dieux poltrons, et tels étaient ceux qui venaient voler le bois de son maître. Le louveteau connut quel temps s'écoulait entre son appel d'alarme et l'arrivée à l'aide de Castor-Gris. Il comprit aussi que c'était la peur de l'Indien, plus encore que la sienne, qui faisait sauver le voleur. Quant à lui, il fonçait droit sur l'intrus et entrait ses dents où il pouvait. Son goût pour la solitude et son éloignement instinctif des autres chiens le désignaient d'eux-mêmes pour ce rôle de gardien des biens de Castor-Gris, qui l'entraîna et le dressa à cet emploi. Il n'en devint que plus revêche et plus sauvage encore. Ainsi se scellaient et se précisaient les termes du contrat signé par Croc-Blanc avec l'homme. Contre la possession d'un dieu de chair et de sang il échangeait sa propre liberté. Nourriture et feu, protection et société étaient au premier rang des dons qu'il recevait du dieu. En retour, il gardait les biens du dieu, défendait sa personne, travaillait pour lui et lui obéissait.

Kiche même était devenue un souvenir du passé. Le louveteau, pour se livrer à l'homme, avait abandonné à tout jamais la liberté, le Wild et sa race. S'il lui arrivait de rencontrer Kiche, les termes du contrat lui interdiraient de la suivre. C'était un devoir qu'accomplissait Croc-Blanc envers le dieu qui était le sien. Mais dans ce devoir n'entrait pas d'amour. L'amour était un sentiment qu'il continuait à ignorer.

14

La Famine

Le printemps était proche lorsque Castor-Gris termina son voyage. On était en avril et Croc-Blanc comptait un an d'âge quand il retrouva le campement de la tribu et fut délivré de ses harnais par Mit-Sah. Quoiqu'il ne fût pas encore au terme de sa croissance, le louveteau était, exception faite de Lip-Lip, le plus formé parmi les jeunes chiens du campement. De son père loup et de Kiche, il avait hérité force et stature, et déjà son corps dépassait en longueur celui des chiens adultes. Mais il n'était pas encore large en proportion et ses formes demeuraient minces et élancées, avec une vigueur plus nerveuse que massive. La fourrure de Croc-Blanc était du vrai gris des loups et il était, en apparence, un vrai loup lui-même. Le quart de sang de chien qui lui venait de Kiche, s'il avait sa part marquée dans sa mentalité, n'avait pas sensiblement influencé son aspect physique.

Le louveteau, vagabondant à travers le campement, s'amusa fort à retrouver les divers dieux qu'il avait connus avant son long voyage. Puis il y avait les chiens ; les petits, qui avaient grandi comme lui-même, et les grands, qui ne lui paraissaient plus maintenant aussi grands ni aussi formidables que sa mémoire les lui représentait. Aussi n'en eut-il pas peur comme autrefois, se promenant au milieu d'eux avec un air dégagé, tout nouveau et qui lui parut délicieux.

Parmi les vieux chiens se trouvait un certain Baseek, au poil grisonnant, qui jadis n'avait qu'à découvrir ses dents pour le faire fuir au loin, rampant et couchant. Croc-Blanc, dans ses jeunes jours, avait connu par lui combien il existait peu. Par lui, maintenant, il se rendait compte du changement survenu dans son développement et dans sa force, tandis que Baseek n'avait fait au contraire que s'affaiblir avec l'âge.

Le premier contact eut lieu entre eux à l'occasion du dépècement d'un élan fraîchement tué. Croc-Blanc avait obtenu pour sa part un sabot et un tibia où adhérait un morceau de viande. À l'écart derrière un buisson et loin de la bousculade des autres chiens, il dévorait tranquillement sa proie lorsque Baseek s'élança sur lui. Il riposta en bondissant à son tour sur l'intrus dont il lacéra la chair, puis se recula hors de sa portée. Baseek, stupéfait de la témérité du louveteau et de son attaque rapide, en demeura figé, regardant stupidement son adversaire, l'os rouge et saignant entre eux.

Baseek, qui avait expérimenté déjà la valeur croissante des jeunes chiens autrefois rossés par lui, faisait appel à toute sa sagesse pour supporter ce qu'il ne pouvait empêcher. Au temps passé, il se serait immédiatement jeté sur Croc-Blanc, dans la fureur d'un juste courroux. Mais connaissant son impuissance, il se contenta de se hérisser fièrement et de regarder le louveteau avec mépris. Croc-Blanc, de son côté, ressentait encore quelque chose de l'ancienne terreur. Il se tassa sur lui-même et se fit petit, tout en cherchant en son esprit le moyen d'opérer une retraite qui ne fût pas trop ignominieuse.

Mais Baseek jugea mal de la situation. Il lui parut suffisant d'avoir intimidé le louveteau de son regard méprisant. Croc-Blanc allait fuir et lui laisser la viande. Baseek n'eut pas la patience d'attendre. Considérant sa victoire comme un fait acquis, il s'avança vers la viande.

Comme il courbait la tête sans autre précaution pour la flairer, le louveteau se hérissa légèrement. Même alors, rien n'était perdu pour le vieux chien. S'il était resté résolument en place en relevant la tête et en faisant luire la menace de ses yeux, Croc-Blanc se serait piteusement retiré. Mais l'odeur de la chair fraîche montait à ses narines avec un tel attrait qu'il ne put résister au désir d'y goûter sans tarder.

C'en était trop pour Croc-Blanc. Il venait, pendant trop longtemps, d'être le maître incontesté de ses compagnons de route pour se résoudre à demeurer insensible tandis qu'un autre chien dévorait la viande qui lui appartenait. Il frappa, selon sa coutume, sans avertir. Dès le premier coup de dent, Baseek avait l'oreille mise en rubans, et il n'était pas encore revenu de sa stupeur que d'autres calamités fondaient sur lui. Il était renversé les pattes en l'air, avait la gorge entamée et, tandis qu'il luttait pour se mettre debout, son épaule recevait deux fois les crocs du louveteau. Dans une inutile riposte, il fit claquer sur l'air vide une morsure irritée. L'instant d'après, il était atteint au museau et balayé loin de la viande.

La situation se trouvait ainsi retournée. Croc-Blanc, hérissé et menaçant, demeurait sur le tibia, tandis que Baseek se tenait en arrière et se préparait à la retraite. Il n'osait plus risquer la bataille avec le louveteau dont l'attaque rapide le bouleversait et, plus amèrement, il connaissait l'affaiblissement de l'âge. Il fit un effort héroïque pour sauvegarder sa dignité. Avec calme, tournant le dos à Croc-Blanc et au tibia, comme si l'un et l'autre eussent été choses dont il n'avait souci et tout à fait indignes de son attention, il s'éloigna d'un pas noble. Et, tant qu'il ne fut pas hors de la vue du louveteau, il ne s'arrêta pas pour lécher ses blessures saignantes.

Cette nouvelle victoire raffermit la confiance de Croc-Blanc en lui-même et accrut son orgueil. Ferme désormais sur son droit, il allait son chemin dans le camp sans céder le pas à aucun chien, ne craignant plus d'être maltraité, mais redouté de tous, toujours insociable, morose et solitaire, daignant à peine regarder à droite ou à gauche, et accepté comme un égal par ses aînés abasourdis. Pas plus qu'il n'endurait un acte hostile, il n'admettait d'ouvertures d'amitié. Il prétendait uniquement qu'on le laissât tranquille. Quelques autres rencontres achevèrent d'imposer sa manière de voir aux récalcitrants.

Vers la mi-été, Croc-Blanc eut une épreuve. Un jour qu'il trottait seul, silencieux comme de coutume, examinant une nouvelle tente qui s'était élevée sur la lisière du camp pendant son absence, il tomba en plein sur Kiche.

S'étant arrêté, il la regarda. Son souvenir d'elle était vague mais non effacé. À son aspect, elle retroussa sa lèvre avec son ancien grondement de menace. Alors la mémoire revint plus claire au louveteau. Son enfance oubliée, et toutes les réminiscences s'associant à ce grondement qui lui était familier, se précipitèrent à l'esprit de Croc-Blanc. Avant qu'il connût les dieux, Kiche avait été pour lui le pivot de l'univers. Le flot des anciens sentiments et de l'intimité passée surgit en lui. Il fit vers elle un bond joyeux. Elle le reçut avec ses crocs aigus, qui lui ouvrirent la joue jusqu'à l'os. Le louveteau ne comprit pas et se recula, tout démonté et fort intrigué.

Kiche, cependant, n'était pas coupable. Une mère-louve n'est pas créée pour se souvenir de ses louveteaux, de ceux d'un an ni de ceux qui précèdent. Aussi ne reconnut elle pas Croc-Blanc. Ce n'était pour elle qu'une bête étrangère et un intrus. Ses nouveaux petits lui interdisaient de tolérer aucun animal à proximité.

Un des petits louveteaux vint gambader autour de Croc-Blanc. Ils étaient demi-frères, mais ils l'ignoraient tous deux. Croc-Blanc flaira curieusement le petit, mais il fut aussitôt attaqué par Kiche qui lui déchira la face une seconde fois. Il recula encore plus loin.

Les vieux souvenirs, et toutes les idées qui s'y associaient, moururent à nouveau et retombèrent au tombeau d'où ils avaient ressuscité. Croc-Blanc regarda Kiche qui était en train de lécher son petit et qui s'arrêtait de temps à autre pour gronder et menacer. Elle était devenue sans intérêt pour lui. Il avait appris à vivre loin d'elle et il l'oublia tout à fait. Dans sa pensée, il n'y eut plus place pour elle, exactement comme elle n'avait plus, dans la sienne, gardé place pour lui.

Il restait là immobile, tout étourdi, livrant une dernière bataille à ses souvenirs bouleversés, lorsque Kiche renouvela son attaque pour la troisième fois, bien décidée à l'expulser loin de son voisinage. Croc-Blanc se laissa volontairement chasser. C'était une loi de sa race que les mâles ne doivent pas combattre contre les femelles, et Kiche en était une. Aucune déduction de la vie ni du monde ne lui avait enseigné cette loi. Il la connaissait, immédiate et impérative, par ce même instinct qui avait mis en lui la crainte de l'Inconnu et celle de la mort.

D'autres mois passèrent. Croc-Blanc devenait plus large de formes et plus massif, tandis que son caractère continuait à se développer selon la ligne tracée par son hérédité et par le milieu ambiant. L'hérédité, comme une argile, était susceptible de prendre des formes diverses selon le monde auquel elle était soumise. Le milieu la pétrissait et lui servait de modèle. Si Croc-Blanc n'était pas venu vers le feu des hommes, le Wild l'eût moulé en un vrai loup. Mais ses dieux lui avaient créé un milieu différent et l'avaient moulé en un chien qui conservait quelque chose du loup, mais qui était tout de même un chien et non un loup. Son caractère avait été pareillement pétri, selon la pression morale que sa nature avait subie. C'était une loi fatale à laquelle le louveteau n'avait pu échapper. Et, tandis qu'il devenait toujours plus insociable avec les autres chiens, plus féroce envers eux, Castor-Gris l'appréciait chaque jour davantage.

Quelle que fût cependant sa force physique et morale, Croc-Blanc souffrait d'une faiblesse de caractère insurmontable. Il ne pouvait supporter de voir rire de lui. Le rire humain était à son idée une chose haïssable. Qu'il plût aux dieux de rire entre eux au sujet de n'importe quoi, peu lui souciait. Mais si le rire se tournait de son côté, s'il sentait qu'il en devenait l'objet, alors il entrait en une effroyable rage. Calme et digne en sa sombre gravité l'instant d'avant, il en était métamorphosé. On l'outrageait, pensait-il, et la folie frénétique qui s'emparait de lui durait des heures entières. Malheur au chien qui venait alors gambader à sa portée ! Le louveteau connaissait trop bien la loi pour passer sa colère sur Castor-Gris, car derrière Castor-Gris il y avait un fouet et un gourdin. Mais derrière les chiens il n'y avait que l'espace vide où ils détalaient, dès qu'apparaissait Croc-Blanc rendu fou par les rires.

Croc-Blanc était dans sa troisième année lorsqu'il y eut une grande famine pour les Indiens du Mackenzie. Le poisson manqua pendant l'été ; durant l'hiver, les caribous oublièrent de faire leur habituelle migration. Les élans étaient rares, les lièvres avaient presque disparu, et toutes les bêtes de proie, tous les animaux qui vivent de la chasse, périssaient. Manquant de leur nourriture coutumière, tenaillés par la faim, ils se jetèrent les uns sur les autres et s'entre-dévorèrent. Le plus fort survivait seul.

Les dieux de Croc-Blanc étaient sans trêve en chasse de quelque animal. Les plus vieux et les plus faibles d'entre eux moururent d'inanition. Ce n'était dans le camp que gémissements et affres de souffrance. Femmes et enfants tombaient de faim, le peu de nourriture qui restait s'en allant dans le ventre des chasseurs aux yeux creux, qui battaient la forêt, dans leur vaine poursuite de la viande.

Tandis que les dieux en étaient réduits à manger le cuir de leurs mocassins et de leurs moufles, les chiens dévoraient les harnais dont on les avait déchargés, et jusqu'à la lanière des fouets. Puis les chiens se mangèrent les uns les autres et les dieux, à leur tour, mangèrent les chiens. Les plus débiles et les moins beaux étaient mangés les premiers. Ceux qui survivaient regardaient et comprenaient. Quelques-uns parmi les plus hardis, croyant faire preuve de sagesse, abandonnèrent les feux des dieux et s'enfuirent dans les forêts. Il y succombèrent de faim ou furent dévorés par les loups.

Dans cette misère, Croc-Blanc se coula lui aussi parmi les bois. L'entraînement de son enfance le rendait plus apte que les autres chiens à la vie sauvage et le guidait dans ses actions. Il s'adonna plus spécialement à la chasse des menues bestioles et reprit ses affûts à l'écureuil, dont il guettait les mouvements sur les arbres, attendant, avec une patience aussi infinie que sa faim, que le prudent petit animal s'aventurât sur le sol. Il s'élançait alors de sa cachette, comme un gris projectile, incroyablement rapide, et ne manquait jamais son but. Si vif que fût l'envol de l'écureuil, il était trop lent encore.

Mais si réussie que fût cette chasse, il n'y avait pas assez d'écureuils pour engraisser ou simplement nourrir Croc-Blanc. Il chassa plus petit, ne dédaigna pas de déterrer les souris-des-bois et n'hésita pas à livrer bataille à une belette aussi affamée que lui et bien plus féroce.

Au moment où la famine atteignait son point culminant, il s'en revint vers les feux des dieux. Il s'arrêta à quelque distance des tentes, épiant, de la forêt, ce qui se passait dans le camp, évitant d'être découvert et dépouillant les pièges des Indiens du gibier qu'il y trouvait capturé. Il spolia même un piège appartenant à Castor-Gris et où un lièvre était pris, tandis que son ancien maître était à errer dans la forêt. Il se reposait souvent couché sur le sol, si grande était sa faiblesse et tellement le souffle lui manquait.

Un jour, il rencontra un jeune loup maigre et demi-mort de besoin. S'il n'avait pas été affamé lui-même, Croc-Blanc aurait pu se joindre à lui et, peut-être, aller reprendre place dans la troupe sauvage de ses frères. Mais étant donné la situation présente, il courut sur le jeune loup, le tua et le mangea.

La chance semblait le favoriser. Toujours, lorsque le besoin de nourriture se faisait le plus durement sentir, il trouvait quelque chose à tuer. Lorsqu'il se sentait surtout faible, il avait le bonheur de ne pas se croiser avec un adversaire plus fort que lui et qui l'eût infailliblement mis à mal. Une troupe de loups, qui se précipita sur lui, le trouva solidement repu d'un lynx qu'il avait dévoré deux jours avant. Ce fut une chasse acharnée et sans quartier. Mais Croc-Blanc était plus en forme que ses agresseurs. Il finit par lasser leur poursuite et sauva sa vie. Mieux encore, revenant sur ses pas, il se jeta sur un de ses poursuivants avancés et s'en régala.

Quittant ensuite cette région, il s'en vint pérégriner à travers la vallée où il était né. Il y dénicha l'ancienne tanière et y trouva Kiche. Elle avait fui, comme lui, les feux inhospitaliers des dieux et avait repris possession de son refuge pour mettre au jour une portée. Un seul des nouveaux-nés survivait lorsque Croc-Blanc fit son apparition, et cette jeune existence n'était pas destinée à résister encore longtemps, en une telle famine.

L'accueil de Kiche à son grand fils ne fut pas plus affectueux que lors de leur dernière rencontre. Mais Croc-Blanc ne s'en inquiéta pas. Sa force dépassait maintenant celle de sa mère. Il tourna le dos avec philosophie et descendit en trottant, vers le torrent. Il obliqua vers la tanière de la mère-lynx contre laquelle il avait, en compagnie de Kiche, combattu voilà bien longtemps. Il s'étendit dans la tanière abandonnée et y dormit tout un jour.

Vers la fin de l'été, dans la dernière période de la famine, il se rencontra avec Lip-Lip, qui avait aussi gagné les bois où il traînait une existence misérable. Ils trottaient tous deux en sens opposé, à la base d'une des falaises qui bordaient le torrent. Inopinément, ils se trouvèrent nez à nez à un tournant du roc. S'étant arrêtés, ils se mirent aussitôt en garde et se jetèrent un méfiant coup d'œil.

Croc-Blanc était en splendide condition. La chasse avait été bonne et, depuis huit jours, il s'était repu à gueule que veux-tu. Son dernier meurtre n'était même pas encore digéré. Mais à l'aspect de Lip-Lip, ses poils se hérissèrent tout le long de son dos, d'un mouvement automatique, comme au temps des persécutions passées, et il gronda. Ce qui suivit fut l'affaire d'un instant. Lip-Lip essaya de fuir mais Croc-Blanc, d'un coup d'épaule, le culbuta et le fit rouler sur le sol. Puis il plongea ses dents dans sa gorge. Tandis que son ennemi agonisait, il tourna en cercle autour de lui, pattes raides et observant. Après quoi il reprit sa route et s'en alla en trottant le long de la falaise.

Peu après cet événement, il s'avança sur la lisière de la forêt dans la direction d'une étroite clairière qui s'inclinait vers le Mackenzie et où il était déjà venu. Mais maintenant, un campement l'occupait. Il demeura caché parmi les arbres afin d'étudier la situation. Spectacle, sons et odeurs lui étaient familiers. C'était l'ancien campement qui s'était transporté à cet endroit.

Spectacle, sons et odeurs différaient cependant du dernier souvenir qu'il en avait gardé. Il n'y avait plus de plaintes ni de gémissements. Des bruits joyeux saluaient ses oreilles et, quand il entendit la voix irritée d'une femme, il sut que derrière cette colère était un estomac plein. Une odeur de poisson frit flottait dans l'air. La nourriture ne manquait pas et la famine s'en était allée. Alors il sortit hardiment de la forêt et, trottant à travers le village, vint droit à la tente de Castor-Gris.

Castor-Gris n'était pas là, mais Klou-Kouch le reçut avec des cris de joie. Elle lui donna tout un poisson fraîchement pris et il se coucha par terre en attendant le retour de Castor-Gris.

15

L'ennemi de sa race

S'il y avait eu dans la nature de Croc-Blanc quelque aptitude (*fût-elle de dernier fruit d'un atavisme très ancien*) de fraterniser avec les représentants de sa race, plus rien de cette aptitude n'aurait pu subsister du jour où il fut choisi pour être à son tour le chef de file de l'attelage du traîneau. Car dès lors les autres chiens l'avaient haï. Ils l'avaient haï pour le supplément de viande que lui donnait Mit-Sah ; haï pour toutes les faveurs, imaginaires ou réelles, qu'il recevait de l'Indien ; haï parce qu'il courait toujours en avant d'eux, balançant devant leurs yeux le panache de sa queue, faisant fuir éternellement hors de leur portée son train de derrière, en une vision constante qui les rendait fous.

Par un contrecoup fatal, Croc-Blanc avait rendu haine pour haine. Le rôle qui lui avait été dévolu n'était rien moins qu'agréable. Être contraint de courir avec, à ses trousses, la troupe hurlante dont chaque chien avait été depuis trois ans étrillé et asservi par lui, était quelque chose dont tout son être se révoltait. Il le fallait pourtant sous peine de la vie, et cette volonté de vivre était plus impérieuse encore. À l'instant où Mit-Sah donnait le signal du départ, tout l'attelage, d'un même mouvement, s'élançait en avant sur Croc-Blanc en poussant des cris ardents et furieux. Pour lui, pas de résistance possible. S'il se retournait sur ses poursuivants, Mit-Sah lui cinglait la face de la longue lanière de son fouet. Nulle ressource que de décamper à toute volée. Sa queue et son train de derrière étaient impuissants à mettre à la raison la horde forcenée devant laquelle il fallait qu'il parût fuir. Chaque bond qu'il faisait en avant était une violence à son orgueil, et il bondissait tout le jour.

C'était la volonté des dieux que cédât son orgueil, qu'il comprimât les élans de sa nature, que son être révolté renonçât à s'élancer sur les chiens qui le talonnaient. Et derrière la volonté des dieux il y avait, pour lui donner force de loi, les trente pieds de long du fouet mordant, en boyau de caribou. Il ne pouvait que ronger son frein en une sourde révolte intérieure et donner carrière à sa haine.

Nul être ne devint jamais autant que lui l'ennemi de sa race. Il ne demandait pas de quartier et n'en accordait aucun. Différent de la plupart des chefs de file d'attelage qui, lorsque le campement est établi et que les chiens sont dételés, viennent se mettre sous la protection des dieux, Croc-Blanc, dédaignant cette précaution, se promenait hardiment en toute liberté à travers le campement, infligeant chaque nuit à ses ennemis la rançon des affronts qu'il avait subis durant le jour.

Avant qu'il fût promu chef, la troupe des chiens s'était habituée à se retirer de son chemin. Maintenant il n'en était plus de même. Excités par la longue poursuite du jour, accoutumés à le voir fuir et le cerveau s'entraînant à l'idée de la maîtrise incontestée qu'ils exerçaient durant ce temps sur leur adversaire, les chiens ne pouvaient se décider à reculer devant lui et à lui livrer le passage. Dès qu'il apparaissait parmi eux, il y avait tumulte et bataille, grondements et morsures, et balafres mutuelles. L'atmosphère que respirait Croc-Blanc était surchargée d'inimitié haineuse et mauvaise.

Lorsque Mit-Sah criait à l'attelage son commandement d'arrêt, Croc-Blanc obéissait aussitôt, et les autres chiens voulaient se jeter immédiatement sur lui. Mais le grand fouet de Mit-Sah était là qui veillait et les en empêchait. Aussi les chiens avaient-ils compris que, si le traîneau s'arrêtait par ordre de Mit-Sah, il fallait laisser en paix Croc-Blanc. Si, par contre, Croc-Blanc s'arrêtait sans ordre, il était permis de s'élancer sur lui et de le détruire si on le pouvait. De son côté Croc-Blanc ne tarda pas à se rendre compte de cela, et il ne s'arrêta plus de lui-même.

Mais les chiens ne purent jamais prendre l'habitude de le laisser tranquille au campement. Chaque soir, ils s'élançaient à l'attaque en hurlant, oublieux de la leçon de la nuit précédente, et la nouvelle leçon qu'ils recevaient était destinée à être aussi vite oubliée. La haine qu'ils ressentaient pour Croc-Blanc avait d'ailleurs des racines plus profondes dans la dissemblance qu'ils sentaient exister entre eux et lui. Cette seule cause aurait suffi à la faire naître. Comme lui sans doute, ils étaient des loups domestiqués. Mais, domestiqués depuis des générations, ils avaient perdu l'accoutumance du Wild dont ils n'avaient conservé qu'une notion, celle de son Inconnu, de son Inconnu terrible et toujours menaçant. C'était le Wild, dont il était demeuré plus proche, qu'ils haïssaient dans leur compagnon. Celui-ci le personnifiait pour eux ; il en était le symbole. Et, quand ils découvraient leurs dents en face de lui, ils se défendaient, en leur pensée, contre les obscures puissances de destruction qui les environnaient dans l'ombre de la forêt, qui les épiaient sournoisement au-delà de la limite des feux du campement.

La seule leçon que les chiens tirèrent de ces combats fut que le jeune loup était trop redoutable pour être affronté seul à seul. Ils ne l'attaquaient que formés en masse, sans quoi il les eût tous tués l'un après l'autre en une seule nuit. Grâce à cette tactique, ils lui échappèrent. Il pouvait bien culbuter un chien les pattes en l'air, mais la troupe entière était aussitôt sur lui avant qu'il ait eu le temps de donner à la gorge le coup mortel. Au premier signe du conflit les chiens, même occupés à se quereller entre eux, formaient bloc et lui faisaient face.

Pas davantage ils ne pouvaient, malgré leurs efforts, réussir à occire Croc-Blanc. Il était à la fois trop vif pour eux, trop formidable et trop prudent. Il évitait les endroits resserrés et prenait le large dès qu'ils essayaient de l'encercler. Quant à le culbuter, pas un chien n'était capable de réussir l'opération. Ses pattes s'accrochaient au sol avec la même ténacité qu'il se cramponnait lui-même à la vie. Car se maintenir debout était vivre et se laisser renverser était la mort. Nul mieux que lui ne le savait.

Ainsi Croc-Blanc se dressait contre ses propres frères amollis par les feux de l'homme, affaiblis par l'ombre protectrice que les dieux avaient étendue sur eux, et les dominait. Il avait déclaré vendetta à tous les chiens. Et, si féroce était cette vendetta que Castor-Gris, tout sauvage et barbare qu'il était lui-même, ne pouvait s'empêcher d'en être émerveillé. Jamais, il le jurait, il n'y avait eu sur la terre le pareil de cet animal.

Croc-Blanc approchait de ses cinq ans lorsque Castor-Gris l'emmena en un autre grand voyage. Parmi les villages riverains du Mackenzie, d'où ils passèrent dans les Montagnes Rocheuses entre le Porcupine et le Yukon, longtemps on se souvint du carnage de chiens auquel se livra Croc-Blanc. Sur toute sa race, il s'adonna librement à la vengeance. Il y avait là des tas de chiens naïfs et sans défiance, n'ayant pas appris à déjouer ses coups rapides, à se garder de son attaque brusquée que ne précédait aucun avertissement. Tandis qu'ils perdaient leur temps en préliminaires de batailles et hérissaient leur poil, il était déjà sur eux sans un aboi, tel un éclair qui porte la mort à l'instant même où on le voit, et il les massacrait avant qu'ils fussent seulement revenus de leur surprise.

Il était, en vérité, devenu un admirable champion. Il savait économiser ses forces et jamais ne les outrepassait.

Jamais non plus il ne se perdait en une longue bataille. Si le coup rapide qu'il portait était manqué, aussi rapidement il se retirait en arrière. Comme tous les loups, il n'aimait pas les corps à corps ni les contacts prolongés. Le Wild lui avait appris que le contact c'était le piège, le danger ignoré. L'important était de se tenir libre de toute étreinte, de bondir à son gré sur l'adversaire, de rester juge, à distance, de la marche de la bataille. Ce système lui assurait d'ordinaire une victoire facile sur les chiens qui se rencontraient avec lui pour la première fois. Sans doute y avait-il des exceptions. Il arrivait que plusieurs chiens réussissaient à sauter sur lui et à le rosser avant qu'il pût se dégager. D'autres fois, un chien isolé lui administrait une profonde morsure. Mais ce n'étaient là que des accidents peu fréquents et, en règle générale, il se retirait indemne de toutes ces rencontres.

Une autre de ses qualités était de posséder une notion rigoureusement exacte du temps et de la distance. C'était inconscient et automatique. Sans réflexion ni calcul de sa part, l'organe visuel dont il était doué portait juste, au-delà de la moyenne qui se rencontre chez les autres bêtes de sa race. Son cerveau recevait parallèlement l'impression des nerfs optiques et, par un mécanisme bien réglé qu'il devait à la nature, en tirait aussitôt parti. L'action suivait de près, bien réglée dans l'espace et dans le temps, et une fraction infinitésimale de seconde, nettement perçue et utilisée, suffisait souvent à assurer la victoire à Croc-Blanc.

La caravane arriva durant l'été à Fort Yukon. Castor-Gris, après avoir profité du gel de l'hiver pour traverser les rivières qui coulent entre le Mackenzie et le Yukon, avait occupé le printemps à la chasse, dans les Montagnes Rocheuses. Lorsque la débâcle des glaces fut venue, il s'était construit un canot et avait descendu le courant du Porcupine jusqu'au point de jonction de ce fleuve avec le Yukon, sous le Cercle Arctique exactement. C'est à cet endroit que se trouve le vieux fort qui appartient à l'Hudson's Bay Company.

Les Indiens y étaient nombreux, les provisions abondantes, l'animation sans précédent. C'était l'été de 1898. Des milliers de chercheurs d'or étaient venus eux aussi jusqu'au Yukon, se dirigeant vers Dawson et le Klondike. Ils étaient encore à des centaines de milles du but de leur voyage et beaucoup d'entre eux, cependant, étaient en route depuis un an. Le moindre parcours effectué par eux était de cinq mille milles. Beaucoup venaient de l'autre hémisphère.

Là, Castor-Gris s'arrêta. Une rumeur était arrivée à ses oreilles, de la course à l'or, et il apportait avec lui plusieurs ballots de fourrures, d'autres de moufles, d'autres de mocassins. L'espoir de larges profits l'avait incité à s'aventurer en cette longue course. Mais ce qu'il avait espéré ne fut rien en regard de la réalité. Ses rêves les plus extravagants n'avaient pas escompté un gain de plus de cent pour cent. C'étaient mille pour cent qui s'offraient à lui. En bon Indien, quand il vit cela, il installa sans hâte et soigneusement son commerce, décidé à prendre l'été entier, et l'hiver suivant au besoin, pour tirer tout le parti possible et le plus avantageux de sa marchandise.

Ce fut à Fort Yukon que Croc-Blanc vit les premiers hommes blancs. Comparés aux Indiens qu'il avait connus, ils lui semblèrent des êtres d'une autre espèce, une race de dieux supérieurs. Son impression fut qu'ils possédaient un plus grand pouvoir, et c'est dans le pouvoir que réside la divinité des dieux.

Ce fut un sentiment qu'il éprouva, plus qu'il ne raisonna cette impression. De même que dans son enfance l'ampleur des tentes, élevées par les premiers hommes qu'il avait rencontrés, avait frappé son esprit comme une manifestation de puissance, de même encore il était frappé maintenant par les maisons qu'il voyait et qui étaient construites, comme le fort lui-même, de rondins massifs. Voilà qui était de la puissance. Le pouvoir des dieux blancs était supérieur à celui des dieux qu'il avait adorés jusque-là, supérieur même à celui de Castor-Gris, de ceux-ci le plus puissant, et qui ne semblait plus, parmi les dieux à peau blanche, qu'un petit dieu enfant.

D'abord, il s'était montré soupçonneux envers eux. Pendant les premières heures qui suivirent son arrivée, il les examinait avec grand soin tout en craignant d'être remarqué lui-même, et il se tenait à une prudente distance.

Puis, voyant que près d'eux aucun mal n'advenait aux chiens, il s'approcha davantage.

De leur côté, ils l'examinaient avec une extrême curiosité. Son étrange apparence attirait leur attention et ils se le montraient du doigt les uns aux autres. Ces doigts tendus ne disaient rien de bon à Croc-Blanc et, quand les dieux blancs tentaient de s'approcher de lui, il montrait les dents et se reculait. Pas un ne réussit à poser sa main sur lui et, si quelqu'un avait insisté, ce n'eût pas été sans dommage.

Croc-Blanc connut bientôt qu'un petit nombre de dieux blancs, pas plus d'une douzaine, étaient fixés en cet endroit. Tous les deux ou trois jours un grand vapeur, qui était une autre et colossale manifestation de puissance, accostait au rivage et demeurait quelques heures. D'autres hommes blancs en descendaient à terre, puis se rembarquaient. Le nombre de ceux-là semblait être infini. En un seul jour, Croc-Blanc en vit plus qu'il n'avait vu d'Indiens dans toute sa vie. Et, les jours qui suivirent, les hommes blancs continuaient à arriver par le fleuve, à s'arrêter durant quelques instants, puis à repartir sur l'eau et à disparaître.

Mais si les dieux blancs paraissaient comme tout puissants, leurs chiens ne comptaient pas pour beaucoup.

Ceci, Croc-Blanc le découvrit rapidement en se mêlant à ceux de ces chiens qui venaient à terre avec leurs maîtres. Ils étaient de formes diverses et de grandeurs différentes. Les uns avaient les pattes courtes, trop courtes, d'autres les avaient longues, trop longues. Ils ne possédaient pas une fourrure semblable à la sienne, mais des poils très fins ; chez quelques-uns même, les poils étaient tellement ras qu'on eût dit qu'ils n'en avaient point. Et pas un d'entre eux ne savait combattre.

Étant donné son hostilité pour tous les représentants de sa race, il était fatal que Croc-Blanc entrât en lutte avec les nouveaux venus. Il n'y manqua pas et conçut immédiatement pour eux un profond mépris.

Ils étaient de leur nature ingénus et inoffensifs. En cas de combat, ils menaient grand bruit et s'agitaient autour de leur adversaire, demandant à leur force une victoire que donnent l'adresse et la ruse. En aboyant, ils s'élançaient sur Croc-Blanc qui sautait de côté et qui, tandis qu'ils en étaient encore à se retourner, les happait à l'épaule, les retournait sur le dos et leur portait son coup à la gorge. Cela fait, Croc-Blanc se retirait à l'écart, livrant sa victime aux chiens indiens qui se chargeaient de l'achever. Car c'était un sage. Il savait depuis longtemps que les dieux s'irritent lorsqu'on tue leurs chiens, et les dieux blancs ne faisaient pas exception à cette règle. Il se contentait donc de préparer la besogne puis, à l'abri lui-même, il regardait paisiblement pierres, bâtons, haches et toutes sortes d'armes contondantes s'abattre sur ses compagnons. Croc-Blanc était un grand sage.

Parfois, la vengeance des dieux outragés ne laissait pas d'être terrible. L'un d'eux ayant vu son chien, un setter, mis en pièces sous ses yeux, prit un revolver. Il fit feu coup sur coup six fois de suite, et six des agresseurs restèrent sur place morts ou à demi. Autre manifestation de puissance, qui se grava profondément dans le cerveau de Croc-Blanc.

Au reste, peu lui importaient ces fâcheuses aventures, puisqu'il était toujours assez habile pour s'en tirer indemne. Tout d'abord, le meurtre des chiens des hommes blancs avait été pour lui un simple divertissement ; il devint bientôt son unique occupation. C'était la seule manière d'utiliser son temps, tandis que Castor-Gris s'adonnait à son commerce et faisait fortune. Avec la troupe des chiens indiens, il attendait l'arrivée des vapeurs et, dès que l'un d'eux avait accosté, le jeu commençait. Ses compagnons avaient à leur tour appris à être sages. Aussitôt qu'elle voyait les hommes blancs, revenus de leur première surprise, siffler leurs chiens pour les rappeler à bord et se préparer à foncer sur elle, la bande s'éparpillait à toute vitesse. Puis le jeu cessait pour reprendre au prochain bateau.

Toujours Croc-Blanc était chargé d'allumer la querelle avec les chiens étrangers. Il y réussissait facilement car pour eux, plus encore que pour ses compagnons, il était le Wild farouche, abandonné et trahi par eux et qu'ils craignaient obscurément de voir reprendre. Venus du doux monde du Sud vers les rives du Yukon, sur la sombre et redoutable Terre du Nord, ils ne pouvaient résister longtemps à l'inconsciente impulsion qui les poussait à s'élancer sur Croc-Blanc. Si amollis qu'ils fussent par l'accoutumance des villes, et si oublieux du passé de leurs ancêtres, si lointaine que fût en eux la notion du Wild, ils la sentaient soudain tressaillir au fond de leur être dès qu'ils se trouvaient en présence de la créature hybride qu'était Croc-Blanc. Devant le loup qui était en lui et qui leur apparaissait tout à coup dans la claire lumière du jour, ils se souvenaient de l'ancien ennemi.

Il était pour eux une proie légitime, comme eux-mêmes, pour lui, en étaient une.

16

Le Dieu fou

Les quelques hommes blancs qui se trouvaient à Fort Yukon vivaient depuis longtemps dans la contrée. Avec orgueil ils se dénommaient eux-mêmes les Sour-Doughs ou Pâtes-Aigres, parce qu'ils préparaient sans levure un pain légèrement acidulé. Ils ne professaient que du dédain pour les autres hommes blancs qu'amenaient les vapeurs, et qu'ils désignaient sous le nom de Chéchaquos parce que ceux-ci faisaient, au contraire, lever leur pain pour le cuire.

De ce fait, il y avait antagonisme entre les uns et les autres, et les gens du fort se réjouissaient de tout ce qui survenait de désagréable aux nouveaux arrivants. Spécialement, ils se divertissaient beaucoup des mauvais traitements infligés aux chiens qui débarquaient, par Croc-Blanc et sa détestable bande. À chaque vapeur qui faisait halte, ils ne manquaient pas de descendre au rivage et d'assister à l'inévitable bataille. De la tactique adroite et méchante employée par Croc-Blanc et par les chiens indiens, ils riaient à gorge déployée.

Parmi ces hommes, l'un d'eux surtout s'intéressait à ce genre de sport. Au premier coup de sifflet du steamboat, il arrivait en courant et, lorsque le dernier combat était terminé, il remontait vers le fort, la face comme alourdie du regret que le massacre eût déjà pris fin. Chaque fois qu'un inoffensif chien du Sud avait été terrassé et jetait son râle d'agonie sous les crocs de la troupe ennemie, incapable de contenir sa joie, il se mettait à gambader et à pousser des cris de bonheur. Et, toujours aussi, il lançait vers Croc-Blanc un dur regard d'envie pour tout le mal dont celui-ci était l'auteur.

Cet antipathique individu avait été baptisé Beauty (*Beauté*) par les autres hommes du Fort. Beauty-Smith était le seul nom qu'on lui connaissait dans la région. Nom qui était, bien entendu, une antithèse, car celui qui le portait n'était rien moins qu'une beauté. La nature s'était montrée avare envers lui. C'était un petit bout d'homme, au corps maigriot, sur lequel était posée une tête plus maigre encore ; un simple point, eût-on dit. Aussi, dans son enfance, avant d'être dénommé Beauté par ses compagnons, le surnommait-on Pin-head (*Tête d'Épingle)*. En arrière, cette tête descendait, toute droite et d'une seule pièce, vers le cou ; tandis qu'en avant le crâne, en forme de pain de sucre, rejoignait un front bas et large à partir duquel la nature semblait avoir regretté soudain sa parcimonie. Devenue prodigue à l'excès, elle avait voulu de gros yeux, séparés par une distance double de l'écart normal. Élargissant démesurément le reste de la face, la mâchoire était effroyable. Énorme et pesante, elle proéminait et semblait, en-dessous, reposer à même sur la poitrine comme si le cou eût été impuissant à en soutenir le poids.

Cette mâchoire, telle qu'elle était, donnait une impression d'indomptable énergie. Impression mensongère, exagération incohérente de la nature, car Beauté était connu de tous pour être un faible entre les faibles, un lâche entre les plus lâches.

Nous achèverons de le décrire en disant que ses dents étaient longues et jaunes et que les deux canines, plus longues encore que leurs sœurs, dépassaient comme des crocs de ses lèvres minces. Ses yeux étaient jaunes, comme ses dents, et chassieux comme si la nature y eût fait ruisseler toutes les humeurs qu'elle tenait en réserve dans les canaux du visage. Quant à ses cheveux couleur de boue et de poussière jaunâtre, ils poussaient sur sa tête, rares et irréguliers, pointant sur le devant de son crâne en touffes et paquets déconcertants.

En somme, Beauté était un vrai monstre, ce dont il n'était pas responsable assurément et ne pouvait être blâmé, n'ayant pas moulé lui-même l'argile dont il était pétri.

Dans le fort, il faisait la cuisine pour les autres hommes, lavait la vaisselle et était chargé de tous les gros travaux. On ne le méprisait pas ; on le tolérait, par humanité et parce qu'il était utile. On en avait peur aussi. Il y avait toujours à craindre, dans une de ses rages de lâche, un coup de fusil dans le dos ou du poison dans le café. Mais personne ne savait préparer comme lui le fricot et, quel que fût l'effroi qu'il inspirait, Beauté était bon cuisinier.

Tel était l'homme qui délectait ses regards des féroces prouesses de Croc-Blanc et n'eut plus bientôt qu'un désir le posséder. Il commença par faire des avances au louveteau qui feignit de les ignorer. Puis, les avances devenant plus pressantes, celui-ci se hérissa, montra les dents et prit du large. Croc-Blanc n'aimait pas cet homme dont l'odeur était mauvaise. Il pressentait que le mal était en lui. Il craignait sa main étendue et l'affectation de ses paroles mielleuses. Il le haïssait.

Chez les êtres simples, la notion du bien et du mal est simpliste elle-même. Le bien est représenté par toutes choses qui apportent contentement et satisfaction, et évitent la peine. Le mal signifie tout ce qui est incommode et désagréable, tout ce qui menace et frappe. Croc-Blanc devinait que Beauty-Smith était le mal. Aussi était-il sage de le haïr. De ce corps difforme et de cette âme perverse s'échappaient, pour le louveteau, d'occultes émanations semblables à ces brouillards pestilentiels qui s'élèvent des marécages.

Croc-Blanc se trouvait présent au campement de Castor-Gris lorsque, pour la première fois, Beauté y fit son apparition. Avant qu'il fût en vue et dès le bruit, sur le sol, de ses pas lointains, Croc-Blanc avait su qui venait et avait commencé à hérisser son poil. Quoiqu'il fût à ce moment-là confortablement couché en un délicieux farniente, il se dressa vivement et, tandis que l'homme approchait, se glissa, à la manière des loups, sur le bord du campement. Il ne put savoir ce qu'on disait, mais vit bien que l'homme et Castor-Gris causaient ensemble. Par moment, l'homme le montrait du doigt, et il grondait alors comme si la main dont il était distant de cinquante pieds se fût exactement abaissée sur lui. L'homme, qui s'en apercevait, riait, et Croc-Blanc reculait de plus en plus vers le couvert des bois voisins en rampant doucement par terre.

Castor-Gris refusait de vendre la bête. Son commerce l'avait enrichi, déclarait-il, et il n'avait besoin de rien. Croc-Blanc était d'ailleurs un animal de valeur, le plus robuste des chiens du traîneau et le meilleur chef de file. Il n'avait pas son pareil dans toute la région du Mackenzie et du Yukon. Il savait combattre comme pas un et tuait un autre chien aussi aisément qu'un homme tue une mouche (*à cet éloge, les yeux de Beauty-Smith s'allumaient et, d'une langue ardente, il léchait ses lèvres minces*). Non, décidément, Croc-Blanc n'était pas à vendre.

Mais Beauty-Smith savait la façon de s'y prendre avec les Indiens. Il rendit à Castor-Gris de fréquentes visites et, chaque fois, était cachée sous son habit une noire bouteille. Une des propriétés du whisky est d'engendrer la soif. Castor-Gris eut soif. Les muqueuses brûlées de son estomac s'enfiévrèrent, et celui-ci commença à réclamer, avec une exaspération croissante, le liquide corrosif. En même temps le cerveau de l'Indien, bouleversé par l'horrible stimulant, enlevait au malheureux tout scrupule pour satisfaire sa passion. Les bénéfices acquis par la vente des fourrures et des mocassins se mirent à partir et, à mesure que s'aplatissait la bourse de Castor-Gris, sa force de résistance diminuait aussi.

Finalement, argent, marchandises et volonté, tout s'en était allé. Rien ne demeurait à Castor-Gris que sa soif prodigieuse, qui régnait diaboliquement en lui et dont la puissance augmentait à chaque souffle qu'il émettait sans avoir bu.

C'est alors que Beauté revint à la charge et reparla de la vente de Croc-Blanc. Mais cette fois le prix offert était payable en bouteilles, non en dollars, et les oreilles de Castor-Gris étaient mieux ouvertes pour entendre.

– Le chien est à toi, finit-il par dire, si tu peux mettre la main dessus.

Les bouteilles furent livrées mais, deux jours après, ce fut Beauty-Smith qui revint dire à Castor-Gris : « Attrape-le donc toi-même ! »

Croc-Blanc, en rentrant un soir au campement, vit avec un sourire de satisfaction que le terrible dieu blanc, contrairement à son habitude, n'était pas là. Il s'étendit par terre avec volupté, comme si un poids qui pesait sur lui avait disparu.

Sa joie fut de courte durée. À peine était-il couché que Castor-Gris vint vers lui en titubant et lui lia autour du cou une lanière de cuir. Puis il s'assit à côté du louveteau, tenant d'une main la lanière, tenant de l'autre une bouteille à laquelle il buvait de temps en temps, la levant en l'air en renversant la tête et avec force glouglous.

Une heure s'était écoulée de la sorte lorsqu'une légère vibration du sol annonça que quelqu'un s'approchait. Croc-Blanc tressaillit et se hérissa, tandis que l'Indien branlait stupidement la tête. Le louveteau tenta de tirer doucement la lanière de la main de son maître ; mais les doigts, qui s'étaient un instant relâchés, se contractèrent plus fortement et Castor-Gris se leva.

Beauté entra sous la tente et s'arrêta devant Croc-Blanc, qui commença à gronder vers celui qu'il craignait et à surveiller les mouvements de ses mains. Une d'elles s'étendit, se prit à descendre sur sa tête. Son grondement se fit plus intense et plus rauque. La main continuait à descendre lentement, tandis qu'il se courbait sous elle, tout en la regardant, en proie à une colère continue et qui semblait prête à éclater. Soudain, il alla pour mordre ; la main se rejeta vivement en arrière et les crocs, retombant les uns sur les autres, claquèrent comme une gueule de serpent qui mord le vide. Beauté était terrifié et furieux. Mais Castor-Gris donna une tape à Croc-Blanc, qui se coucha aussitôt au ras du sol, en une respectueuse obéissance.

Cependant Beauty-Smith, que le louveteau ne cessait pas d'observer, était parti, puis était revenu, porteur d'un gros gourdin. Castor-Gris lui remit alors l'extrémité de la lanière et Beauté fit le mouvement de s'en aller. La lanière se tendit. Croc-Blanc résistait. Castor-Gris le gifla de droite et de gauche, afin qu'il se levât et suivît. Il se leva, mais pour se précipiter en hurlant sur l'étranger qui essayait de l'entraîner. Beauté, qui était paré, ne broncha pas. D'un large mouvement, il lança son gourdin, puis l'abattit sur Croc-Blanc dont il arrêta l'élan à mi-route et qu'il écrasa presque contre terre. Castor-Gris riait et approuvait. Beauté tira la lanière à nouveau et Croc-Blanc, tout trébuchant, rampa humblement à ses pieds.

Il ne renouvela pas son agression. Un coup de gourdin était suffisant pour le convaincre que le dieu blanc savait manier cette arme et il était trop sage pour ne pas se plier à l'inévitable. Il suivit donc les talons de Beauty-Smith, lugubre, sa queue entre les jambes, mais en grondant toujours sourdement. Beauty-Smith le surveillait prudemment du coin de l'œil et tenait prêt son gourdin.

Quand ils furent arrivés au fort, Beauté, l'ayant solidement attaché, s'en alla coucher. Croc-Blanc attendit une heure environ. Puis, jouant des dents, en dix secondes il fut libre. Il n'avait pas perdu de temps à mordre à tort et à travers ; juste ce qu'il fallait. La lanière avait été coupée en deux tronçons aussi proprement qu'avec un couteau. Croc-Blanc, quittant ensuite le fort, s'était trotté tout droit vers le campement de Castor-Gris. Il ne devait aucune fidélité à ce dieu bizarre et terrible qui l'avait emmené. Il s'était donné à Castor-Gris et à lui seul il appartenait.

Mais ce qui s'était déjà passé recommença. Castor-Gris l'attacha à nouveau avec une autre lanière et, dès le matin, le ramena à Beauty-Smith. L'aventure, ici, se corsa. Beauty-Smith lui administra une effroyable volée. Lié fortement, Croc-Blanc ne pouvait que s'abandonner à sa rage intérieure et subir le châtiment qui lui était dévolu. Fouet et gourdin conjuguaient sur lui leurs effets. C'était un des pires traitements qu'il eût reçus en sa vie. Même la raclée dont Castor-Gris l'avait gratifié dans son enfance n'était que du lait en regard de celles-ci.

Beauty-Smith se complaisait à la tâche ; il en rayonnait. Ses gros yeux flambaient méchamment tandis qu'il lançait en avant fouet ou gourdin et que Croc-Blanc jetait ses cris de douleur et ses grondements inutiles. Car Beauté était cruel à la façon des lâches. Tremblant et rampant lui-même devant les coups ou les menaces des autres hommes, il prenait sa revanche sur des créatures plus faibles que lui. Tout être vivant aime à dominer un autre être et Beauté ne faisait pas exception à la règle. Impuissant devant sa race, il exerçait sa vindicte sur les races inférieures. Réflexes inconscients puisque, nous l'avons dit, il ne s'était pas créé.

Le louveteau n'ignorait pas pourquoi ce châtiment était tombé sur lui. Lorsque Castor-Gris lui avait passé une lanière autour du cou et en avait remis l'extrémité à Beauty-Smith, Croc-Blanc savait que la volonté de son dieu était qu'il allât avec Beauty-Smith. Et lorsque celui-ci l'avait attaché dans le fort, il savait aussi que la volonté du dieu blanc était qu'il demeurât là. Il avait, par conséquent, désobéi à ces deux dieux et mérité le châtiment qui avait suivi. Maintes fois, dans le passé, il avait vu des chiens changer de maîtres, et ceux qui s'enfuyaient battus comme il l'avait été.

Mais, si sage qu'il fût, des forces latentes en sa nature l'avaient emporté sur sa sagesse. La principale de ces forces était la fidélité. Il n'aimait pas Castor-Gris et cependant, même devant son impérative volonté et sa colère, il lui demeurait fidèle. Il ne pouvait s'en empêcher. La fidélité était une qualité inhérente à sa race, celle qui sépare son espèce des autres espèces et qui fait que le loup et le chien sauvage sont capables de quitter la liberté de l'espace pour devenir compagnons de l'homme.

La raclée terminée, Croc-Blanc fut attaché dans le fort non plus avec une lanière de cuir mais au bout d'un bâton. Il n'en persista pas moins dans sa fidélité à Castor-Gris. Castor-Gris était son propre dieu, son dieu particulier et, en dépit de la volonté du dieu, il ne prétendait pas renoncer à lui. Son dieu l'avait livré et trahi, c'est qu'il s'était, à ce dieu, donné corps et âme, sans réserve aucune. Et ce don de lui-même ne pouvait être révoqué.

Durant la nuit, il renouvela son exploit de la veille. Lorsque les hommes du fort furent endormis, il s'attaqua au bâton auquel il était lié. Le bâton était attaché de si près à son cou qu'il ne semblait pas possible qu'il pût arriver à le mordre. C'est là un acte dont tout chien est réputé incapable. Il y réussit cependant, à force de tordre ses muscles et de contorsions acharnées. Ce fut un cas sans précédent. Toujours est-il que Croc-Blanc quitta le fort en trottant, au petit matin, portant pendue à son cou la moitié du bâton qu'il avait rongé.

La sagesse lui commandait de ne pas revenir vers Castor-Gris qui, deux fois déjà, l'avait trahi. La survivance de sa fidélité le ramena pour être, une troisième fois, livré et abandonné. Il fut rattaché par l'Indien et remis à Beauty-Smith lorsque celui-ci vint le réclamer.

La correction eut lieu sur place et augmenta encore en cruauté. Castor-Gris regardait tranquillement, tandis que l'homme blanc manœuvrait sa trique. Il ne donnait plus sa protection. Croc-Blanc n'était plus son chien. Lorsque les coups s'arrêtèrent, le louveteau était à moitié mort. Un faible chien du Sud n'eût pas survécu ; lui, il ne mourut pas tout à fait. Son étoffe était plus solide, sa vitalité plus tenace. Mais il était à ce point défaillant qu'il ne pouvait plus se porter et que Beauty-Smith dut attendre, pour l'emmener, qu'il eût repris quelques forces. Aveugle et chancelant, il suivit alors les pas de son bourreau.

Il fut ensuite attaché à une chaîne qui défiait ses dents et ce fut en vain qu'il s'évertua à arracher le cadenas qui reliait cette chaîne à une grosse poutre.

Quelques jours après, Castor-Gris, devenu un parfait alcoolique et en pleine banqueroute, quitta le Porcupine pour refaire à rebours son long voyage sur le Mackenzie. Croc-Blanc demeurait, sur le Yukon, la propriété d'un homme plus qu'à demi fou et le type achevé de la brute. Mais qu'est-ce qu'un loup peut bien comprendre à la folie ? Pour Croc-Blanc, son nouveau maître était un dieu sinistre, mais toujours un dieu. Tout ce qu'il savait, c'est qu'il devait se soumettre à sa volonté, obéir à son désir, se plier à sa fantaisie.

17

Le Règne de la haine

Sous la tutelle du dieu fou, Croc-Blanc devint à son tour un être vraiment diabolique. Il était tenu enchaîné dans un enclos situé derrière le fort et où Beauty-Smith venait l'agacer, l'irriter et le repousser vers l'état sauvage, par toutes sortes de menus tourments. L'homme avait découvert l'irritation spontanée du jeune loup dès que celui-ci voyait rire de lui, et il ne manquait pas à cet amusement qui faisait toujours suite à ses traitements inhumains. C'était un rire sonore et méprisant, à grands éclats, et, tout en riant, le dieu tendait ses doigts vers Croc-Blanc, en signe de dérision. Dans ces moments, Croc-Blanc sentait sa raison s'en aller. Dans les transports de rage auxquels il s'abandonnait, il devenait plus fou que Beauty-Smith lui-même.

Croc-Blanc avait été hier l'ennemi de sa race. Il devenait maintenant, avec férocité encore accrue, l'ennemi de tout ce qui l'entourait. Sa haine était aveugle et sans la moindre étincelle de raison. Il haïssait la chaîne qui l'attachait, le passant qui l'épiait à travers les barreaux de son enclos, le chien qui accompagnait ce passant et qui grondait méchamment en insultant à son malheur. Il haïssait les matériaux de l'enclos qui l'emprisonnait et bientôt, pardessus tout, il prit en haine Beauty-Smith.

Mais Beauté avait un but dans sa conduite. Un beau jour, un certain nombre d'hommes blancs se réunirent autour de l'enclos de Croc-Blanc, et Beauté, étant entré gourdin en main, détacha la chaîne du cou du jeune loup.

Celui-ci, lorsque son maître fut sorti, put aller et venir en liberté dans l'enclos et commença par vouloir se jeter sur les hommes blancs qui étaient dehors. Il était magnifiquement terrible. Sa taille atteignait alors plus de cinq pieds de long et deux pieds et demi à la hauteur de l'épaule. Par sa mère, il avait hérité des lourdes proportions du chien, en sorte qu'il pesait, sans une once de graisse ni de chair superflue, dans les quatre-vingt-dix livres. Il était tout muscles, tout os et tout nerfs, ce qui est la plus belle condition d'un combattant.

La porte de l'enclos s'ouvrit à nouveau. Croc-Blanc attendit. Quelque chose d'extraordinaire allait sans nul doute se produire. La porte s'ouvrit moins étroitement, puis se referma à toute volée sur un énorme mâtin qu'elle avait laissé passer.

Croc-Blanc n'avait jamais vu de chien de cette espèce, mais il ne fut troublé ni de la forte taille ni de l'air arrogant de l'intrus. Il ne vit en lui qu'un objet qui n'était ni bois ni fer, et sur lequel il allait enfin pouvoir décharger sa haine. Il bondit sur le mâtin et, d'un coup de crocs, lui déchira le côté du cou. Le mâtin secoua sa tête, en grondant horriblement, et s'élança à son tour sur Croc-Blanc qui, sans attendre la riposte, se mit, selon sa tactique, à bondir à droite, à bondir à gauche, lançant ses crocs, puis reculant à nouveau, sans livrer prise un instant.

Du dehors, les hommes criaient et applaudissaient, tandis que Beauty-Smith était comme en extase du merveilleux succès de ses pratiques. Il n'y eut dès l'abord aucun espoir de victoire pour le mâtin. Il manquait de présence d'esprit dans la conduite du combat et ses mouvements étaient insuffisamment alertes. Finalement, il fut dégagé et traîné dehors par son propriétaire, tandis que Beauty-Smith frappait à tour de bras, avec son gourdin, sur le dos de Croc-Blanc pour lui faire lâcher prise. Il y eut alors le paiement d'un pari et des pièces de monnaie cliquetèrent dans la main de Beauty-Smith.

De ce jour, tout le désir de Croc-Blanc fut de voir des hommes se réunir autour de son enclos. Car cette réunion signifiait un combat, et c'était la seule voie qui lui restait pour extérioriser sa force de vie, pour exprimer la haine que Beauty-Smith lui avait savamment inculquée. Et de ses capacités combatives Beauty-Smith n'avait pas trop préjugé, car il demeurait invariablement le vainqueur.

Dans une de ces rencontres, trois chiens furent successivement abattus par lui. Dans une autre, un loup adulte, nouvellement enlevé au Wild, fut projeté d'une seule poussée à travers la porte de l'enclos. Une troisième fois, il eut à combattre simultanément, contre deux chiens.

Ce fut sa plus rude bataille, mais il finit par les tuer tous deux et faillit lui-même en crever.

Lorsque commencèrent à tomber les premières neiges de l'automne et que le fleuve se mit à charrier, Beauté prit passage, avec Croc-Blanc, sur un steamboat qui remontait le cours du Yukon, vers Dawson. Grande était, par toute la contrée, la réputation de Croc-Blanc. On le connaissait sous le nom du « loup combattant » dans les moindres recoins du pays, et la cage dans laquelle il était enfermé, sur le pont du bateau, était environnée de curieux.

Il rageait et grondait vers eux ou bien se couchait, d'un air tranquille, en observant tous ces gens, dans les profondeurs de sa haine. Comment ne les eût-il pas haïs ? Haïr était sa passion et il s'y noyait. La vie, pour lui, était l'enfer. Fait pour la liberté sauvage, il devait subir d'être captif et reclus. Les gens le regardaient, agitaient des bâtons entre les barreaux de sa cage, pour le faire gronder, puis riaient de lui.

Quand le steamboat fut arrivé à Dawson, Croc-Blanc vint à terre mais toujours dans sa cage et livré aux regards du public. On payait cinquante cents, en poussière d'or, le droit de le voir. Afin que les assistants en eussent pour leur argent et que l'exhibition gagnât en intérêt, aucun repos ne lui était laissé. Dès qu'il se couchait pour dormir, un coup de bâton le réveillait.

Entre-temps, et dès qu'un combat pouvait être organisé, il était sorti de sa cage et conduit au milieu des bois, à quelques milles de la ville. L'opération s'effectuait d'ordinaire pendant la nuit, pour éviter l'intervention des policiers à cheval du territoire. Après plusieurs heures d'attente, au point du jour, arrivaient l'assistance et le chien contre lequel il devait combattre.

Il eut pour adversaires des chiens de toutes tailles et de toutes races. On était en terre sauvage ; sauvages étaient les hommes, et la plupart des rencontres étaient à mort. La mort était pour les chiens, cela va de soi, puisque Croc-Blanc continuait à combattre. Il ne connaissait toujours pas de défaite. L'entraînement auquel il s'était livré avec Lip-Lip et les jeunes chiens du camp indien lui servait à cette heure. Pas un de ses adversaires n'arrivait à le culbuter. Chiens du Mackenzie, chiens esquimaux ou du Labrador, mastocs ou malemutes, chiens aboyeurs et chiens muets, tous étaient impuissants contre lui. Jamais il ne perdait pied. C'est là que le public l'attendait. Mais toujours il déconcertait cet espoir. Non moins rapide était la promptitude de son attaque, à ce point qu'il mettait à mal son adversaire neuf fois sur dix avant même que celui-ci se fût paré pour la défense. Le fait se renouvela si souvent que l'usage s'établit de ne point lâcher Croc-Blanc avant que le chien adverse eût achevé ses préliminaires de bataille ou même se fût rué le premier à l'assaut.

Peu à peu, les rencontres de ce genre se firent plus rares. Les partenaires se décourageaient, ne trouvant plus de champion de force équivalente à lui opposer. Beauty-Smith était forcé de lui donner à combattre des loups qu'il se procurait. Ces loups étaient capturés au piège par des Indiens, et l'annonce d'un de ces duels ne manquait pas d'attirer un important concours de spectateurs.

On alla jusqu'à lui présenter une grande femelle de lynx et, cette fois, il combattit pour sa vie. La vitesse du lynx valait la sienne et sa férocité n'était pas inférieure à celle de Croc-Blanc. Tandis qu'il n'avait que ses crocs pour seules armes, le lynx luttait avec toutes les griffes de ses quatre pattes, en même temps qu'avec ses dents acérées. La victoire resta cependant à Croc-Blanc et les combats cessèrent jusqu'à nouvel ordre. Il avait épuisé toutes les variétés possibles d'adversaires.

Il redevint donc un simple objet d'exhibition. Cela dura jusqu'au printemps, lorsque advint dans le pays un nommé Tim Keenan, tenancier de jeux, qui amenait avec lui le premier bull-dog que l'on eût vu au Klondike. Que ce chien et Croc-Blanc dussent entrer en lice, face à face, était chose inévitable. Durant une semaine, le combat qui se préparait fit l'objet de toutes les conversations, dans le monde spécial qui fréquentait certains quartiers de la ville.

18

La Mort adhérente

Lorsque l'heure de la rencontre fut venue, Beauty-Smith détacha la chaîne qui retenait Croc-Blanc et se retira en arrière. Croc-Blanc, pour une fois, ne fit pas une attaque immédiate. Il demeura immobile, les oreilles pointées en avant, alerte et curieux, observant l'étrange animal qu'il avait devant lui. Jamais il n'avait vu un semblable chien. Tim Keenan poussa le bull-dog en lui disant à mi-voix : « Vas-y… » Le bull-dog se dandinait au centre du cercle qui entourait les deux champions, court, trapu et l'air gauche. Il s'arrêta après quelques pas et loucha vers Croc-Blanc.

Il y eut des cris dans la foule :

– Vas-y, Cherokee ! Crève-le, Cherokee ! Bouffe-le !

Mais Cherokee ne semblait pas disposé à combattre. Il tourna la tête vers les gens qui criaient, en clignant de l'oeil et en agitant son bout de queue avec bonne humeur. Ce n'était pas qu'il eût peur de Croc-Blanc. Non, c'était simple paresse de sa part. Il ne lui semblait pas, d'ailleurs, qu'il fût dans ses obligations de combattre le chien qu'on lui présentait. Cette espèce ne figurait point sur la liste à laquelle il était accoutumé et il attendait qu'on lui offrît un autre chien.

Tim Keenan entra dans l'enceinte et, se courbant vers Cherokee, se mit à lui gratter les deux épaules, à lui rebrousser le poil, afin de l'inciter à aller de l'avant. Le résultat en fut d'irriter le chien peu à peu. Cherokee commença à gronder d'abord en sourdine, puis plus âprement dans sa gorge. Au rythme des doigts correspondait celui des grondements qui, au fur et à mesure que le mouvement de la main s'accélérait, devenaient plus intenses et, brusquement, se terminèrent en un aboi furieux.

Tout ce manège ne laissait pas non plus Croc-Blanc insensible. Son poil se soulevait sur son cou et sur ses épaules. Tim Keenan, après avoir passé la main sur le poil de sa bête encore une fois, abandonna Cherokee à lui-même ; le bull-dog était prêt à s'élancer. Mais déjà Croc-Blanc avait frappé. Un cri d'admiration et de stupeur s'éleva. Avec la rapidité et la souplesse d'un chat plutôt que d'un chien, il avait couvert la distance qui le séparait de son adversaire, puis avait rebondi au large après l'avoir lacéré.

Le bull-dog saignait d'une oreille arrachée et d'une large morsure dans son cou épais. Il n'eut pas l'air d'y prêter attention, ne laissa pas échapper une plainte, mais marcha sur Croc-Blanc. La vélocité de l'un, l'inébranlable tenue de l'autre passionnaient la foule ; les premiers paris se renouvelèrent avec une mise augmentée ; d'autres furent engagés. La même attaque et la même parade se répétèrent.

Croc-Blanc bondit encore en avant, lacéra, puis reflua en arrière sans être touché. Et encore son étrange ennemi le suivit sans trop se presser, sans lenteur excessive, mais délibérément, avec détermination, comme on traite une affaire. Il avait, de toute évidence, un but qu'il se proposait et une méthode pour arriver à ce but. Le reste ne comptait pas et ne devait pas le distraire.

Croc-Blanc s'en aperçut et cela le rendit perplexe. Il en était tout dérouté. Ce chien était décidément bien étrange. Il avait le poil ras et ne possédait point de fourrure protectrice. Les morsures s'enfonçaient sans peine dans une chair grasse qu'aucun matelas ne protégeait, et il ne semblait pas que l'animal eût la capacité de s'en défendre. Il ne se fâchait pas non plus et saignait sans se plaindre, ce qui était non moins déconcertant. À peine un léger cri, lorsqu'il avait reçu son châtiment.

Ce n'était pas pourtant que Cherokee fût impuissant à se mouvoir. Il tournait et virait même assez vite, mais Croc-Blanc n'était jamais là où il le cherchait. Il en était fort perplexe, lui aussi. Il n'avait jamais combattu avec un chien qu'il ne pouvait appréhender, avec un adversaire qui ne cessait pas de danser et de biaiser autour de lui.

Croc-Blanc ne réussissait pas cependant à atteindre, comme il l'eût voulu, le dessous de la gorge du bulldog. Celui-ci la tenait trop bas et ses mâchoires massives lui étaient une protection efficace. Le sang de Cherokee continuait à couler ; son cou et le dessus de sa tête étaient tailladés, et il persistait à poursuivre inlassablement Croc-Blanc, qui restait indemne. Une seule fois il s'arrêta durant un moment, abasourdi, en regardant de côté vers Tim Keenan et en agitant son tronçon de queue en signe de sa bonne volonté. Puis il reprit avec application sa poursuite, en tournant en rond derrière Croc-Blanc. Soudain, il coupa le cercle que tous deux décrivaient et tenta de saisir son adversaire à la gorge. Il ne le manqua que de l'épaisseur d'un cheveu, et des applaudissements crépitèrent à l'adresse de Croc-Blanc, qui avait échappé.

Le temps passait. Croc-Blanc répétait ses soubresauts et Cherokee s'acharnait avec la sombre certitude que, tôt ou tard, il atteindrait son but. Ses oreilles n'étaient que de minces rubans, plus de cent blessures les couvraient, et ses lèvres mêmes saignaient, toutes coupées. Parfois, Croc-Blanc s'efforçait de le reverser à terre, pattes en l'air, en se jetant sur lui. Mais son épaule était plus haute que celle du chien et la manœuvre avortait. Il s'obstina à la renouveler et, dans un élan plus fort qu'il avait pris, il passa par-dessus le corps de Cherokee. Pour la première fois depuis qu'il se battait, on vit Croc-Blanc perdre pied. Il tournoya en l'air pendant une seconde, se retourna comme un chat, mais ne réussit pas à retomber immédiatement sur ses pattes. Il chut lourdement sur le côté et, quand il se redressa, les dents du bull-dog s'étaient incrustées dans sa gorge.

La prise n'était pas bien placée ; elle était trop bas vers la poitrine, mais elle était solide. Croc-Blanc, avec une exaspération frénétique, s'efforça de secouer ces dents resserrées sur lui, ce poids qu'il sentait pendu à son cou. Ses mouvements, maintenant, n'étaient plus libres ; il lui semblait qu'il avait été happé par une chausse-trappe. Tout son être s'en révoltait, au point de tomber en démence. La peur de mourir avait tout à coup surgi en lui, une peur aveuglée et désespérée.

Il se mit à virer, courir à droite, courir à gauche, tant pour se persuader qu'il était toujours vivant que pour tenter de détacher les cinquante livres que traînait sa gorge. Le bulldog se contentait, à peu de chose près, de conserver son emprise. Quelquefois, il tentait de reprendre pied pendant un moment afin de secouer Croc-Blanc à son tour. Mais l'instant d'après, Croc-Blanc l'enlevait à nouveau et l'emportait à sa suite dans ses mouvements giratoires.

Cherokee s'abandonnait consciemment à son instinct. Il savait que sa tâche consistait à tenir dur et il en éprouvait de petits frissons joyeux. Il fermait béatement les yeux et, sans se raidir, se laissait ballotter de-ci de-là, avec abandon, indifférent aux heurts auxquels il était exposé. Croc-Blanc ne s'arrêta que lorsqu'il fut exténué. Il ne pouvait rien contre son adversaire. Jamais pareille aventure ne lui était arrivée. Il se coucha sur ses jarrets, pantelant et cherchant son souffle.

Sans relâcher son étreinte, le bull-dog tenta de le renverser complètement. Croc-Blanc résista à cet effort ; mais il sentit que les mâchoires qui le tenaillaient, par un imperceptible mouvement de mastication, portaient plus haut leur emprise. Patiemment, elles travaillaient à se rapprocher de sa gorge. Dans un mouvement spasmodique, il réussit à mordre lui-même le cou gras de Cherokee là où il rattache à l'épaule. Mais il se contenta de le lacérer, pour lâcher prise ensuite. Il ignorait la mastication de combat et sa mâchoire, au surplus, n'y était point apte.

Un changement se produisit, à ce moment, dans la position des deux adversaires. Le bull-dog était parvenu à rouler Croc-Blanc sur le dos et, toujours accroché à son cou, lui était monté sur le ventre. Alors Croc-Blanc, se ramassant sur son train de derrière, s'était mis à déchirer à coups de griffes, à la manière d'un chat, l'abdomen de son adversaire. Cherokee n'eût pas manqué d'être éventré s'il n'eût rapidement pivoté sur ses dents serrées, hors de la portée de cette attaque imprévue.

Mais le destin était inexorable comme la mâchoire qui, dès que Croc-Blanc demeurait un instant immobile, continuait à monter le long de la veine jugulaire. Seules, la peau flasque de son cou et l'épaisse fourrure qui la recouvrait sauvaient encore de la mort le jeune loup. Cette peau formait un gros rouleau dans la gueule du bull-dog et la fourrure défiait toute entame de la part des dents. Cependant Cherokee absorbait toujours plus de peau et de poil et, de la sorte, étranglait lentement Croc-Blanc qui respirait et soufflait de plus en plus difficilement.

La bataille semblait virtuellement terminée. Ceux qui avaient parié pour Cherokee exultaient et offraient de ridicules surenchères. Ceux, au contraire, qui avaient misé sur Croc-Blanc étaient découragés et refusaient des paris à dix pour un, à vingt pour un. On vit alors un homme s'avancer sur la piste du combat. C'était Beauty-Smith. Il étendit son doigt dans la direction de Croc-Blanc, puis se mit à rire avec dérision et mépris.

L'effet de ce geste ne se fit pas attendre. Croc-Blanc, en proie à une rage sauvage, appela à lui tout ce qui lui restait de force et se remit sur ses pattes. Mais, après avoir traîné encore autour du cercle les cinquante livres qu'il portait, sa colère tourna en panique. Il ne vit plus que la mort adhérente à sa gorge et, trébuchant, tombant, se relevant, enlevant son ennemi de terre, il lutta vainement, non plus pour vaincre, mais pour sauver sa vie. Il tomba à la renverse, exténué, et le bull-dog en profita pour enfouir dans sa gueule un bourrelet de peau et de poil encore plus gros. La strangulation complète était proche. Des cris, des applaudissements s'élevèrent, à la louange du vainqueur. On clama : « Cherokee ! Cherokee ! » Cherokee répondit en remuant le tronçon de sa queue, mais sans se laisser distraire de sa besogne. Il n'y avait aucune relation de sympathie entre sa queue et ses mâchoires massives. L'une pouvait s'agiter joyeusement, sans que les autres détendissent leur implacable étau.

Une diversion inattendue survint sur ces entrefaites. Un bruit de grelots résonna, mêlé à des aboiements de chiens de traîneau. Les spectateurs tournèrent la tête, craignant de voir arriver la police. Il n'en était rien. Le traîneau venait à toute vitesse de la direction opposée à celle du fort et les deux hommes qui le montaient rentraient sans doute de quelque voyage d'exploration. Apercevant la foule, ils arrêtèrent leurs chiens et s'approchèrent afin de se rendre compte du motif qui réunissait tous ces gens. Celui qui conduisait les chiens portait moustache. L'autre, un grand jeune homme, était rasé à fleur de peau. Il était tout rouge du sang que l'air glacé et la rapidité de la course lui avaient fait affluer au visage.

Croc-Blanc continuait à agoniser et ne tentait plus de lutter. Seuls, des spasmes inconscients le soulevaient encore, par saccades, en une résistance machinale qui s'éteindrait bientôt avec son dernier souffle. Beauty-Smith ne l'avait pas perdu de vue une seule minute ; même les nouveaux venus ne lui avaient pas fait tourner la tête. Lorsqu'il s'aperçut que les yeux de son champion commençaient à se ternir, quand il se rendit compte que tout espoir de vaincre était perdu, l'abîme de brutalité où se noyait son cerveau submergea le peu de raison qui lui demeurait. Perdant toute retenue, il s'élança férocement sur Croc-Blanc pour le frapper. Il y eut des cris de protestation et des sifflets, mais personne ne bougea.

Beauty-Smith persistait à frapper la bête à coups de souliers ferrés, lorsqu'un remous se produisit dans la foule.

C'était le grand jeune homme qui se frayait un passage, écartant les gens à droite et à gauche sans cérémonie ni douceur. Lorsqu'il parvint sur l'arène, Beauty-Smith était justement en train d'envoyer un coup de pied à Croc-Blanc et, une jambe levée, se tenait en équilibre instable sur son autre jambe. L'instant était bon et le grand jeune homme en profita pour appliquer à Beauty-Smith un maître coup de poing en pleine figure. Beauté fut soulevé du sol, tout son corps cabriola en l'air, puis il retomba violemment à la renverse sur la neige battue. Se tournant ensuite vers la foule, le grand jeune homme cria :

– Tas de lâches ! Tas de brutes !

Il était en proie à une rage folle, à une sainte colère. Ses yeux gris avaient des lueurs métalliques et des reflets d'acier, qui fulguraient vers la foule. Beauty-Smith, une fois debout, s'avança vers lui reniflant et apeuré. Le nouveau venu, sans attendre de savoir ce qu'il voulait et ignorant l'abjection du personnage, pensa que Beauté désirait se battre. Il se hâta donc de lui écraser la face d'un second coup de poing avec un :

– Espèce de brute !

Beauty-Smith, renversé à nouveau, jugea que le sol était la place la plus sûre qu'il y eût pour lui et il resta couché là où il était tombé, sans plus essayer de se relever.

– Viens ici, Matt, et aide-moi ! dit le grand jeune homme à son compagnon qui l'avait suivi dans le cercle.

Les deux hommes se courbèrent vers les combattants, Matt soutint Croc-Blanc, prêt à l'emporter dès que les mâchoires de Cherokee se seraient détendues. Mais le grand jeune homme tenta en vain, avec ses mains, d'ouvrir la gueule du bull-dog. Il suait, tirait, soufflait, en s'exclamant entre chaque effort :

– Brutes !

La foule commença à grogner et à murmurer. Les plus hardis protestèrent qu'on venait les déranger dans leur amusement. Mais ils se taisaient dès que le grand jeune homme, quittant son occupation, les fixait des yeux et les interpellait :

– Brutes ! Ignobles brutes !

– Tous vos efforts ne servent de rien, Mr. Scott, dit Matt à la fin. Vous ne pourrez les séparer en vous y prenant ainsi.

Ils se relevèrent et examinèrent les deux bêtes toujours rivées l'une à l'autre.

– Il ne saigne pas beaucoup, prononça Matt, et ne va pas mourir encore.

– La mort peut survenir dans un instant, répondit Scott. Là ! Vois-tu ? Le bull-dog a remonté encore un peu sa morsure.

Il frappa Cherokee sur la tête, durement et plusieurs fois. Les dents, pour autant, ne se desserrèrent point. Cherokee remuait son tronçon de queue, ce qui voulait dire qu'il comprenait la signification des coups, mais aussi qu'il savait être dans son droit et accomplir strictement son devoir en refusant de lâcher prise.

– Allons ! Quelqu'un de vous ne viendra-t-il pas nous aider ? cria Scott à la foule, en désespoir de cause.

Mais son appel demeura vain. On se moqua de lui, on lui donna de facétieux conseils, on le blagua avec ironie.

Il fouilla dans l'étui qui pendait à sa ceinture et en tira un revolver, dont il s'efforça d'introduire le canon entre les mâchoires de Cherokee. Il taraudait si dur qu'on entendait distinctement le crissement de l'acier contre les dents. Les deux hommes étaient à genoux, courbés sur les deux bêtes. Tim Keenan s'avança vers eux sur l'arène et, s'étant arrêté devant Scott, lui toucha l'épaule en disant

– Ne brisez pas ses dents, étranger !

– Alors c'est son cou que je lui briserai ! répondit Scott en continuant son mouvement de va-et-vient avec le canon du revolver.

– Je dis : Ne brisez pas ses dents ! répéta le maître de Cherokee, d'un ton plus solennel encore.

Mais son bluff fut inutile et Scott ne se laissa pas démonter. Il leva les yeux vers son interlocuteur et lui demanda froidement :

– Ton chien ?

Tim Keenan émit un grondement affirmatif.

– Alors, viens à ma place et brise sa prise.

Tim Keenan s'irrita :

– Etranger, je n'ai pas pour habitude de me mêler des choses que je ne saurais faire. Je serais impuissant à ouvrir ce cadenas.

– En ce cas, ôte-toi de là et ne m'embête pas.

Scott avait déjà réussi à insinuer le canon du revolver sur un des côtés de la mâchoire. Il manœuvra tant et tant qu'il atteignit l'autre côté. Après quoi, comme il eût fait avec un levier, il desserra peu à peu les dents du bull-dog. Matt sortait à mesure, de la gueule entrouverte, le bourrelet de peau et de poil de Croc-Blanc.

— Prépare-toi à recevoir ton chien, ordonna Scott, d'un ton péremptoire, à Tim Keenan qui était demeuré debout sans s'éloigner.

Tim Keenan obéit et, se penchant, saisit fortement Cherokee qu'une dernière pesée du revolver décrocha complètement. Le bulldog se débattait avec vigueur.

— Tire-le au large ! commanda Scott.

Tim Keenan et Cherokee, l'un traînant l'autre, s'éloignèrent parmi la foule.

Croc-Blanc fit, pour se relever, plusieurs efforts inutiles. Comme il était arrivé à se remettre sur ses pattes, ses jarrets trop faibles le trahirent et il s'affaissa mollement. Ses yeux étaient mi-clos et leur prunelle toute terne ; sa gueule était béante et la langue pendait, gonflée et inerte. Il avait l'aspect d'un chien qui a été étranglé à mort. Matt l'examina.

— Il est à bout, mais il respire encore.

Durant ce temps, Beauty-Smith s'était remis droit et s'approcha.

— Matt, combien vaut un bon chien de traîneau ? demanda Scott.

Le conducteur du traîneau, encore agenouillé sur Croc-Blanc, calcula un moment.

— Trois cents dollars, répondit-il.

— Et combien pour un chien en marmelade comme celui-ci ?

— La moitié.

Scott se tourna vers Beauty-Smith :

— Entends-tu, monsieur la brute ? Je vais prendre ton chien et te donner pour lui cent cinquante dollars !

Il ouvrit son portefeuille et compta les billets. Mais Beauty-Smith croisa ses mains derrière son dos et refusa de prendre la somme.

— J'suis pas vendeur, dit-il.

— Oh ! Si, tu l'es, assura l'autre, parce que je suis acheteur. Voici ton argent. Le chien m'appartient.

Beauty-Smith, les mains toujours derrière le dos, se recula. Scott avança vivement vers lui, le poing levé pour frapper. Beauty-Smith se courba, en prévision du coup.

— J'ai mes droits ! gémit-il.

— Tu as forfait à ces droits. Es-tu disposé à recevoir cet argent ? Ou vais-je avoir à frapper à nouveau ?

— C'est bon, dit Beauty-Smith avec toute la célérité de la peur. Mais j'prends l'argent en protestant, ajouta-t-il. Le chien est mon bien ; j'suis volé. Un homme a ses droits.

— Très correct ! répondit Scott en lui remettant les billets. Un homme a ses droits. Mais tu n'es pas un homme, tu es une sale brute.

— Attendez que j' revienne à Dawson ! menaça Beauty-Smith. J'aurai la loi pour moi.

— Si tu ouvres le bec, à ton retour à Dawson, je te ferai expulser de la ville. Est-ce compris ?

Un grognement fut la réplique.

— Comprends-tu ? cria Scott dans un accès soudain de colère.

— Oui, grogna encore Beauty-Smith en se reprenant à reculer.

— Oui, qui ?

— Oui, monsieur.

— Attention ! Il va mordre ! jeta quelqu'un dans la foule, et de grands éclats de rire s'élevèrent.

Scott, tournant le dos, s'en revint aider son compagnon qui poussait Croc-Blanc vers le traîneau.

Une partie des spectateurs s'étaient éloignés. D'autres étaient restés, formant des groupes, qui regardaient et causaient. Tim Keenan rejoignit un de ces groupes.

— Quelle est cette gueule ? demanda-t-il.

— Weedon Scott, répondit quelqu'un.

— Par tous les diables, qui, alors, est Weedon Scott ?

— Un de ces crâneurs d'ingénieurs des mines. Il est au mieux avec toutes les grosses punaises de Dawson. Si vous craignez les ennuis, vous ferez bien de naviguer loin de lui. Voilà ce que je vous dis. Il est intime avec tous les fonctionnaires. Le Commissaire de l'Or est son meilleur copain.

    – Je me doutais bien qu'il était quelqu'un, dit Tim Keenan. C'est pourquoi je l'ai ménagé.

19

L'indomptable

– J'en désespère ! déclara Weedon Scott.

Il était assis au seuil de la cabane de bois qu'il habitait, près de Dawson, et regardait Matt, le conducteur de ses chiens, qui leva les épaules en signe de découragement. Tous deux observaient Croc-Blanc, hérissé au bout de sa chaîne tendue, grondant férocement et se démenant afin de se jeter sur l'attelage de son nouveau possesseur. Quant aux chiens de l'attelage, Matt leur avait donné quelques bonnes leçons, leçons appuyées d'un bâton, leur enseignant qu'il fallait laisser tranquille Croc-Blanc. Ils étaient en ce moment couchés à quelque distance, apparemment oublieux de l'existence même de leur acrimonieux compagnon.

– C'est un loup, et il n'y a nul moyen de l'apprivoiser ! reprit Weedon Scott.

– Sur ce point, gardons-nous d'être trop absolus, objecta Matt. Peut-être, quoi que vous disiez, y a-t-il une part de chien en lui. Ce qui est certain, en tout cas, et je ne crains pas de l'affirmer…

Ici Matt s'arrêta et secoua la tête d'un air entendu, en regardant le Moosehide Mountain (*la Montagne de la Peau-d'Elan*) comme pour lui confier son secret.

– Bon ! ne sois pas avare de ta science, dit Scott un peu aigrement après quelques minutes d'attente. Quelle est ton idée ? Crache-nous cela.

Matt retourna son pouce vers Croc-Blanc.

– Loup ou chien, c'est tout un ; celui-ci a déjà été apprivoisé.

– Non !

– Je dis oui. N'a-t-il pas déjà porté des harnais ? Regardez à cette place, vous y verrez la marque qu'ils ont laissée sur sa poitrine.

– Matt, tu as raison. C'était un chien de traîneau avant que Beauty-Smith eût acquis l'animal.

– Et je ne vois pas d'obstacles à ce qu'il le redevienne.

– Qu'est-ce qui te le fait penser ? demanda Scott avec vivacité.

Mais, ayant considéré Croc-Blanc, il reprit un air désolé.

– Nous l'avons depuis deux semaines déjà et, s'il a fait des progrès, c'est en sauvagerie.

– Il faudrait que vous me laissiez agir à mon gré. Il y a une chance encore que nous n'avons pas courue. C'est de le lâcher pour un moment.

Scott eut un geste d'incrédulité.

– Oui, je sais, reprit Matt. Vous avez déjà essayé de le détacher, sans seulement parvenir à vous en approcher. Mais voilà, vous n'aviez pas de gourdin.

– Alors, tente le coup toi-même.

Le conducteur de chiens prit un solide bâton et s'avança vers Croc-Blanc enchaîné, qui se mit aussitôt à observer le gourdin avec la même attention que prête un lion en cage à la cravache de son dompteur.

– Regardez-moi ses yeux, dit Matt. C'est un bon signe. Il n'est pas bête et se garde bien de s'élancer sur moi. Non, non, il n'est pas sot.

Et comme l'autre main de l'homme s'approchait de son cou, Croc-Blanc se hérissa, gronda, mais se coucha par terre. Il fixait cette main du regard, sans perdre de vue celle qui tenait le gourdin suspendu menaçant au-dessus de sa tête. Matt détacha la chaîne du collier et revint en arrière.

Croc-Blanc pouvait à peine croire qu'il était libre. Bien des mois s'étaient écoulés depuis qu'il appartenait à Beauty-Smith et, durant cette période, il n'avait jamais connu un moment de liberté. On le détachait seulement lorsqu'on le menait au combat, et celui-ci terminé, on l'enchaînait derechef.

Il ne savait que faire de lui. Peut-être quelque nouvelle diablerie des dieux se préparait-elle à ses dépens. Il se mit à marcher lentement, précautionneusement, se tenant sans cesse sur ses gardes. Ce qui se passait là était sans précédent. À tout hasard il s'écarta des deux hommes qui l'observaient et, à pas comptés, se dirigea vers la cabane où il entra. Rien n'arrivant, sa perplexité ne fit qu'augmenter. Il ressortit, fit une douzaine de pas en avant et regarda intensément ses dieux.

— Ne va-t-il pas s'échapper ? interrogea Scott.

Matt eut un mouvement des épaules.

— C'est à risquer. C'est le seul moyen de nous renseigner.

— Pauvre bête ! murmura Scott avec pitié. Ce qu'elle attend, c'est quelque signe d'humaine bonté.

Et, ce disant, il alla vers la cabane. Il y prit un morceau de viande qu'il revint jeter à Croc-Blanc, lequel bondit à distance, soupçonneux et attentif.

À ce moment, un des chiens vit la viande et se précipita sur elle.

— Ici, Major ! cria Scott.

Mais l'avertissement venait trop tard. Déjà Croc-Blanc s'était élancé et avait frappé. Le chien roula sur le sol. Lorsqu'il se releva, le sang coulait goutte à goutte de sa gorge et traçait sur la neige une traînée rouge.

— C'est trop de méchanceté ! dit Scott. Mais la leçon est bonne.

Matt s'était porté en avant pour châtier Croc-Blanc. Il y eut un nouveau bond, les dents brillèrent, une exclamation retentit. Puis, toujours grondant, Croc-Blanc se recula de plusieurs mètres tandis que Matt, qui s'était arrêté, examinait sa jambe.

– Il a touché droit au but, annonça-t-il en montrant la déchirure de son pantalon, celle du caleçon qui était dessous, et la tache de sang qui grandissait.

– Il n'y a pas d'espoir avec lui, je te l'avais bien dit, prononça Scott avec tristesse. Après toutes nos méditations à son sujet, la seule conclusion à laquelle nous arrivions est celle-ci…

Tout en parlant, il avait comme à regret pris son revolver, en avait ouvert le barillet et s'était assuré que l'arme était chargée. Matt intercéda.

– Ce chien a vécu dans l'Enfer, Mr. Scott. Nous ne pouvons attendre de lui qu'il se transforme instantanément en un bel ange blanc. Donnons-lui du temps.

– Pourtant, regarde Major.

Matt se tourna vers le chien qui gisait dans la neige au milieu d'une flaque de sang et qui se préparait à rendre son dernier soupir.

– La leçon est bonne, c'est vous-même qui l'avez dit, Mr. Scott. Major a tenté de prendre sa viande à Croc-Blanc, il en est mort. C'était fatal. Je ne donnerais pas grand-chose d'un chien qui ne ferait pas respecter son droit en pareil cas.

– Un droit tant que tu voudras, mais il y a une limite.

Matt s'entêta :

– Moi aussi, j'ai mérité ce qui m'arrive. Avais-je besoin de le frapper ? Laissons-le vivre, pour cette fois. S'il ne s'améliore pas, je le tuerai moi-même.

– Je te l'accorde, dit Scott, en mettant de côté son revolver. Dieu sait que je ne désire pas le tuer ni le voir tuer ! Mais il est indomptable. Laissons-le courir librement et voyons ce que de bons procédés peuvent faire de lui. Essayons cela.

Scott marcha vers Croc-Blanc et commença à lui parler avec gentillesse.

– Vous vous y prenez mal, objecta Matt. Ne vous risquez pas sans un gourdin.

Mais Scott secoua la tête, bien décidé à gagner la confiance de Croc-Blanc qui demeurait soupçonneux. Quel événement se préparait ? Il avait tué le chien du dieu, mordu le dieu qui était son compagnon. Un châtiment terrible ne pouvait manquer. Hérissé, montrant ses crocs, les yeux alertes, tout son être en éveil, il se tenait en garde. Le dieu n'avait pas de gourdin. Il souffrit qu'il s'approchât tout près de lui. La main du dieu s'avança et se mit à descendre sur sa tête. Il se courba et tendit ses nerfs. N'était-ce pas le danger qui prenait corps ? Quelque trahison qui se préparait ? Il connaissait les mains des dieux, leur puissance surnaturelle, leur adresse à frapper. Puis il n'avait jamais aimé qu'on le touchât. Il gronda, plus menaçant, tandis que la main continuait à descendre. Il ne désirait point mordre cependant et il laissa le péril inconnu s'approcher encore. Mais l'instinct de la conservation surgit, plus impérieux que sa volonté, et l'emporta.

Weedon Scott s'était cru assez vif et adroit pour éviter, le cas échéant, toute morsure. Il ignorait la rapidité déconcertante avec laquelle, pareil au serpent qui se détend, frappait Croc-Blanc. Il poussa un cri en sentant qu'il était atteint, et prit sa main blessée dans son autre main.

Matt était entré dans la cabane et en sortait avec un fusil.

– Ici, Matt ! cria Scott. Que prétends-tu ?

– Je vous ai fait une promesse tout à l'heure, répondit froidement Matt. Je vais la tenir. J'ai dit que je le tuerais moi-même à son prochain méfait.

– Non, ne le tue pas.

– Je le tuerai, ne vous déplaise ! Regardez plutôt…

C'était maintenant au tour de Scott de plaider pour Croc-Blanc. Comment aurait-il pu s'amender en aussi peu de temps ? On ne pouvait déjà jeter le manche après la cognée. C'est lui, Scott, qui s'était montré imprudent. Il était seul coupable.

Durant ce colloque, Croc-Blanc demeurait hérissé et agressif, toujours décidé à lutter contre le châtiment de plus en plus terrible qu'il avait conscience d'avoir encouru. Sans doute se préparait un traitement qui serait l'égal de celui que lui avait un jour infligé Beauty-Smith. Ce n'était plus toutefois vers Scott, mais vers Matt qu'il menaçait.

– Si je vous écoute, dit Matt, c'est moi qui vais être dévoré.

– Pas du tout, c'est à ton fusil qu'il en veut, non à toi. Vois comme il est intelligent ! Il sait, comme toi et moi, ce qu'est une arme à feu. Baisse ton fusil !

Matt obéit.

– Etonnant, en effet, s'exclama-t-il. Maintenant il ne dit plus rien. Cela vaut la peine de renouveler l'expérience.

Matt reprit son fusil qu'il avait déposé contre la cabane, et Croc-Blanc de se remettre aussitôt à gronder. Matt reposa le fusil, fit mine de s'en éloigner, et les lèvres de Croc-Blanc redescendirent sur ses dents.

– Maintenant, dit Scott, fais jouer ton arme.

Matt revint vers le fusil, le prit et le porta lentement à son épaule. Le grondement et l'agitation recommencèrent, pour arriver à leur paroxysme lorsque le canon du fusil se mit à descendre et que Croc-Blanc vit qu'on le couchait en joue. À l'instant même où l'arme fut à son niveau, il fit un bond de côté et s'enfuit dans la cabane. Matt arrêta là l'expérience. Abandonnant son fusil, il se tourna vers son patron et dit avec solennité

– Je suis de votre avis, Mr. Scott. Ce chien est trop intelligent pour être tué.

20

Le Maître d'amour

Vingt-quatre heures s'étaient écoulées depuis que Croc-Blanc avait été libéré. La main qui lui avait rendu sa liberté était maintenant enveloppée d'un bandage, cachée par un pansement et soutenue par une écharpe afin d'arrêter le sang.

Comme Scott s'approchait de lui, il fit entendre son grondement qui signifiait qu'il ne voulait pas se soumettre au châtiment mérité. Car cette idée ne l'avait pas abandonné depuis la veille. Déjà, dans le passé, il avait subi des châtiments retardés. Or, il avait commis un sacrilège qualifié, en enfonçant ses dents dans la chair sacrée d'un dieu, d'un dieu à peau blanche, supérieur aux autres ! Il était dans l'ordre des choses et dans la coutume des dieux que cet acte fût terriblement payé.

S'étant avancé, le dieu s'assit à quelques pas de lui. Rien de dangereux en cela. Quand les dieux punissent, ils sont toujours debout. D'ailleurs, le dieu n'avait ni gourdin ni fouet ni arme à feu. Lui-même, en outre, était libre. Point de chaîne ni de bâton pour le retenir. Il lui était loisible de s'échapper et de se mettre en sûreté s'il y avait lieu.

Le dieu était resté tranquille et, n'ayant esquissé aucun mouvement, le grondement commencé reflua dans la gorge de Croc-Blanc et expira. Alors le dieu parla. Le poil se dressa sur le cou de Croc-Blanc, et le grondement se précipita en avant. Mais le dieu continua à ne faire aucun geste hostile et à parler paisiblement. Il parlait sans arrêt, avec douceur et sans hâte. Nul n'avait jamais parlé ainsi à Croc-Blanc avec autant de charme dans la voix, et il sentit quelque chose, il ne savait quoi, remuer en lui. En dépit des préventions de son instinct, une certaine confiance le poussa vers ce dieu ; il lui sembla qu'il était en sécurité en sa compagnie.

Au bout d'un long moment, le dieu se leva et entra dans la cabane. Lorsqu'il en sortit, Croc-Blanc l'examina minutieusement et la crainte lui revint. Mais le dieu n'avait encore ni arme ni gourdin ; il ne cachait rien derrière son dos de sa main blessée et, dans son autre main, il tenait un petit morceau de viande.

Le dieu était revenu s'asseoir à la même place que tout à l'heure. Croc-Blanc dressa ses oreilles et regarda avec soupçon alternativement le dieu et la viande, prêt à bondir au loin à la moindre alerte. Mais le châtiment était retardé. Le dieu se contentait de lui tendre, proche du museau, le morceau de viande qui ne semblait dissimuler rien de dangereux. Les dieux, cependant, ont tous les pouvoirs et une trahison savamment machinée pouvait se cacher derrière cette viande inoffensive en apparence. Malgré les gestes aimables avec lesquels elle lui était offerte, il était plus sage de n'y pas toucher. L'expérience du passé avait prouvé, surtout avec les femmes des Indiens, que viande et châtiment se mêlaient souvent d'une façon déplorable.

Le dieu finit par jeter la viande dans la neige, aux pieds de Croc-Blanc qui la flaira avec attention sans la regarder. Les yeux étaient toujours pour le dieu. Rien n'arriva encore. Le dieu lui offrit un second morceau. Il refusa à nouveau de le prendre et, de nouveau, le dieu le lui jeta. Ceci fut répété un grand nombre de fois. Mais un moment arriva où le dieu refusa de jeter le morceau. Il le garda dans sa main, et, fermement, le lui présenta.

La viande était bonne et Croc-Blanc avait faim. Pas à pas, avec d'infinies précautions, il s'approcha puis se décida. Sans quitter le dieu du regard, les oreilles couchées, le poil involontairement dressé en crête sur le cou, un sourd grondement roulant dans son gosier afin d'avertir qu'il se tenait sur ses gardes et prétendait ne pas être joué, il allongea la tête, prit le morceau et le mangea. Rien n'arriva. Morceau par morceau il mangea toute la viande et, toujours, rien n'arrivait. Le châtiment était encore différé.

Croc-Blanc lécha ses babines et attendit. Le dieu s'avança et parla à nouveau avec bonté, puis il étendit la main. La voix inspirait la confiance, mais la main inspirait la crainte. Croc-Blanc se sentait tiraillé violemment par deux impulsions opposées. Il se décida pour un compromis, grondant et couchant les oreilles, mais ne mordant pas. La main continua à descendre jusqu'à toucher l'extrémité de ses poils tout hérissés. Il recula et elle le suivit, pressant davantage contre lui. Il frissonnait et voulait se soumettre, mais il ne pouvait oublier en un jour tout ce que les dieux lui avaient fait souffrir. Puis la main s'éleva et redescendit alternativement en une caresse. Il suivit ses mouvements en se taisant et en grondant tour à tour, car les véritables intentions du dieu n'apparaissaient pas nettement encore. La caresse se fit plus douce, elle frotta la base des oreilles et le plaisir éprouvé s'en accrut.

À ce moment, Matt sortit de la cabane, tenant une casserole d'eau grasse qu'il venait vider au-dehors.

– J'en suis abasourdi ! s'écria-t-il en apercevant Scott.

Et comme celui-ci continuait à caresser Croc-Blanc :

– Vous êtes peut-être un ingénieur très expert ; mais vous avez manqué votre vocation qui était, encore petit garçon, de vous engager dans un cirque comme dompteur de bêtes !

En entendant Matt, Croc-Blanc s'était aussitôt reculé. Il grondait vers lui, mais non plus vers Scott qui le rejoignit, remit sa main sur la tête de l'animal et le caressa comme avant.

Pour Croc-Blanc, c'était le commencement de la fin, de la fin de son ancienne vie et du règne de la haine. Une autre existence, immensément belle, était pour lui à son aurore. Il faudrait sans doute, de la part de Weedon Scott, beaucoup de soins et de patience pour la réaliser. Car Croc-Blanc n'était plus le louveteau, issu du Wild farouche, qui s'était donné Castor-Gris pour seigneur, et dont l'argile était prête à prendre la forme qu'on lui destinerait. Il avait été formé et durci dans la haine ; il était devenu un être de fer, de prudence et de ruse. Il lui fallait, maintenant, refluer tout entier sous la pression d'une puissance nouvelle qui était l'Amour. Weedon Scott s'était donné pour tâche de réhabiliter Croc-Blanc, ou plutôt de réhabiliter l'humanité du tort qu'elle lui avait fait. C'était pour Scott une affaire de conscience. La dette de l'homme envers l'animal devait être payée.

Tout d'abord Croc-Blanc ne vit en son nouveau dieu qu'un dieu préférable à Beauty-Smith. C'est pourquoi, une fois détaché, il resta. Et, pour prouver sa fidélité, il se fit de lui-même un gardien du bien de son maître. Tandis que les chiens du traîneau dormaient, il veillait et rôdait autour de la maison. Le premier visiteur nocturne qui se présenta pour voir Scott dut livrer combat à Croc-Blanc, avec un gourdin, jusqu'à ce que Scott vînt le secourir. Bientôt Croc-Blanc apprit à juger les gens. L'homme qui venait droit et ferme vers la porte de la maison, on pouvait le laisser passer tout en le surveillant jusqu'au moment où, la porte s'étant ouverte, il avait reçu le salut du maître. Mais l'homme qui se présentait sans faire de bruit, avec une démarche oblique et hésitante, regardant avec précaution et semblant chercher le secret, celui-là ne valait rien. Il n'avait qu'une chose à faire, s'enfuir en vitesse et sans demander son reste.

Chaque jour, Scott continuait à choyer et à caresser Croc-Blanc qui prit goût de plus en plus à ses caresses. Quand la main le touchait il grondait toujours, mais c'était l'unique son que pût émettre son gosier, la seule note que sa gorge eût appris à proférer. Il eût voulu l'adoucir, mais il n'y parvenait pas. Et pourtant, dans ce grondement, l'oreille attentive de Scott arrivait à discerner comme un ronron. Lorsque son dieu était près de lui, Croc-Blanc ressentait une joie ardente ; si le dieu s'éloignait, l'inquiétude lui revenait, un vide s'ouvrait en lui et l'oppressait comme un néant. Dans le passé, il avait eu pour but unique son propre bien-être et l'absence de toute peine. Maintenant, il en allait différemment. Dès le lever du jour, au lieu de rester couché dans le coin bien chaud et bien abrité où il avait passé la nuit, il s'en venait attendre sur le seuil glacé de la cabane, durant des heures entières, le bonheur de voir la face de son dieu, d'être amicalement touché par ses doigts et de recevoir une affectueuse parole. Sa propre incommodité ne comptait plus. La viande, la viande même passait au second plan, et il abandonnait son repas commencé afin d'accompagner son maître s'il le voyait partir pour la ville.

C'était un vrai dieu, un dieu d'amour qu'il avait rencontré et il s'épanouissait à ses chauds rayons. Adoration silencieuse et sans expansion extérieure, car il avait été trop longtemps malheureux et sans joie pour savoir exprimer sa joie ; trop longtemps il avait vécu replié sur lui-même pour pouvoir s'épandre. Parfois, quand son dieu le regardait et lui parlait, une sorte d'angoisse semblait l'étreindre de ne pouvoir physiquement exprimer son amour et tout ce qu'il sentait.

Il ne tarda pas à comprendre qu'il devait laisser en repos les chiens de son maître. Après leur avoir fait reconnaître sa maîtrise sur eux et sa supériorité d'ancien chef de file, il ne les troubla plus. Mais ils devaient s'effacer devant lui quand il passait, et lui obéir en tout ce qu'il exigeait. Pareillement, il tolérait Matt comme étant une propriété de son maître. C'était Matt qui, le plus souvent, lui donnait sa nourriture, mais Croc-Blanc devinait que cette nourriture lui venait de son maître. Ce fut Matt aussi qui tenta le premier de lui mettre des harnais et de l'atteler au traîneau en compagnie des autres chiens. Matt n'y réussit pas. Il ne se soumit qu'après l'intervention personnelle de Scott. Ensuite il accepta, par l'intermédiaire de Matt, la loi du travail, qui était la volonté de son maître. Toutefois, il ne fut satisfait qu'après avoir repris, en dépit de Matt qui ignorait ses capacités, son ancien rôle de chef de file.

– S'il m'est permis, dit Matt un jour, d'expectorer ce qui est en moi, je mets en fait, Mr. Scott, que vous fûtes bien inspiré en payant pour ce chien le prix que vous en avez donné. Vous avez proprement roulé Beauty-Smith, abstraction faite des coups de poing dont vous l'avez gratifié.

Pour toute réponse, Weedon Scott fit briller dans ses yeux gris un éclair de l'ancienne colère et murmura, à part lui : « La brute ! »

Au printemps suivant, Croc-Blanc eut une grande émotion. Le maître d'amour disparut. Divers emballages et paquetages avaient précédé son départ. Mais Croc-Blanc ignorait ce que signifiaient ces choses et ne s'en rendit compte que par la suite.

Cette nuit-là, vainement, sur le seuil de la cabane, il attendit le retour du maître. À minuit, le vent glacial qui soufflait le contraignit à chercher en arrière un abri ; il sommeilla quelque peu. Mais, vers deux heures du matin, son anxiété le reprit. Il revint s'étendre sur le seuil glacé, les oreilles tendues, à l'écoute du pas familier. Le matin, la porte s'ouvrit et Matt sortit. Il le regarda pensivement.

Matt n'avait aucun moyen d'expliquer à l'animal ce que celui-ci désirait connaître. Les jours s'écoulaient et le maître ne revenait pas. Croc-Blanc, qui jusque-là n'avait jamais eu de maladie, tomba malade, tellement malade que Matt dut le traîner à l'intérieur de la cabane. Puis, dans la prochaine lettre qu'il écrivit à Scott il ajouta un post-scriptum à ce sujet.

Weedon Scott se trouvait à Circle City lorsqu'il lut :

– Ce damné loup ne veut pas travailler ; il prétend ne pas manger. Je ne sais que faire de lui. Il voudrait connaître ce que vous êtes devenu et je ne sais comment le lui dire. Je crois qu'il est en train de mourir.

Les renseignements étaient exacts. Croc-Blanc, s'il lui arrivait de sortir, se laissait rosser par tous les chiens de l'attelage, à tour de rôle. Dans la cabane, il gisait sur le plancher, près du poêle, sans accepter de nourriture. Que Matt lui parlât gentiment ou jurât après lui, c'était tout un. Il se contentait de tourner vers l'homme ses tristes yeux, puis laissait retomber sa tête sur ses pattes de devant et ne bougeait plus.

Une nuit où il lisait à mi-voix en faisant remuer ses lèvres, Matt tressaillit. Croc-Blanc avait sourdement gémi, puis s'était dressé, les oreilles levées vers la porte, et écoutait intensément. Un moment après, un bruit de pas se fit entendre et, la porte s'étant ouverte, Weedon Scott entra. Les deux hommes se serrèrent la main. Puis Scott regarda autour de lui.

– Où est le loup ? demanda-t-il.

Il découvrit Croc-Blanc qui s'était à nouveau étendu près du poêle et qui n'avait pas bondi vers lui comme eût fait un chien ordinaire.

– Bon sang ! s'exclama Matt, regardez s'il remue la queue. Ça n'arrête pas.

Weedon Scott appela Croc-Blanc qui vint aussitôt sans exubérance. Mais une incommensurable félicité emplissait ses yeux comme une lumière. Scott s'accroupit sur ses talons, bien en face de lui, et commença à lui caresser savamment la base des oreilles, le cou, les épaules, toute l'épine dorsale. Croc-Blanc prit son grondement doux puis, portant subitement sa tête en avant, il alla l'enfouir sous le bras de son maître, cachant son bonheur et se dodelinant.

Avec le retour du maître aimé, Croc-Blanc se rétablit rapidement. Il ne sortit pas de la cabane durant deux nuits et un jour. Quand il reparut dehors, les autres chiens, qui avaient oublié sa force naturelle, ne se souvenant que de sa faiblesse dernière, se jetèrent sur lui. Leur déroute ne se fit pas attendre. Ils s'enfuirent en hurlant et ne revinrent que le soir un à un, humbles et rampants, pour témoigner de leur soumission.

Assez longtemps après, Scott et Matt étaient une nuit assis l'un en face de l'autre, s'adonnant à une partie de cartes, préliminaire habituel du coucher. Ils entendirent au-dehors un grand cri et des grondements sauvages.

– Le loup, dit Matt, est après quelqu'un !

Les deux hommes prirent la lampe et s'élancèrent. Ils trouvèrent un autre homme étendu sur le dos dans la neige. Ses bras étaient repliés l'un sur l'autre, et il s'en servait pour protéger sa face et sa gorge. Le besoin s'en faisait sentir, car Croc-Blanc était dans une rage folle, combattant méchamment et poussant son attaque aux endroits les plus vulnérables. De l'épaule au poignet, les manches étaient lacérées et la chemise de flanelle bleue n'était plus qu'un haillon. Les bras eux-mêmes étaient horriblement déchirés et le sang en coulait à flots.

Weedon Scott saisit Croc-Blanc par le cou et l'entraîna, se débattant comme un diable. Pendant ce temps, Matt aidait l'homme à se relever. Celui-ci, en abaissant ses bras, découvrit la bestiale figure de Beauty-Smith. Matt recula comme s'il avait touché un charbon ardent. Beauty-Smith clignota des yeux à la lumière de la lampe, regarda autour de lui et, en apercevant Croc-Blanc que Scott tentait d'apaiser, donna de nouveaux signes de terreur.

Matt, au même moment, remarqua deux objets tombés dans la neige. Il les examina et reconnut une chaîne d'acier et un fort gourdin. Il les montra à Weedon Scott qui secoua la tête sans rien dire. Puis il posa sa main sur l'épaule de Beauty-Smith tout tremblant et le fit pirouetter sur lui même.

Pas un mot en fut échangé.

Quand le dieu de haine fut parti, le dieu d'amour caressa Croc-Blanc et lui parla.

– On a essayé de te voler, hein ? Et tu n'as pas voulu. Bien, bien ; il s'était trompé, n'est-ce pas ?

– Il a dû croire, à l'accueil qu'il a reçu, qu'une légion de démons l'assaillait ! ricana Matt.

Croc-Blanc, encore agité et le poil hérissé, grondait toujours. Puis, lentement, ses poils retombèrent et un doux ronron se mit à ronfler dans sa gorge.

21

Le Long voyage

C'était dans l'air. Croc-Blanc pressentait, avant qu'il ne fût, qu'un malheur allait arriver. Ses dieux se trahissaient sans le savoir. Le chien-loup, du seuil de la cabane, lisait dans leur cerveau.

– Écoutez ceci ! voulez-vous ? s'exclama Matt, un soir, tandis qu'il soupait avec Scott.

Scott écouta. À travers la porte arrivait une sourde plainte, douloureuse comme un sanglot. Un long reniflement lui succéda et la plainte se tut. Croc-Blanc s'était rassuré ; son dieu ne s'était pas encore envolé.

– Je crois que ce loup devine vos projets, dit Matt.

– Que veux-tu que je fasse d'un loup en Californie ? répondit Scott en regardant son compagnon d'un air embarrassé, qui indiquait une arrière-pensée différente de ses paroles.

– C'est bien ce que je dis, opina Matt. Que feriez-vous d'un loup en Californie ?

– Les chiens des hommes blancs n'en mèneraient pas large, poursuivit Scott. Il les tuerait tous, sitôt débarqué. Je me ruinerais à payer des dommages-intérêts. À moins que la police ne mette aussitôt la main dessus et ne commence par l'électrocuter.

– C'est un terrible meurtrier, je le sais, approuva Matt.

Dehors, le sanglot se faisait entendre à nouveau ; puis le reniflement interrogateur lui succéda encore.

– Il est incontestable, reprit Matt, qu'il a des pensées que nous ignorons. Mais comment sait-il que vous allez partir ? Cela dépasse mon imagination.

– Moi non plus, je ne le comprends pas, dit Scott tristement.

Quand le jour fatal fut proche, Croc-Blanc, par la porte ouverte, vit le dieu d'amour déposer sa valise sur le plancher et y emballer divers objets. Il y eut aussi des allées et venues. L'atmosphère paisible de la cabane fut perturbée. Le doute n'était plus possible pour Croc-Blanc ; son dieu s'apprêtait à fuir une seconde fois et, comme la première, il l'abandonnerait derrière lui.

Alors, la nuit qui suivit, il fit retentir le long hurlement des loups. Ainsi avait-il hurlé dans son enfance quand, après avoir fui dans le Wild, il était revenu au campement indien et l'avait trouvé disparu, quelques tas de détritus marquant seuls la place où s'élevait la veille la tente de Castor-Gris. Aujourd'hui comme jamais, il pointait son museau vers les froides étoiles et leur disait son malheur.

Dans la cabane, les deux hommes venaient de se mettre au lit.

– Il recommence à ne plus vouloir de nourriture, dit Matt derrière sa cloison.

Scott s'agita dans son lit et grogna. Matt continua :

– Si j'en juge par sa conduite passée, je ne serais pas étonné que maintenant il ne meure pour de bon.

– Ferme ! cria Scott dans l'obscurité. Tu bavardes pire qu'une femme !

Le lendemain, Croc-Blanc prétendit ne pas quitter les talons de son maître et continua à observer les bagages étendus sur le plancher. Deux gros sacs de toile et une boîte étaient venus rejoindre la valise. Dans une toile cirée, Matt roulait les couvertures de Scott et ses vêtements de fourrure. Puis les deux Indiens arrivèrent, qui mirent les bagages sur leurs épaules et les emportèrent sous la conduite de Matt, chargé lui-même de la valise et des couvertures.

Lorsque Matt fut revenu, le maître vint à la porte de la cabane et, appelant Croc-Blanc, le fit entrer.

– Toi, pauvre diable, dit-il en frottant doucement les oreilles de l'animal, apprends que je vais partir pour un long voyage où tu ne pourras me suivre. Donne-moi encore un grondement ami, un grondement d'adieu. Ce sera le dernier.

Mais Croc-Blanc refusa de gronder. Après un regard pensif vers les yeux du dieu, il cacha sa tête sous le bras de Scott.

– Hé ! Il siffle ! cria Matt.

Du Yukon s'élevait le meuglement d'un steamboat.

– Coupez court à vos adieux, Mr. Scott ! Sortez par la porte de devant et fermez-la vivement. J'en ferai autant avec celle de derrière.

Les deux portes claquèrent en même temps avec un bruit sec, scandé bientôt par un gémissement lugubre et un sanglot suivis de longs reniflements.

– Matt, tu prendras bien soin de lui, dit Scott comme ils descendaient la pente de la colline. Tu m'écriras et me feras savoir comment il se conduit.

– Je n'y manquerai pas. Mais écoutez donc ceci…

Les deux hommes s'arrêtèrent. Croc-Blanc hurlait comme font les chiens quand leurs maîtres sont morts. Il vociférait sa désespérance. Sa clameur montait en notes aiguës et précipitées, puis en un trémolo misérable, elle retombait comme prête à s'éteindre, pour éclater à nouveau en explosions successives.

L'Aurora était le premier bateau de l'année qui quittait le Klondike. Ses ponts étaient bondés de chercheurs d'or qui s'en retournaient, les uns après fortune faite, les autres en pitoyable détresse, tous aussi ardents à repartir qu'ils avaient été enragés à venir.

Près de l'échelle du bord, Scott serrait la main de Matt qui se préparait à redescendre à terre. Mais Matt, sans répondre à cette étreinte, restait les yeux fixés sur quelque chose qu'il voyait à deux pas de lui, derrière le dos de Scott. Scott se retourna. Assis sur le pont, Croc-Blanc attendait.

Les deux hommes échangèrent quelques mots, affirmant chacun qu'ils avaient bien fermé leur porte. Croc-Blanc observait, aplatissant ses oreilles, mais toujours immobile.

– Je vais le descendre à terre avec moi, dit Matt.

Il s'avança vers Croc-Blanc qui glissa aussitôt loin de lui. Matt courait à sa poursuite, mais Croc-Blanc disparut derrière un groupe, tourna tout autour du pont, reparut, s'éclipsa et virevolta sans se laisser capturer. Alors Scott l'appela et il vint en prompte obéissance.

Scott se mit à caresser Croc-Blanc et remarqua sur son museau des coupures fraîches, ainsi qu'une entaille entre ses yeux. Matt passa sa main sous le ventre de l'animal.

– Nous avions, dit-il, oublié la fenêtre. Il a le ventre tout balafré. Il a, parbleu ! passé à travers les vitres.

Mais Weedon Scott n'écoutait pas. Il pensait rapidement. La bruyante sirène de l'Aurora annonçait le départ. Des hommes se mettaient en mesure de descendre l'échelle du bord, Matt, dénouant sa cravate, s'avança pour la passer autour du cou de Croc-Blanc.

– Non, pas cela, dit Scott. Adieu, mon vieux ! Tu peux partir. Quant au loup, inutile de me donner de ses nouvelles. Je l'ai avec moi…

– Quoi ? s'écria Matt. Voulez-vous dire par là ?

– Je dis ce que je dis. Voici ta cravate. Je t'écrirai à son sujet.

Matt descendit. À la moitié de l'échelle, il s'arrêta.

– Il ne pourra jamais supporter le climat ! Vous le tondrez au moins, quand viendront les chaleurs.

L'échelle enlevée, l'Aurora se balança et s'éloigna du rivage. Weedon Scott agita la main en signe d'adieu puis, revenant vers Croc-Blanc :

– Maintenant roucoule, toi, damné fou ! Roucoule…

22

La Terre du sud

Croc-Blanc reprit terre à San Francisco. Il fut stupéfait. Toujours il avait associé volonté d'agir et puissance d'agir. Et jamais les hommes blancs ne lui avaient paru des dieux aussi merveilleux que depuis qu'il trottait sur le lisse pavé de la grande ville. Les cabanes qu'il avait connues, faites de bûches de bois, faisaient place à de grands bâtiments hauts comme des tours. Les rues étaient pleines de périls inconnus : camions, voitures, automobiles. De grands et forts chevaux traînaient d'énormes chariots. Sous des câbles monstrueux tendus en l'air, des cars électriques filaient rapidement et cliquetaient à travers le brouillard, hurlant leur instance menace, comme font les lynx dans les forêts du Nord.

Toutes ces choses étaient autant de manifestations de puissance. À travers elles, derrière elles, l'homme contrôlait et gouvernait. C'était colossal et terrifiant. Croc-Blanc eut peur, comme jadis, lorsque arrivant du Wild au camp de Castor-Gris, quand il était petit, il avait senti sa faiblesse devant les premiers ouvrages des dieux. Et quelle innombrable quantité de dieux il voyait maintenant ! Leur foule affairée lui donnait le vertige. Le tonnerre des ruées l'assourdissait et leur incessant mouvement, torrentueux et sans fin, le bouleversait. Jamais il n'avait autant senti sa dépendance du dieu d'amour. Il le suivait, collé sur ses talons, quoi qu'il dût advenir.

Une nouvelle épreuve l'attendait qui, longtemps par la suite, demeura un cauchemar dans son cerveau et dans ses rêves. Après qu'ils eurent tous deux traversé la ville, ils arrivèrent dans une gare pleine de wagons où Croc-Blanc fut abandonné par son maître (*il le crut du moins*) et enchaîné dans un fourgon au milieu d'un amoncellement de malles et de valises. Là commandait un dieu trapu et herculéen, qui faisait grand bruit et, en compagnie d'autres dieux, traînait, poussait, portait les colis qu'il recevait ou débarquait. Croc-Blanc, dans cet inferno, ne reprit ses esprits qu'en reconnaissant près de lui les sacs de toile qui enfermaient les effet de son maître. Alors il se mit à monter la garde sur ces paquets.

Au bout d'une heure, Weedon Scott apparut.

– Il était temps que vous veniez, grogna le dieu de fourgon. Votre chien prétend ne pas me laisser mettre un doigt sur vos colis.

Croc-Blanc fut emmené hors du fourgon. Il fut très étonné. La cité fantastique avait disparu. On l'avait enfermé dans une chambre qui était semblable à celle d'une maison et, à ce moment, la cité était autour de lui. Depuis, la cité s'était éclipsée, sa rumeur ne bruissait plus à ses oreilles. Mais une souriante campagne, l'entourait, baignée de paix, de silence et de soleil. Durant un bon moment, il s'ébahit de la transformation. Puis il accepta le fait comme une manifestation de plus du pouvoir souvent incompréhensible de ses dieux. Cela ne regardait qu'eux.

Une voiture attendait. Un homme et une femme s'approchèrent, puis les bras de la femme se levèrent en entourèrent vivement le cou du maître. C'était là un acte hostile ; Croc-Blanc se mit à gronder avec rage.

– Ça va ! mère, dit Scott s'écartant aussitôt et empoignant l'animal. Il a cru que tu me voulais du mal et c'est une chose qu'il ne peut supporter.

– Je ne pourrai donc t'embrasser, mon fils, qu'en l'absence de ton chien ! dit-elle en riant, quoiqu'elle fût encore pâle et défaite de la frayeur qu'elle avait éprouvée. Nous lui

apprendrons bientôt à se mieux comporter.

Et comme Croc-Blanc, l'oeil fixe, continuait à gronder :

– Couché, monsieur ! Couché !

L'animal obéit à contrecœur.

– Maintenant, mère !

Scott ouvrit ses bras sans quitter du regard Croc-Blanc, toujours hérissé et qui fit mine de se redresser.

– A bas ! A bas ! répéta Scott.

Croc-Blanc se laissa retomber. Il surveilla des yeux, avec anxiété, la répétition de l'acte hostile. Aucun mal n'en résulta, pas plus que de l'embrassade, qui se produisit ensuite, du dieu inconnu.

Alors les sacs furent chargés sur la voiture où montèrent le dieu d'amour et les dieux étrangers. Croc-Blanc suivit en trottant, vigilant et hérissé, signifiant ainsi aux chevaux qu'il veillait sur le maître emporté par eux si rapidement sur le sol.

Un quart d'heure après, la voiture franchissait un portail de pierre et s'engageait sur une belle avenue bordée de noyers qui la recouvraient de leurs arceaux. À droite et à gauche, s'étendaient de vastes et vertes pelouses plantées de grands chênes aux puissantes ramures. Au-delà, en un pittoresque contraste, des prairies aux foins mûrs, dorés et roussis par le soleil. Des collines brunes, couronnées de hauts pâturages, fermaient l'horizon. À l'extrémité de l'avenue s'élevait, à flanc de coteau, une maison aux nombreuses fenêtres et au porche profond.

Croc-Blanc n'eut point de loisir d'admirer tout ce beau paysage, car la voiture avait à peine pénétré dans le domaine qu'un gros chien de berger, au museau pointu et aux yeux brillants, l'assaillait, fort irrité et à bon droit, contre l'intrus.

Le chien, se jetant entre lui et le maître, se mit en devoir de le chasser. Croc-Blanc, hérissant son poil, s'élançait déjà pour sa mortelle et silencieuse riposte, lorsqu'il s'arrêta brusquement, les pattes raides, troublé et se refusant au contact. Le chien était une femelle, et la loi de sa race interdisait à Croc-Blanc de l'attaquer. L'instinct du loup reparaissait et son devoir était de lui obéir. Mais il n'en était pas de même de la part du chien de berger. Son instinct, à lui, était la haine ardente du Wild. Croc-Blanc était un loup, le maraudeur héréditaire qui faisait sa proie des troupeaux et que, depuis des générations, il convenait de combattre.

Tandis que Croc-Blanc retenait son élan, la chienne bondit sur lui et enfonça ses crocs dans son épaule. Il gronda involontairement, et ce fut tout. Il se détourna et tenta seulement de l'éviter. Mais la chienne s'acharnait et, le poursuivant de-ci de-là, ne lui laissait aucun répit.

– Ici, Collie ! appela l'homme étranger qui était dans la voiture.

Weedon Scott se mit à rire.

– Père, ne vous inquiétez pas. Il fait son éducation. Mieux vaut qu'il commence dès à présent.

La voiture continuait à rouler et toujours Collie bloquait la route à Croc-Blanc, refusant, malgré ses ruses et ses détours, de le laisser passer. Le maître aimé allait disparaître. Alors, désespéré, Croc-Blanc, se souvenant d'un de ses vieux modes de combat, donna à son adversaire une violente poussée de l'épaule. En une seconde, la chienne fut culbutée et, tandis qu'elle poussait des cris perçants, Croc-Blanc détalait pour rejoindre la voiture qu'il trouva arrêtée au seuil de la maison.

Là, il subit une nouvelle attaque. Un chien de chasse bondit sur lui de côté, sans qu'il le vît, et si impétueusement qu'il ne put résister au choc et roula par terre sens dessus dessous. En proie à une rage folle, il bondit à son tour aussitôt relevé, et c'en était fait du chien si Collie, remise sur ses pattes, ne fût revenue de plus en plus furieuse contre le brigand du Wild. Elle fonça à angle droit sur Croc-Blanc qui, pour la seconde fois, fut renversé sur le sol.

À ce moment, Weedon Scott intervint. Il se saisit de Croc-Blanc tandis que son père appelait les chiens.

– Voilà, dit Scott, une chaude réception pour un pauvre loup de l'Arctique. Il est connu pour n'avoir été jeté bas qu'une seule fois dans sa vie, et il vient de l'être ici deux fois en trente secondes.

D'autres dieux étrangers étaient sortis de la maison. Un certain nombre d'entre eux restèrent à distance respectueuse. Mais deux femmes recommencèrent l'acte hostile de se suspendre au cou du maître. Croc-Blanc cependant toléra cet acte, aucun mal ne semblant décidément en provenir et les bruits que les femmes-dieux faisaient avec leur bouche ne paraissant pas menaçants. Tous les dieux présents se mirent ensuite en frais de gentillesses envers lui. Mais il les avertit, avec un grondement, de se montrer prudents, et le maître fit de même avec sa bouche, tout en le tapotant amicalement sur la tête.

Les dieux montèrent ensuite l'escalier du perron, afin d'entrer dans la maison. Une des femmes-dieux avait passé ses bras autour du cou de Collie et la calmait avec des caresses. Mais Collie demeurait grinçante et surexcitée, comme outragée par la présence tolérée de ce loup, et persuadée intérieurement que les dieux étaient dans leur tort. Dick, le chien, avait été se coucher en haut de l'escalier et, lorsque passa Croc-Blanc collé aux talons de son maître, il gronda vers lui.

– Toi, viens, loup ! dit Scott. C'est toi qui vas entrer.

Croc-Blanc entra les pattes raides, la queue droite et fière, sans perdre Dick des yeux afin de se garer d'une attaque de flanc, prêt aussi à faire face à tout danger qui pourrait fondre de l'intérieur de la maison. Rien de redoutable ne se produisit. Puis il examina tout autour de lui et, cela fait, se coucha avec un grognement de satisfaction aux pieds de son maître. Mais il demeura l'oreille aux aguets. Qui sait quels périls l'épiaient peut-être sous ce grand toit de la maison qui pesait sur sa tête comme le plafond d'une trappe ?

23

Le Domaine du Dieu

Non seulement Croc-Blanc était capable, par sa nature, de s'adapter aux gens et aux choses, mais il raisonnait et comprenait la nécessité de cette adaptation. Ici, à Sierra Vista (*c'était le nom du domaine du juge Scott, père de Weedon Scott*), il se sentit rapidement chez lui.

Dick, après quelques bouderies et formalités, s'était résigné à accepter la présence du loup, imposée par ses maîtres. Même il n'aurait pas mieux demandé que de devenir son ami. Mais Croc-Blanc ne se souciait pas d'aucune amitié de ses semblables. Il avait toujours vécu hors de son espèce et désirait y demeurer. Les avances de Dick n'eurent point de succès, et il les repoussa. Le bon chien renonça à son idée et, désormais, ne prit pas plus garde à Croc-Blanc que celui-ci ne prenait garde à lui.

Il n'en fut pas de même avec Collie. Si elle tolérait Croc-Blanc, qui était sous la protection des dieux, elle ne pouvait se résigner à le laisser en paix. Trop de loups avaient ravagé les troupeaux et combattu contre ses ancêtres pour qu'elle le pût ainsi oublier. Prenant avantage de son sexe, elle ne perdait aucune occasion de le maltraiter de ses dents pointues. Croc-Blanc tendait patiemment la fourrure protectrice de son épaule, puis reprenait sa marche, calme et digne. Si elle mordait trop fort, il courait en cercle en détournant la tête, irrité mais impassible. Il finit par prendre l'habitude, quand il la voyait venir, de se lever et de s'en aller en lui cédant aussitôt la place.

Dans sa vie nouvelle, Croc-Blanc avait beaucoup à apprendre. Tout était ici, beaucoup plus compliqué que sur la Terre du Nord. De même que Castor-Gris, le maître avait une famille qui partageait sa nourriture, son feu, ses couvertures, et qui devait être respectée comme lui-même. Et elle était bien plus nombreuse que celle de l'Indien. Il y avait d'abord, avec sa femme, le juge Scott, père de Weedon. Puis les deux sœurs de celui-ci, Beth et Mary ; puis sa femme Alice, et encore ses enfants, Weedon et Maud, un garçon de quatre ans et une fille de six. Croc-Blanc, sans pouvoir comprendre quels liens de parenté unissaient au dieu d'amour tout ce monde, consentit à se laisser caresser par chacun. Il apprit aussi à jouer avec les enfants qu'il voyait être particulièrement chers au maître, et oublia en leur faveur toutes les méchancetés et toutes les tyrannies qu'il avait subies de la part des enfants indiens. Il supportait avec conscience toutes leurs folies et, s'ils l'ennuyaient trop, il s'écartait d'eux avec dignité ; il finit même par les aimer. Mais personne ne put jamais tirer de lui le moindre ronronnement. Le ronron était pour le maître seul.

Quant aux domestiques, un traitement différent devait leur être appliqué. Croc-Blanc les tolérait, comme étant une propriété de son maître ; ils cuisinaient et lavaient les plats, et accomplissaient diverses autres besognes, juste comme Matt faisait là-bas, au Klondike. Il n'avait pas à se laisser caresser par eux et ne leur devait aucune affection.

Le domaine du dieu, qui s'étendait hors de la maison, était vaste mais non sans limites. Au-delà des dernières palissades qui l'entouraient étaient les domaines particuliers d'autres dieux. Sur la Terre du Nord, le seul animal domestique était le chien. Beaucoup d'autres animaux vivaient dans le Wild, et ces animaux appartenaient de droit aux chiens lorsque ceux-ci pouvaient les maîtriser. Durant toute sa vie, Croc-Blanc avait dévoré les choses vivantes qu'il rencontrait. Il n'entrait pas dans sa tête que, sur la Terre du Sud, il dût en être autrement. Vagabondant autour de la maison, au lever du soleil, il tomba sur un poulet qui s'était échappé de la basse-cour. Il fut sur lui dans un instant. Le poulet poussa un piaulement effaré et fut dévoré. Nourri de bon grain, il était gras et tendre, et Croc-Blanc, se pourléchant les lèvres, décida qu'un tel plat était tout à fait délectable.

Plus avant dans la journée, il eut la chance de rencontrer un autre poulet qui se promenait près de l'écurie. Un des palefreniers courut au secours de la volaille. Ignorant du danger qu'il courait, il prit pour toute arme un léger fouet de voiture. Au premier coup, Croc-Blanc, qu'un gourdin aurait peut-être fait reculer, laissa le poulet pour l'homme.

Tandis que le fouet le cinglait à nouveau, il sauta silencieusement à la gorge de l'homme qui tomba à la renverse en criant « Mon Dieu ! » puis lâcha son fouet pour se couvrir la gorge avec ses bras. Les avant-bras saignants et lacérés jusqu'à l'os, il se releva et tenta de gagner l'écurie. L'opération eût été malaisée si Collie n'eût fait, à ce moment, son entrée en scène. Elle s'élança, furibonde, sur Croc-Blanc. C'était bien elle qui avait raison ; les faits le prouvaient et justifiaient ses préventions, en dépit de l'erreur des dieux qui ne savaient pas. Le brigand du Wild continuait ses anciens méfaits.

Le palefrenier s'était mis à l'abri et Croc-Blanc reculait devant les dents menaçantes de Collie. Il lui présenta son épaule, puis tenta de la lasser en courant en cercle. Mais Collie ne voulait pas renoncer à châtier le coupable. En sorte que Croc-Blanc, jetant aux vents sa dignité, se décida à décamper à travers champs.

– Voilà qui lui apprendra, dit Scott, à laisser tranquilles les poulets. Mais je lui donnerai moi-même une leçon la prochaine fois que je l'y prendrai.

Deux nuits plus tard, l'occasion voulue se présenta, et plus magnifique que Scott ne l'avait prévue. Croc-Blanc avait observé de près la basse-cour et les habitudes des poulets. Lorsque la nuit fut venue et que tous les poulets furent juchés sur leurs perchoirs, il grimpa sur une pile de bois qui était voisine, d'où il gagna le toit du poulailler. De là, il se laissa glisser sur le sol et pénétra dans la place.

Ce fut un carnage bien conditionné. Lorsque, le matin, Scott sortit, cinquante poules blanches de Leghorn, dont les cadavres n'avaient pas été dévorés, accueillirent son regard, soigneusement alignées par le palefrenier sur le perron de la maison.

Le maître siffla, surpris et plein d'admiration pour ce chef-d'œuvre de destruction. Croc-Blanc accourut et le regarda dans les yeux, sans honte aucune. Loin d'avoir conscience de son crime, il marchait avec orgueil, comme s'il avait accompli une action méritoire et digne d'éloges. Scott se pinça les lèvres, navré de sévir, et parla durement. Il n'y avait que colère dans sa voix. Puis, s'étant emparé de Croc-Blanc, il lui tint le nez sur les poulets assassinés et, en même temps, le gifla lourdement.

Autrefois, lorsque Croc-Blanc était giflé par Castor-Gris ou par Beauty-Smith, il en éprouvait une souffrance physique. Maintenant, s'il arrivait qu'il le fût par le dieu d'amour, le coup, quoique plus léger, entrait plus profondément en lui. La moindre tape lui semblait plus dure à supporter que, jadis, la pire bastonnade. Car elle signifiait que le maître était mécontent. Jamais plus il ne courut après un poulet.

Bien plus, Scott l'ayant conduit dans le poulailler même, au milieu des poulets survivants, Croc-Blanc, en voyant sous son nez la vivante nourriture, fut tout d'abord sur le point de céder à son instinct. Le maître refréna de la voix cette impulsion et, dès lors, Croc-Blanc respecta le domaine des poulets ; il ignora leur existence. Et comme le juge Scott semblait douter que cette conversion fût définitive, Croc-Blanc fut enfermé tout un après-midi dans le poulailler. Il ne se passa rien. Croc-Blanc se coucha et finit par s'endormir. S'étant réveillé, il alla boire dans l'auge un peu d'eau. Puis, ennuyé de se voir captif, il prit son élan, bondit sur le toit du poulailler et sauta dehors. Calmement, il vint se présenter à la famille qui l'observait du perron de la maison, et le juge Scott, le regardant en face, prononça plusieurs fois, avec solennité :

– Croc-Blanc, tu vaux mieux que je ne pensais !

Croc-Blanc apprit pareillement qu'il ne devait pas toucher aux poulets appartenant aux autres dieux. Il y avait aussi des chats, des lapins et des dindons ; tous ceux-ci devaient être laissés en paix, et en général, toutes les choses vivantes. Même dans la solitude des prairies, une caille pouvait sans dommage lui voltiger devant le nez Frémissant et tendu de désir, il maîtrisait son instinct et demeurait immobile parce que telle était la loi des dieux. Un jour, cependant, il vit Dick qui avait fait lever un lapin de garenne et qui le poursuivait. Le maître était présent et ne s'interposait pas ; il encourageait même Croc-Blanc à se joindre à Dick. Une nouvelle loi en résultait : les lapins de garenne n'étaient pas « tabou » comme les animaux domestiques, ni les écureuils, ni les cailles, ni les perdrix. C'étaient des créatures du Wild sur lesquelles les dieux n'étendaient pas leur protection, comme ils faisaient sur les bêtes apprivoisées. Il était permis aux chiens d'en faire leur proie.

Toutes ces lois étaient infiniment complexes, leur observance exacte était souvent difficile et l'inextricable écheveau de la civilisation, qui refrénait constamment ses impulsions naturelles, bouleversait Croc-Blanc.

Trottant derrière la voiture, il suivait son maître à San-José, qui était la ville la plus proche. Là se trouvaient des boutiques de boucher où la viande pendait sans défense. À cette viande il était interdit de toucher. Beaucoup de gens s'arrêtaient en le voyant, l'examinaient avec curiosité et, ce qui était le pire, le caressaient. Tous ces périlleux contacts de mains inconnues, il devait les subir. Après quoi les gens s'en allaient, comme satisfaits de leur propre audace.

Sur les routes avoisinant Sierra Vista, certains petits garçons se faisaient parfois un jeu, quand il passait, de lui lancer des pierres. Il savait qu'il ne lui était pas permis de les poursuivre, mais l'idée de justice qui était en lui souffrait de cette contrainte. Un jour, le maître sauta hors de la voiture, son fouet en main, et administra une correction aux petits garçons, qui désormais n'assaillirent plus Croc-Blanc avec leurs cailloux. Croc-Blanc en fut fort satisfait.

Trois chiens qui, sur la route de San-José, rôdaient toujours à ses carrefours, autour des bars, avaient pris l'habitude de bondir sur lui dès qu'ils l'apercevaient. Il supportait cet assaut en se contentant de gronder pour les tenir à distance et les empêcher de mordre. Même si un coup de dent l'atteignait, il refusait de se battre. Une fois, les maîtres des chiens poussèrent ouvertement sur lui ces méchants animaux. Scott arrêta sa voiture.

– Va ! Va sur eux ! dit-il.

Croc-Blanc hésitait. Il regarda le maître, regarda les chiens, et il demanda des yeux s'il comprenait bien. Le maître fit un signe affirmatif avec sa tête.

– Va sur eux, vieux ! répéta-t-il. Va sur eux, vieux compagnon, et mange-les.

Croc-Blanc se rua sur ses ennemis qui firent face. Il y eut un grand brouhaha, des cris, des grondements, des claquements de dents, une bousculade de corps. Un nuage de poussière s'éleva de la route et cacha la bataille. Au bout de quelques minutes, deux gisaient, abattus, et le troisième était en fuite. Il traversa une mare, franchit une haie et gagna les champs. Croc-Blanc le suivit, de son allure de loup muette et rapide, le rejoignit et l'égorgea.

Après cette triple exécution, il n'y eut plus de querelles avec aucun chien. Le bruit s'en répandit dans toute la région et les hommes défendirent à leurs chiens de molester Croc-Blanc.

24

L'appel de l'espèce

Les mois passèrent. La nourriture, à Sierra Vista, était abondante, et le travail était nul. Gras et prospère, Croc-Blanc vivait heureux. Non seulement il se trouvait matériellement bien sur la Terre du Sud, mais l'existence s'épanouissait pour lui comme un été. Aucun entourage hostile ne l'enveloppait plus. Le danger, le mal et la mort ne rôdaient plus dans l'ombre ; la menace de l'Inconnu et sa terreur s'étaient évanouies. Seule, Collie n'avait pas pardonné le meurtre des poulets et décevait toutes les tentatives de Scott pour la réconcilier avec Croc-Blanc. Elle était une peste pour le coupable, s'attachait à ses pas comme un policeman. S'il s'arrêtait un instant pour se divertir à regarder un pigeon ou une poule, elle fonçait sur lui aussitôt. Le meilleur moyen de la calmer qu'eût trouvé Croc-Blanc était de s'accroupir par terre, sa tête entre les pattes et semblant dormir. Elle en était toute décontenancée et se taisait net.

Inconsciemment, Croc-Blanc oubliait la neige. Parfois seulement, durant les grosses chaleurs de l'été, lorsqu'il souffrait du soleil, il se remémorait, en un vague désir, la froidure de la Terre du Nord.

Le maître montait souvent à cheval, et l'accompagner était pour Croc-Blanc un des principaux devoirs de sa vie. Sur la Terre du Nord, il avait prouvé sa fidélité à Castor-Gris en portant les harnais du traîneau ; ici, il n'y avait plus de traîneau à tirer ni de fardeau à recevoir sur le dos. Suivre le cheval du maître était une façon de payer son tribut. La plus longue course ne le fatiguait pas et, après avoir couru durant cinquante milles, de son allure de loup régulière et inlassable, il sautait encore joyeusement.

Au cours d'une de ces promenades, il arriva que le maître tentait d'apprendre à un pur sang, plein d'intelligence, comment ouvrir et fermer une barrière sans que le cavalier eût besoin de descendre à terre. À plusieurs reprises, Scott avait amené le cheval devant la barrière et s'était efforcé de lui faire accomplir le mouvement nécessaire. L'animal s'effrayait, reculait, se cabrait, de plus en plus énervé. Eperonné vigoureusement, il se mit à ruer et, finalement, s'abattit sur les genoux. Croc-Blanc, qui observait ce spectacle avec une anxiété croissante, n'y pouvant plus tenir, bondit à la tête du cheval et se mit soudain à aboyer. Cet aboi était le premier qu'il eût proféré de sa vie.

L'intervention fut désastreuse. Le cheval se releva, s'élança au galop à travers champs ; un lapin lui partit dans les jambes, lui faisant faire un brusque écart. Il tomba sur Scott, en lui cassant une jambe. Croc-Blanc sautait déjà à la gorge de la malheureuse bête ; lorsque le maître l'arrêta de la voix.

Scott, étendu sur le sol, chercha dans ses poches un crayon et du papier mais n'en trouva pas. Il se résolut à envoyer Croc-Blanc au logis, sans autre explication.

– A la maison ! dit-il. Va à la maison !

Mais Croc-Blanc ne semblait pas vouloir le quitter. Il renouvela son ordre plus impérativement. Croc-Blanc, qui savait ce que signifiait « A la maison ! », le regarda en semblant réfléchir, s'éloigna, puis revint et poussa un gémissement plaintif. Scott lui parla gentiment mais avec fermeté. Croc-Blanc coucha ses oreilles, écouta et parut s'efforcer de comprendre.

— Tu m'écoutes bien, vieux compagnon ! disait le maître. Va, va tout droit à la maison ! C'est bien ! Tu leur diras ce qui m'arrive. Va, loup, va ! Droit à la maison !

Croc-Blanc, sans saisir le sens exact de toutes ces paroles, comprit que la volonté du maître était qu'il se rendît à la maison. Il fit volte-face et trotta au loin, à contrecœur, en se retournant de temps à autre pour regarder en arrière.

— Va ! criait Scott. Va !

La famille était réunie sur le perron à prendre le frais, lorsque Croc-Blanc arriva haletant et poussiéreux.

— Weedon est revenu, annonça la mère de Scott en voyant l'animal.

Les enfants coururent vers Croc-Blanc et commencèrent à vouloir jouer avec lui. Il les évita et, comme ils l'avaient acculé dans un coin entre un rocking-chair et un banc, il gronda sauvagement en essayant de se dégager. La femme de Scott eut un frémissement.

— Je tremble toujours, dit-elle, qu'il ne se jette sur eux quelque jour sans crier gare.

— Un loup est un loup ! prononça sentencieusement le juge Scott. Il est prudent de ne pas s'y fier. Sans doute y a-t-il en lui quelques gouttes de sang de chien…

Il n'avait pas achevé sa phrase qu'il aperçut devant lui Croc-Blanc, qui grondait avec une mine singulière.

— Va-t-en ! Va coucher ! ordonna le juge.

Croc-Blanc se retourna vers la femme du maître et saisit avec ses dents le bas de sa robe, tirant sur la fragile étoffe jusqu'à ce qu'il l'eût déchirée. Alice poussa un cri de frayeur.

— J'espère qu'il n'est pas devenu enragé, dit la mère de Scott. J'ai toujours répété à mon fils que notre chaud climat ne valait rien pour un animal venu de l'Arctique.

Croc-Blanc maintenant s'était tu et ne grondait plus. Il demeurait immobile, la tête levée, et regardant en face la famille qui le fixait. Des spasmes muets lui secouaient la gorge, et tout son corps se convulsait comme s'il eût tenté d'exprimer l'inexprimable.

– On croirait, dit Beth, qu'il essaie de parler !

A ce moment, la parole vint à Croc-Blanc, sous la forme d'un aboiement éclatant. Ce fut le second et le dernier de sa vie. Mais il s'était fait comprendre.

– Quelque accident est arrivé à Scott ! dit Alice avec décision.

Et tout le monde accompagna Croc-Blanc, qui déjà descendait les marches du perron en regardant si on le suivait.

Après cet événement, l'hôte de Sierra Vista trouva au foyer une place meilleure. Même le palefrenier, dont Croc-Blanc avait lacéré les bras, admettait que c'était là le plus sage des chiens, ne fût-il qu'un loup. Le juge Scott abondait dans ce sens et soutenait son opinion à grand renfort de preuves qu'il puisait dans son encyclopédie et dans divers livres d'histoire naturelle.

Le second hiver que Croc-Blanc allait passer sur la Terre du Sud approchait et les jours commençaient à décroître. Et voilà qu'il fit une étrange découverte. Les dents de Collie n'étaient plus si dures. Elle ne mordait plus qu'en jouant, gentiment et sans faire mal. Il oublia toutes les misères qu'il lui avait dues et, quand elle venait minauder autour de lui, il lui répondait avec gravité, aimable, solennel et ridicule.

Un jour, elle l'entraîna dans une longue course à travers prés et bois. Le maître, guéri, devait cet après-midi monter à cheval. Croc-Blanc ne l'ignorait pas. Le cheval attendait, tout sellé, à la porte de la maison. Croc-Blanc hésita tout d'abord, mais un sentiment le dominait, plus profond que la loi des dieux qu'il avait apprise, plus impérieux que sa propre volonté. Et, lorsqu'il vit Collie qui le mordillait et folâtrait devant lui, la balance pencha vers elle. Il tourna le dos et la suivit. Le maître se

promena seul ce jour-là cependant que, dans le bois,
Croc-Blanc courait côte à côte avec Colie, comme sa
mère Kiche et le vieil Un-OEil avaient jadis couru de
compagnie dans les forêts silencieuses de la Terre du
Nord.

25

L e   S o m m e i l   d u   l o u p

Ce fut à l'époque où les journaux réservaient leur premières pages à l'audacieuse évasion de la prison de San Quentin du célèbre gangster Jim Hall. Cet homme avait été créé mauvais et la société ne l'avait pas amélioré. La société est dure, et Jim Hall était un frappant exemple de sa dureté. Elle avait fait de lui une bête, bête humaine sans doute, mais aussi féroce que les pires carnassiers.

Les châtiments n'avaient jamais pu le briser. C'était le seul traitement qu'il avait jamais connu depuis le temps où, bébé, l'Asile de San Francisco l'avait recueilli, tendre argile prête à recevoir la forme qu'on lui donnerait. Il avait fait le mal et, trois fois, on l'avait emprisonné. Plus férocement la société le frappait, et plus indomptable il luttait contre elle. Camisole de force, jeûne et coups de gourdin étaient son lot ordinaire.

Au cours de son troisième emprisonnement, il fut livré à un gardien qui était une bête brute presque aussi sauvage que lui. Le gardien portait un trousseau de clefs et un revolver. Jim Hall n'avait que ses mains nues et ses dents. C'était à peu près la seule différence qu'il y eût entre eux. Le gardien, mieux armé, en profitait pour persécuter l'homme à son gré. Il le maltraitait et, sur lui, mentait à ses chefs. Jim Hall bondit un jour sur son bourreau et, le prenant au gosier avec ses dents, tenta de l'égorger comme eût fait un animal de la jungle.

Cet acte valut à Jim Hall d'être enfermé dans la cellule des incorrigibles. Il y vécut désormais, sans la quitter jamais. Le plafond, les murs, le plancher étaient en fer. Jamais il ne voyait le ciel ni le soleil. Le jour n'était qu'un crépuscule, la nuit qu'un noir silence. Il était enseveli vivant dans une tombe de fer. Pas une face humaine n'apparaissait plus à ses yeux ; il n'entendait plus une parole. Lorsqu'on lui jetait sa nourriture, il grondait comme une bête en cage. Durant des jours et des nuits, il lui arrivait de rugir sa haine à l'univers. Puis, durant des semaines et des mois, il ne faisait plus entendre aucun son, et son âme silencieuse se dévorait elle-même. C'était une sorte d'être monstrueux et terrible, tel qu'en pourrait enfanter le cerveau d'un fou.

Il vécut ainsi durant trois ans. Une nuit, il s'échappa. Le gardien-chef, à cette nouvelle, haussa les épaules et déclara que c'était impossible. Mais la cellule était vide et le corps d'un gardien étranglé gisait en travers de la porte. Deux autres gardiens, qu'il avait pareillement strangulés sans bruit avec ses mains, marquaient son passage dans les corridors de la prison et son évasion par-dessus le mur d'enceinte.

Nanti des armes enlevées aux trois gardiens, il fuyait, arsenal vivant, à travers monts et vaux, poursuivi par toute la force organisée de la société. Sa tête avait été mise à prix et, dans l'espoir de toucher la prime, des fermiers le traquaient avec des fusils de chasse. Sa mort pourrait payer une gênante hypothèque ou servir à envoyer un fils au collège. Des citadins avaient pris eux aussi leur fusil, pour l'amour du bien public. Une meute de chiens féroces suivait sa trace, au sang qui coulait de ses pieds ensanglantés. Et d'autres chiens, chiens policiers qui courent au nom de la loi et sont payés par la société, ne le lâchaient pas non plus, acharnés à sa piste, avec l'aide du téléphone, du télégraphe et de trains spéciaux. Il arrivait parfois que Jim Hall fût rejoint par ses poursuivants. Héroïquement, de part et d'autre, on se faisait face. Le lendemain, dans les villes, les gens se délectaient à lire dans leur journal, après déjeuner, les détails de la rencontre. Il y avait eu un mort et tant de blessés. Mais d'autres hommes s'étaient levés, qui avaient repris la poursuite ardente.

Puis, tout à coup, Jim Hall disparut ; vainement les chiens quêtèrent sur sa piste perdue. Jusque dans les vallées les plus lointaines, d'inoffensifs bergers se voyaient mettre la main au collet, par des hommes armés, et étaient contraints de prouver leur identité. Et, simultanément, en une douzaine de flancs de montagnes, les restes du gangster étaient censément découverts par des gens avides de toucher la prime du sang.

Cependant, les journaux étaient lus à Sierra Vista avec autant de crainte que d'intérêt. Les femmes n'étaient pas rassurées et, vainement, le juge Scott affectait de rire de leur terreur par des « bah ! » répétés. C'était lui qui, dans les derniers jours de son exercice, avait condamné Jim Hall. Pour une fois, Jim Hall était innocent du crime qui lui était imputé. Par un procédé dont elle est coutumière, la police avait décidé de liquider son compte et machiné sa perte en produisant de faux témoignages. Le juge Scott, ignorant de la vérité, avait prononcé son arrêt de bonne foi. Mais Jim Hall l'avait cru complice et, lorsqu'il s'entendit condamner à cinquante ans de mort vivante, il se dressa dans la salle d'audience et se mit à hurler sa haine contre celui qui le frappait. Tandis que les policiers le traînaient dehors, il rugit qu'il se vengerait un jour.

Croc-Blanc ne pouvait rien connaître de tout cela. Mais du jour où l'on apprit à Sierra Vista que Jim Hall s'était évadé, il y eut un secret entre le chien-loup et Alice, la femme du maître. Chaque nuit, après que tout le monde s'en était allé coucher, Alice sortait de sa chambre et faisait entrer Croc-Blanc dans le hall du rez-de-chaussée. Le matin, elle descendait la première et le remettait dehors, car l'usage n'était point qu'il dormît dans la maison.

Or, une nuit, Croc-Blanc s'éveilla dans le silence et, sans bruit, renifla. Le message que l'air lui apporta fut qu'un dieu étranger était présent. Il tendit l'oreille et des bruits étouffés, d'imperceptibles mouvements furent perçus par lui. Il ne gronda pas. Ce n'était pas sa manière. Le dieu étranger apparut, glissant comme une ombre. Plus silencieux encore, Croc-Blanc le suivit. Dans le Wild, quand il chassait de la viande vivante, il avait appris à ne point se trahir.

Le dieu étranger s'arrêta au pied du grand escalier et écouta. Croc-Blanc, immobile comme s'il était mort, surveillait et attendait. En haut de l'escalier était la chambre du maître et, à côté d'elle, étaient les chambres des autres dieux de la maison qui formaient le bien le plus cher du maître. Croc-Blanc commença à se hérisser, mais attendit encore. Le pied du dieu étranger s'éleva. Il commençait à monter.

C'est alors que Croc-Blanc frappa. Sans avertissement, selon sa coutume, il lança son corps en avant, comme la pierre d'une fronde, et s'abattit sur le dos du dieu étranger. De ses pattes de devant, il s'accrocha sur ses épaules, tandis qu'il entrait ses crocs dans sa nuque. Le dieu tomba à la renverse et ils s'écrasèrent tous deux sur le plancher.

La maison s'était éveillée en alarme. Chacun, se penchant sur l'escalier, entendait au bas un bruit pareil à celui que ferait une bataille de démons. Des coups de revolver se mêlaient à des grondements. Une voix d'homme jeta un cri d'horreur et d'angoisse. Puis il y eut un grand fracas de verres brisés et de meubles renversés. Et, rapidement, tout se tut. Seuls des halètements, semblables à des bulles d'air qui crèvent en sifflant à la surface de l'eau, montaient encore du gouffre obscur. Puis, plus rien.

Weedon Scott tourna un bouton électrique. L'escalier et le hall s'emplirent de lumière. Accompagné du juge Scott, il descendit avec précaution, revolver en main. Mais il n'y avait plus de danger. Parmi le naufrage des meubles renversés et disloqués, un homme gisait étendu sur le côté, cachant du bras son visage. Weedon Scott se pencha sur lui, déplia son bras et tourna sa face vers la lumière. Par la gorge ouverte la vie s'était enfuie.

– Jim Hall ! dit le juge Scott.

Le père et le fils se regardèrent et se comprirent.

Ils se retournèrent ensuite vers Croc-Blanc. Lui aussi était couché sur le flanc, les yeux clos. Sa paupière se souleva légèrement. Il regarda ceux qui étaient inclinés sur lui et sa queue eut un mouvement, à peine visible, pour saluer son maître. Weedon Scott le caressa et, de son gosier, sortit un ronron reconnaissant. Mais les paupières se refermèrent bientôt et le corps retomba, comme un sac, sur le plancher.

Un chirurgien fut sur-le-champ mandé par téléphone. L'aube blanchissait les fenêtres lorsque l'homme de l'art arriva.

– Sincèrement, il a une chance sur mille d'en sortir, prononça-t-il après une heure et demie d'examen. Une patte cassée ; trois côtes brisées, dont une au moins a perforé le poumon ; sans parler de tout le sang qu'il a perdu et de probables lésions internes. Sans doute a-t-il été projeté en l'air. Je passe sur les trois balles qui l'ont traversé de part en part. Une chance sur mille est trop d'optimisme. Il n'en a pas une sur dix mille.

– De cette unique chance rien ne doit être négligé, répliqua le juge Scott. S'il le faut, faites fonctionner les rayons X. Tenez n'importe quoi et ne regardez pas à la dépense. Weedon, télégraphiez à San Francisco et mandez le docteur Nichols. Ce n'est pas pour vous offenser, chirurgien… Mais, vous comprenez, tout doit être fait pour lui.

Le chirurgien sourit avec indulgence.

– Je comprends, dit-il. Vous devez le soigner comme un être humain, un enfant malade. Je reviendrai à dix heures. Observez sa température.

Croc-Blanc fut donc admirablement soigné. Quelqu'un ayant proposé d'engager une infirmière professionnelle, les filles de Scott repoussèrent avec indignation cette idée. Si bien que Croc-Blanc gagna la chance sur dix mille à peine accordée par le chirurgien. Mais celui-ci n'avait jamais soigné que des êtres civilisés descendant de civilisés, et toute autre était la vitalité de Croc-Blanc qui venait directement du Wild. Son erreur de jugement ne fut donc pas blâmée.

Ligoté comme un captif, privé de tout mouvement par le plâtre et les pansements, le patient languit cependant durant des semaines. Il dormait pendant de longues heures, et toutes sortes de rêves l'agitaient. Les fantômes du passé se levaient devant lui et l'entouraient. Il se revoyait vivant dans la tanière avec Kiche, ou rampant en tremblant aux pieds de Castor-Gris pour lui rendre hommage, ou courant d'une course effrénée devant Lip-Lip et l'attelage hurlant du traîneau, harcelé par le fouet cinglant de Mit-Sah. Il revivait sa morne existence près de Beauty-Smith et ses anciens combats. Dans son sommeil on l'entendait gémir et gronder, comme s'il luttait encore. Mais le pire de ses cauchemars était de rêver que, couché sous un buisson, il épiait un écureuil, attendant que le petit quadrupède s'aventurât sur le sol. Alors, comme il s'élançait, l'écureuil se transformait soudain en un car électrique menaçant et terrible, énorme comme une montagne, hurlant, cliquetant, crachant des étincelles et s'avançant sur lui pour l'écraser. Ou bien c'était, planant au ciel, le faucon qu'il défiait et qui se précipitait sur lui du haut de l'azur encore sous forme du car fatal. Retombé dans les mains de Beauty-Smith, les spectateurs, autour de lui, faisaient cercle dans la neige. À l'arrêt, au milieu de la piste, il attendait que la porte de la clôture s'ouvrît et donnât passage à son adversaire. Mais c'était, une fois de plus, le car qui se montrait et qui fonçait droit sur lui.

Quand le dernier pansement eut été enlevé par le chirurgien, en présence de tous les hôtes réunis de Sierra Vista, Croc-Blanc essaya de se lever et de marcher vers Scott qui l'appelait. Mais il vacilla et tomba de faiblesse, tout honteux de manquer au service qu'il devait au maître. « Voici le loup béni ! » s'écrièrent les femmes. Le juge Scott les regarda d'un air de triomphe :

– J'avais bien dit que c'était un loup ! L'acte accompli par lui n'est pas d'un simple chien. C'est bien un loup.

– Un loup béni…, appuya la femme du juge.

– C'est fort bien dit, et il n'aura plus ici d'autre nom.

Le chirurgien déclara :

– Il faut maintenant lui réapprendre à marcher. La leçon peut débuter dès aujourd'hui. Conduisez-le dehors.

Croc-Blanc fut remis sur ses pattes dont les muscles, peu à peu, commencèrent à jouer, et c'était à qui le soutiendrait. Tremblant et se balançant, escorté comme un roi, il parvint à gagner la pelouse. Après qu'il s'y fut reposé, le cortège poursuivit sa route et le conduisit jusqu'à l'écurie.

Là, sur le seuil, était étendue Collie entourée d'une demi-douzaine de petits chiens qui s'ébattaient au soleil. Croc-Blanc les contempla avec des yeux étonnés. Collie gronda vers lui et il se tint à distance.

Tandis qu'une des femmes maintenait Collie dans ses bras, le maître, avec son pied, aida l'un des petits chiens à venir vers Croc-Blanc. Il se hérissa soupçonneusement ; mais le maître lui assura que tout allait bien quoique Collie, par ses grondements, protestât du contraire. Le petit chien se mit à gambader autour de lui. Il coucha ses oreilles et l'observa avec curiosité. Puis leurs nez se touchèrent et il sentit la chaude petite langue sur son museau. Il tira la sienne et, sans savoir exactement pourquoi, il lécha la figure du chiot.

À ce spectacle, les dieux s'étaient mis à applaudir et poussaient des cris de plaisir. Croc-Blanc en fut tout décontenancé. Ensuite, sa faiblesse l'ayant repris, il se coucha et, au grand mécontentement de Collie, les autres petits chiens vinrent à leur tour l'entourer en folâtrant.

Par un reste de son ancienne sauvagerie solitaire, son premier mouvement fut de repousser les importuns. Puis, parmi les applaudissements des dieux, il se décida d'un air grave à leur permettre de grimper et de jouer sur son dos et sur ses flancs. Et, tandis que les chiots continuaient leurs bouffons ébats et leurs luttes joyeuses, placidement, les yeux mi-clos, il s'endormit au soleil.

FIN

www.ingramcontent.com/pod-product-compliance
Lightning Source LLC
Chambersburg PA
CBHW021419150726
47989CB00001B/43